제복과 수갑

제복과 수갑

긴급조치 시대의 한국 소설

펴낸날 2023년 8월 10일

지은이 김형중
펴낸이 이광호
주간 이근혜
편집 윤소진 김필균 이주이 허단 방원경 유하은
마케팅 이가은 최지애 허황 남미리 맹정현
제작 강병석
펴낸곳 ㈜문학과지성사
등록번호 제1993-000098호
주소 04034 서울 마포구 잔다리로7길 18(서교동 377-20)
전화 02)338-7224
팩스 02)323-4180(편집) 02)338-7221(영업)
전자우편 moonji@moonji.com
홈페이지 www.moonji.com

ISBN 978-89-320-4196-4 93800

이 저서는 2018년도 정부(교육부)의 재원으로 한국연구재단의 지원을 받아 수행된 연구임.
(NRF-2018S1A6A4A01030283)

긴급조치 시대의
한국 소설

제복과 수갑

김형중
지음

문학과지성사

차례

1부 프롤로그

2부 생명권력과 문학사

1부
프롤로그

한국의 1960~70년대와 생명정치

1. 들어가며

1960~70년대 한국 사회의 특징에 대해서는 다양한 분과 학문들 사이에 거의 합의가 이루어진 듯하다. 경제적으로는 자본주의적 생산양식의 급속한 발달과 고착, 정치적으로는 권위주의적 정부에 의한 개발독재 추진, 사회적으로는 도시화와 인간소외 현상의 심화, 그리고 문화적으로는 대중 소비사회로의 이행 같은 것들이 대체로 그 합의의 내용을 이룬다. 아마도 저 각각의 현상들은 '산업화'와 '개발독재'란 두 어휘로 종합이 가능할 텐데, 호오를 떠나 박정희가 집권하던 한국의 1960~70년대를 '산업화 시대' 혹은 '개발독재 시대'로 명명하는 일은 이제 너무도 자명해서 새삼 거론의 여지가 없어 보이기조차 한다.

박정희를 '산업화의 영웅'으로 추앙하는 우파 인사들은 말할 것도 없고, 진보적 지식인들에게서도 이런 현상은 대체로 일반적인데, 어휘들에서 보듯 저와 같은 역사 인식 이면에는 범마르크스주의(식민지자본주의론, 소외론, 소비자본주의론 등)적 범주들이 스며들어 있기 때문이다. 추측컨대, 70년대까지의 한국 역사를 돌아보는 일은 그 시대를 다 겪고 난(그래서 역사적 객관화의 자격을 얻은) 80년대 이후의 지식인들 몫이었을 것이고, 그들의 역사관은 암묵적으로건 의식적으로건 마르크스주의적 진보사관으로부터 자유롭지 못했을 것이다.

그러나 근래 한국 지식계에 중대한 패러다임의 전환을 요구하며 소개된 '생명권력' 혹은 '생명정치'의 관점(카를 슈미트, 발터 벤야민, 한나 아렌트, 미셸 푸코, 조르조 아감벤 등이 이 새로운 권력이론에서 자주 거론되는 이름들이다)에서 볼 때, '산업화'와 '개발독재'란 말은 재정의되어야 할 소지가 다분해 보인다. 이 시대가 아감벤이 말하는 소위 '항상적 예외상태'의 시대였음을 감안하면 더욱 그렇다. 본고는 이러한 문제의식하에 1960~70년대 한국의 정치 상황을 '생명정치'의 관점에서 재고해보고자 한다.

2. '산업화'와 생명정치

'생명정치'의 관점에서 1960~70년대 한국의 상황을 살펴보고자 할 때, '근대성'에 대한 아렌트의 논의는 중요한 참조점이 될 만하다. 『인간의 조건』 1장에서 아렌트는 우선 인간이 세계에 참여하는 방식인 '활동적 삶(vita activa)'을 '노동, 작업, 행위'의 세 가지로 나눈다. 그러고는 아리스토텔레스를 인용해 다음과 같이 이 세 활동 간의 위계를 정한다.

'활동적 삶'이라는 용어의 사용과 관련하여 아리스토텔레스와

중세 사이의 주된 차이점은 아리스토텔레스에게서 정치적 삶이
란 명백히 행위(*praxis*)를 강조하는 정치적 인간사의 영역만을 지
시한다는 것이다. 행위는 인간사를 확립하고 유지시키기 위해서
필요한 활동이다. 그러나 노동과 작업은 자율적이고 참된 인간
삶의 방식인 '비오스'(*bios*)를 구성하기에 충분한 품위를 갖지 못
하는 것으로 생각되었다. 왜냐하면 노동과 작업은 인간의 필요와
욕구에 구속되어 필요하고 유용한 것을 생산하는 까닭에 자유로
운 활동일 수 없기 때문이다.[1]

아감벤에 친근한 독자라면 저 인용문을 통해 인간의 자유롭
고 정치적인 삶(bios)과 대응하는 것이 바로 생물학적 필요와 욕
구의 지배를 받는 '벌거벗은 삶(zoe)'임을 알아보기 어렵지 않
다. 아렌트가 보기에 고대에는 폴리스(Polis)에서 행해지는 '행
위'[및 '사유(Denken)']와 오이키아(Oikia, 가정)에서 행해지는
'노동'이 엄격히 구분되었는데, 후자는 주로 여성과 노예의 몫
이었고, 전자는 오로지 욕구와 필요 즉 사적인 이해타산으로부
터 자유로운 시민만이 누릴 수 있는 (혹은 감당해야 하는) 것이
었다. 익숙한 용어로는 전자를 사적 영역, 후자를 공론 영역이라
해도 무방할 것이다. 문제는 근대에 접어들게 되면 전자가 후자
의 영역까지를 거의 완전히 압도해버린다는 데 있다.『인간의 조
건』말미에는 이런 문장들이 보인다.

---

[1] 한나 아렌트,『인간의 조건』, 이진우·태정호 옮김, 한길사, 1996, p. 62.

노동하는 사회 또는 직업인 사회의 마지막 단계는 그 구성원들에게 단순한 자동적 기능만을 요구한다. 이는 마치 개인의 삶이 실제로 종의 총체적 삶의 과정에 포섭되어 있으며, 또 개인에게 필요한 유일한 능동적 결정은 여전히 개별적으로 지각되는 삶의 고통인 개체성을 포기하고, 멍하고 '평온한' 기능적 형태의 행동을 순순히 받아들이는 것과 같다. 근대의 행태주의 이론은 이것이 틀린 것이 아니라 참이며 실제로 근대사회의 어떤 분명한 추세를 가장 잘 개념화한다는 점에서 우리에게 문젯거리이다.[2]

인용문을 보건대 아렌트식으로 말해 '근대화'란 원래 사적 영역에 속해 있던 '노동'과 '생산'이 공적 영역의 '작업'[불완전하지만 작업 역시 공적 영역을 가지고 있었다. 길드나 시장(Agora)이 그것이다]과 심지어 '행위'까지도 잠식해버린 상태가 되어감을 의미한다. 이때 사유와 관조는 유사과학(통계학과 미래과학, 그리고 근대의 근간 학문으로서의 생물학)에 의해 대체되고 행위는 기능적 행태(behavior), 곧 대량의 단순노동으로 대체된다. 물론 정치는 이제 공론 영역이 아니라 사적인 영역의 연장이 되고 마는데, 아렌트가 보기에 엄밀한 의미에서 그것은 정치가 아니다.

그런데 근대는 도대체 어떤 방식으로 그와 같은 '행위의 실종' 상태를 실현하는가? '제작'과 '생산'(대량 생산 기술의 발달에 의해 이 둘은 근대에 이르면 통합된다)을 특권화함으로써 그렇게 한다. 즉 자본주의적 생산양식의 도래, 그리고 산업혁명(아렌트

2 한나 아렌트, 같은 책, p. 391.

는 인간 조건으로서의 지구를 벗어날 수 있다는 허망한 약속을 유포하는 우주선의 발명과 순식간에 지구를 잿더미로 만들 수도 있는 핵무기를 가장 혐오하고 두려워하는데, 이것들은 모두 산업혁명의 산물들이다)이야말로 사유와 행위를 사라지게 하고 인간의 창조적 활동을 제약하는 최악의 적이 되는 셈이다. 그리고 우리는 그런 일련의 과정을 '근대화'라고 부르고, 종종 '산업화'라는 말과 동의어로 사용하곤 한다.

아렌트의 논지를 염두에 둘 때, 이제 한국의 1960~70년대를 특징짓는 '산업화'란 말을 다른 방식으로 표현할 수도 있겠다. 그 시대는 한국에서도 바야흐로 'bios'가 아닌 'zoe'가 정치의 무대를 장악해버린 시대였던 것이다. 돌이켜보면 근거가 될 만한 사례들은 아주 많다. 우선 1970년 4월 22일 대통령 박정희의 제안으로 시작되어, 그가 죽고 난 뒤인 84년까지 진행되었던 '새마을 운동'이 있다. 새벽종이 울리고 새 아침이 밝으면, 너도나도 일어나 초가집도 없애고 마을 길도 넓혀야 했던 이 운동은 '조국 근대화'의 기치 아래 총 7조 2천억 원이 투입된 대규모 사업이었다. 그 결과로 '조국'은 하천 정비, 교량 건설, 수리시설 확충, 농경지 확장, 농어촌 전화(電化) 개통, 농가 소득 증대 등의 근대화 효과를 누릴 수 있었다고 전해진다. 소위 '경제개발 5개년 계획'(1962~1986)이란 것도 있다. 국민경제 발전을 목적으로 5년 단위로 추진되었던 이 거대한 프로젝트는 정부 주도하에 외자 도입 및 수출, 그리고 저임금·저곡가 정책에 의존하여 추진되었는데, 이에 따라 외부에서는 '한강의 기적'(말하자면 최고 속도의 산업화 국가)이라는 찬사를 들을 만큼 성공적이었다. 그러나 그 대가로 정치는 그야말로 (저임금과 저곡가로 말미암아 양산된) '벌거벗은 생명'들이라는 짐을 져야 했다.

사례들은 다 적을 수 없을 만큼 많다. 그 무수한 교량과 도로와 공장과 댐과 연구소와 기술 인력 양성소들의 건설, 과학기술자 육성을 위한 법안들과 아이디어들(심지어 그 시대의 통치자는 인간의 분뇨에서 나오는 가스를 이용해 연료를 생산할 생각마저 했다)…… 그러자 정치는 이제 경제의 부속물, 생산과 제작의 부속물, 즉 '사적인 개인과 집단들의 이해와 욕구에 기반한 쟁론'들의 효과적인 중재(실은 억압) 이외의 다른 말이 아니게 된다. 그런 방식으로 한국의 정치도 '오이키아'에서의 일을 '폴리스'의 무대 전면에 등장시켰다. 그것은 따라서 'zoe'를 대상으로 한 정치, 곧 '생명정치'였던 것이다. 물론 행위와 사유는 발조차 딛기 힘들었는데, 만약 한국의 자본주의를 '천민자본주의'라고 부르는 것이 합당하다면, 바로 그 '사유 없음' 때문일 것이다. '제작'과 '생산'이 (어떤 경우 반공의 이데올로기마저 초과하는[3]) 제1의 존재 이유였던 나라에서 폴리스에서의 활동들은 오로지 저항적 지식인들 사이에서, 종종 목숨을 건 채로만 그 명맥을 유지할 수 있었다.

---

3 황병주의 연구에 따르면 5·16쿠데타 직후 선포한 이른바 "혁명 공약" 제1항이 "반공의 국시화"였고 이후 박정희 정권 통치 내내 그 기조가 유지되었음에도 불구하고 "1960년대를 지배했던 것은 경제개발, 곧 근대화 담론이었다. 즉 적의 침략과 위협에 대한 안보보다 더욱 절실했던 것은 지켜야 될 대상의 건설이었다"(황병주, 「1970년대 유신체제의 안보국가 담론」, 『역사문제연구』 27호, 역사문제연구소, p. 113).

3. '개발독재'와 생명정치

그런데 박정희는 어떤 방식으로 저런 많은 일들을 그토록 단기간에 효과적으로 이루어낸 것일까? 일견 답하기 어렵지 않아 보인다. 흔히 우리는 그를 두고 독재자였다고 말하고 그의 정치적 행로를 시종일관한 '개발독재였다'라고도 말한다. 그는 흔히 후발 근대화 국가(혹은 제3세계)들에서 그렇듯이 독재를 통해 근대화를 압축적으로 수행했다(그런 의미에서 어쩌면 그는 역사적 '기능'이었다). 이쯤에서 한국의 산업화 시대에 대해서라면 '독재'란 말을 (아감벤의 용어를 빌려) '상시적 예외상태의 창출을 통한 주권권력의 초법적 행사'라고 바꿔 말하는 것도 가능해 보인다. 아감벤은 (발터 벤야민에게서 차용한 개념인) '예외상태'를 이렇게 정의한다.

예외상태는 궁극적으로 규범의 적용을 가능하게 하기 위해 규범을 그것의 적용으로부터 분리하는 것이다. 예외상태는 어디까지나 현실에 대한 효과적인 규범화가 가능하게 하기 위해 아노미의 지대를 법 속에 도입하는 셈이다.[4]

예외상태란 법률 없는 법률-의-힘(따라서 '~~법률~~-의-힘'이라고 표기되어야 한다)이 핵심이 되는 아노미적 공간인 셈이다.[5]

---

4 조르조 아감벤, 『예외상태』, 김항 옮김, 새물결, 2009, p. 75.
5 같은 책, p. 79.

전시 상황, 혹은 내란 상황과 같은 위기 시에 정상적인 법의 효력을 정지시킴으로써 역설적으로 초법적 권력을 행사할 수 있는 공간(비식별역)을 만드는 것이 예외상태의 기능이다. 가령 비상사태, 계엄, 위수령, 긴급조치 같은 말들은 다소간의 차이가 있음에도 불구하고 모두 주권권력에 의해 창출된 이와 같은 법적 아노미 공간을 지칭하는 말들인데, 이 공간 안에서 정상적인 법집행은 효력 정지되지만 역설적으로 바로 그 공간 덕분에 법은 보다 강력한 규범적 효력을 유지한다.

아감벤은 서구의 경우 대체로 1차 세계대전을 전후해서 이와 같은 예외상태가 상례가 되기 시작했다고 말한다. 이 말은 현대 정치가 1914년 이후로 급격히 생명정치화하기 시작했다는 말로 이해되는데, 흥미로운 것은 최초에 군사적 비상사태를 의미하던 이 단어가 갈수록 경제적 비상사태나 테러를 염두에 둔 비상사태 등으로 전위·확대되는 추이를 보여준다는 점이다.

가령 미국의 뉴딜 정책이나, 9·11테러 후 발동한 '군사 명령' 등이 그렇다. 특히 후자는 예외상태가 어떤 방식으로 생명정치적 통치 기술을 발동시키는지를 전형적으로 보여주는 사례라 할 만하다. 이후로 '잠재적' 테러 용의자들은 어떠한 법적 지위도 박탈당한 채 법적 근거 없는 수용과 처벌이 가능한 '벌거벗은 생명'의 상태로 추락한다.

아마도 1960~70년대 박정희 정권만큼 이 '예외상태'의 작동 논리를 현실 정치에 적절하게 이용한 사례는 세계적으로도 그리 많지 않을 것이다. 먼저 그가 집권하는 사이 두 차례의 '위수령'[6]이 내려졌다. 첫번째 위수령은 1965년, 한일협정 반대 시위

때 내려졌고(아이러니하게도 이 위수령은 불법이었는데, 왜냐하면 위수령에 관한 대통령령은 그로부터 5년 후인 1970년에 가서야 공표되었기 때문이다), 두번째 위수령은 1971년 10월 16일 서울 대학가 교련 반대 시위 때에 내려졌다. 이 위수령을 통해 학원가에는 정상적인 법들이 효력 정지되고 군대와 학교, 군법과 형법이 식별 불가능해지는 비식별역이 된다. 시위를 주도한 많은 학생들이 어떠한 법적 보호도 받지 못하는 '벌거벗은 생명'의 상태로 강제 징집당했다.

위수령 외에도 네 차례의 '계엄령'[7]이 내려졌다. 1961년 5월 16일 군사 쿠데타에 따른 계엄령 선포, 1964년 6월 3일 한일회담 반대 시위에 따른 계엄령 선포, 1972년 10월 17일 유신 선포에 따른 계엄령 선포, 1979년 10월 18일 부마항쟁에 따른 계엄령 선포가 그것들이다. 민간인 전체의 모든 권리를 박탈하고 그들에게 군법을 적용 가능하게 하는 계엄령은 사실상 당시 한국민 전체를 '호모 사케르', 곧 '죽여도 죄가 되지 않는 벌거벗은 생명'의 상태로 만든다.

---

6 육군 부대가 한 지역에 계속 주둔하면서 그 지역의 경비, 군대의 질서 및 군기 감시와 시설물을 보호하기 위하여 제정된 대통령령을 말한다. 위수령이 발령된 곳은 아감벤적인 의미에서 일종의 법적 아노미 공간이 된다.

7 전시 또는 사변 등 이른바 비상사태에 있어서 사법·행정의 전부 또는 일부를 잠정적으로 군사령관·군법회의에 이전하는 제도이다. 계엄하에서는 언론·출판·집회의 자유는 물론 국민의 권리·자유가 전면적으로 부인된다. 따라서 사회와 군대가 민간인과 군인의 식별이 불가능해지는 아노미 공간이 창출되는데, 전국적인 계엄령이 발령될 경우 한 나라 전체가 법적 효력 정지 상태에 들어서게 된다.

이 외에 그 악명 높은 '긴급조치'[8]도 아홉 차례에 걸쳐 발동되었다. 이는 역대 대한민국 헌법 가운데 대통령에게 가장 강력한 권한을 위임했던 긴급권으로, 박정희는 1974년 1월 8일 제1호 발령을 시작으로 총 아홉 차례에 걸쳐 긴급조치를 공포했다. 진실화해위원회가 조사한 589건 1,140명이 연루된 사건들을 유형별로 살펴보면, "282건(48%)이 음주 대화나 수업 중 박정희·유신체제를 비판한 경우에 해당돼 가장 많았고, 191건(32%)은 유신반대·긴급조치 해제 촉구 시위·유인물 제작과 같은 학생운동 관련 사건들이었다. 85건(14.5%)은 반유신 재야운동·정치활동, 29건(5%)은 국내 재산 해외 반출·공무원 범죄 등이었고, 단지 2건(0.5%)만이 간첩 사건으로 파악됐다."[9] 흥미로운 것은 실제로 국가의 위기를 초래할 만한 '긴급한' 범죄, 곧 간첩 행위는 고작 0.5%에 불과했다는 점인데, 이는 '긴급조치'권의 기능이 외부의 적으로부터 국가를 보호하는 것과는 전혀 무관하게 영토 전체의 '예외상태'화에 있었음을 보여준다.

여기에 군사적이거나 정치적이지 않은 예외상태, 곧 앞서의 새마을 운동과 경제개발 5개년 계획(박정희는 이 운동들을 즐겨 군사 용어를 사용해 표현했고, 조국 근대화를 위해서는 항상 온 국민이 비상사태에 있음을 상기해야 한다고 강조했다) 등의 '경

---

8 1972년 개헌된 대한민국의 유신헌법 53조에 규정되어 있던, 대통령의 권한으로 취할 수 있었던 특별조치를 말한다. 당시 대한민국의 대통령이었던 박정희는 이 조치를 발동함으로써 "헌법상의 국민의 자유와 권리를 잠정적으로 정지"할 수 있는 권한을 가졌다.

9 『한겨레신문』, 2007년 1월 24일자 사회면 기사.

제적 예외상태'를 더한다면 1960~70년대 한국은 그야말로 어떠한 과장이나 수사 없이 '상시적인 예외상태' 속에 있었다. 이 시기 한국의 법은 그야말로 초법적이었고, 그런 방식으로 아감벤이 말한 '법률-의-힘'이 무엇인지를 여실히 보여주었던 셈이다. 당연히 이 상시적 예외상태 속에서 한국의 전 국민은 죽여도 죄가 되지 않고, 죽어서도 희생 제의에 봉헌되지 못하는 벌거벗은 생명, 곧 '호모 사케르' 자체였다. 세계적으로 유례가 그리 많지 않을 적나라한 '생명정치'가 한국에서 이루어졌던 것인데, 바로 그것이 '개발독재'란 말의 정확한 함의이다.

4. 주권권력, 규율권력, 생명관리권력

그러나 박정희 정권 시절의 한국이 '상시적 예외상태' 속에 있었고, 그의 치하에서 모든 국민이 벌거벗은 생명(zoe이자 Homo Sacer)의 상태가 되었다는 말이, 곧바로 한국의 '생명정치' 혹은 '생명관리권력'의 기원이 1960~70년대에 있다는 말로 받아들여져서는 곤란하다. 가령, 최근 아감벤의 '예외상태'론을 한국 현대사에 적용한 연구 성과들[10]에서 보듯이 한국의 현대사는 식민지

---

10 대표적인 성과로는 다음과 같은 것들이 있다. 「상시화된 예외상태와 민주주의—박정희 지배담론과 주체주의 변혁담론을 중심으로」(황정화, 『민주주의와인권』 12권 3호, 전남대학교 5·18연구소, 2012); 「한국의 국가 형성기 '예외상태 상례'의 법적 구조—국가보안법(1948·1949·1950)과 계엄법(1949)을 중심으로」(강성현, 『사회와역사』 94호, 한국사회사학회, 2012); 「한국전쟁기 대통령 긴급명령과 예외상태의 법제화—비상사태하범죄처벌에관한특별조치령의 형성과정과 적용」(김학재, 『사회와역사』 91호, 한국사회사학회, 2011); 「여순사

시기부터, 분단이 유지되고 있는 현재까지 단 한 번도 '예외상태'
로부터 벗어난 적이 없다는 점을 고려해야 한다. 식민지는 본국
의 정상적인 법이 효력 정지되는 비식별역임에 분명하다. 분단
국가는 끊임없이 제기되는 전쟁 위협으로 인해 항상적인 비상사
태라 부르는 상황이 지속된다는 점도 고려되어야 한다. 박정희
정권 시절이 한국에서도 생명관리권력이 우세종으로 부상하기
시작한 시대임에는 틀림없으나, 그 기원은 아닐 수도 있다고 말
하는 것은 이런 이유 때문이다.

　게다가 푸코의 생명관리권력에 대한 논의를 좀더 섬세하게 적
용할 경우 박정희 정권의 권력 작동 방식을 단순히 '생명정치'로
환원하기에는 무리가 따른다는 점도 고려되어야 한다. 우선 푸
코는 권력을 그것이 작동시키는 기술의 유형에 따라 다음과 같
이 삼분한다.

　　첫 번째 형식은 다들 아실 텐데 법을 제정하고, 그 법을 어기는
　　자에 대한 처벌을 확정하는 일종의 법전체계입니다. 법전체계는
　　허가와 금지라는 이항분할, 그리고 금지된 행동 유형과 그에 대
　　한[그런 행동을 저질렀을 때 가해지는] 처벌 유형의 결합으로 이
　　뤄져 있습니다. 그러므로 이것은 법 혹은 사법메커니즘입니다.
　　두 번째 메커니즘은 감시와 교정의 메커니즘에 의해 법이 관리
　　되는 것으로서, 물론 이것은 규율메커니즘입니다. [……] 규율메

건과 예외상태 국가의 건설─정부의 언론 탄압과 공보 정책을 중심으로」(김학
재, 『제노사이드연구』 6호, 한국제노사이드연구회, 2009) 등.

커니즘의 특징은 법전의 이항체계 내부에 죄인이라는 제3의 인물이 등장한다는 점입니다. 이 죄인의 등장과 동시에, 법을 조정하는 입법행위나 죄인을 처벌하는 사법행위 밖에서 일련의 부속적인 기술이 등장합니다. 경찰, 의학, 심리학과 관련된 기술이 그것입니다. 이 부속적인 기술은 모든 개인을 감시·진단하는 것에 관한 기술이자 모든 개인의 있을 법한 변형에 관한 기술입니다. [……] 세 번째 형식은 법전이나 규율메커니즘이 아니라 안전장치를 특징짓는 것으로서, 이것이 바로 이제부터 연구하려는 현상의 총체입니다. 지극히 포괄적으로 말해보면, 첫째로 이 안전장치는 문제가 되는 현상, 예를 들면 절도 같은 현상을 일어날 수 있는 일련의 사건으로 간주합니다. 둘째로 해당 현상에 대한 권력의 반응은 일정한 계산, 즉 비용 계산으로 삽입됩니다. 그리고 마지막 셋째로 허가와 금지라는 이항분할을 설정하는 대신에 최적이라고 여겨지는 평균치가 정해지고, 넘어서면 안 되는 용인의 한계가 정해지게 됩니다.[11]

인용문에서 보듯, 푸코는 권력을 작동 기술의 차이에 따라 각각 '사법메커니즘'과 '규율메커니즘', 그리고 '안전메커니즘'으로 나눈다. 이는 시대순의 권력 메커니즘에 따른 분류이기도 한데 사법메커니즘이 중세에서 시작해 17~18세기까지 이어진 매우 오래된 형벌 기능이라면, 규율메커니즘은 18세기 이후 정착

---

11 미셸 푸코, 『안전, 영토, 인구』, 오트르망(심세광·전혜리·조성은) 옮김, 난장, 2011, pp. 23~24.

된(그러나 그 발생은 훨씬 이전으로 거슬러 올라간다) 근대적 사법체계를 일컫는다. 그리고 마지막 안전메커니즘이 바로 현대적 사법체계로서 "현재 형벌과 형벌비용 계산의 새로운 형태를 중심으로 체계화"[12]되고 있는 (미국식이자 호모 이코노미쿠스로서의 인류종에 걸맞은) 권력의 기술이다.

좀더 구체적인 이해를 위해 푸코가 들고 있는 전염병에 대한 각 권력의 대응 방식의 예를 소개해본다. 중세에서 중세 말까지 나병 환자는 주로 '추방'하는 방식으로 처리되었는데, 이 추방은 나병에 걸린 사람과 그렇지 않은 사람(이들은 개인들이다)을 이분법적으로 분할하기 위한 것이었다. 즉 사법메커니즘은 주로 정상과 비정상의 이분항에 기대고 있었고 후자에 대한 '배제'를 주요 기술로 삼고 있었던 것이다. 그런데 16세기 이후 흑사병에 대한 통제는 이와 완전히 상이한 방식을 취한다. 규율메커니즘은 흑사병이 있는 도시를 격자화함으로써 각종 규율과 금기들을 개인들로서의 (비)환자들에게 부과한다. 『감시와 처벌』에서 푸코가 이미 그려 보인 바 있는 규율권력의 작동 방식이다. 반면, 마지막 안전메커니즘의 경우 선택된 것은 '접종'이다. 접종은 주로 사망률과 상해 정도와 후유증에 대한 위험 요소들을 감안하는 와중에 확률적이고 통계적인 방식으로 진행된다. 그리고 전혀 새로운 범주인 '인구' 전체에 대해 행사된다. 즉 배제나 격리가 아닌 인구 전체를 대상으로 한 의료 캠페인이 문제가 되는 것이다. 이 중 푸코가 명시적으로 '생명관리권력'이라 부르는 것은

12 미셸 푸코, 같은 책, p. 24.

마지막 안전메커니즘만을 지칭하는데 아감벤은 이를 다음과 같이 간략하게 요약한 바 있다.

생명정치적 영역을 분할하는 근본적인 휴지는 **인민**people과 **인구**population 사이에 있는 것으로서, 그것은 인민 자체의 품속에 있는 인구를 드러내는데, 다시 말해 본질적으로 정치적인 단위 집단을 본질적으로 생물학적인 단위 집단으로, 즉 출생과 죽음, 건강과 질병이 반드시 규제를 받아야만 하는 단위 집단으로 변형시키는 데 있는 것이다. 생명 권력의 등장과 더불어 모든 인민은 인구와 중첩된다. 즉 모든 **국민**democratic people은 동시에 **인구** demographic people이기도 하다.[13]

미셸 푸코는 우리 시대의 죽음의 격하에 대한 한 가지 설명을 제시한다. 이 설명은 정치적 관점에서 죽음의 격하를 근대 권력의 변형과 결부시킨다. 전통적인 형태, 즉 영토적 주권 형태에 있어 권력이란 본질적으로 삶과 죽음에 대한 권리로 정의된다. 그러나 그와 같은 권리는, 그러한 권리가 무엇보다도 죽음의 편에서 행사된다는 의미에서 보면 정의상 비대칭적이다. 그러한 권리는 다만 간접적으로만, 죽일 권리의 자제로서만 삶과 관련되는 것이다. 푸코가 주권을 **죽이거나 그대로 살게 놔두는 것**이라는 표현을 통해 정의하는 것은 바로 이 때문이다. 17세기 들어 공안

---

13 조르조 아감벤,『아우슈비츠의 남은 자들—문서고와 증인』, 정문영 옮김, 새물결, 2012, p. 128.

과학의 탄생과 더불어 국가의 메커니즘과 예측에서 신민臣民의 삶과 건강에 대한 염려가 차지하는 자리가 점차 커지기 시작하면서 주권 권력은 점차 푸코가 '생명 권력biopower'이라고 부르는 것으로 전화되었다. 고전주의 시대의 죽이거나 살게 놔두는 권리는 그 역의 모델에 자리를 내주는데, 이 모델은 근대 생명정치학을 규정하는 것으로서 **살리거나 죽게 놔둔다**는 공식으로 표현될 수 있다.[14]

요컨대, 안전메커니즘 곧 생명관리권력은 이제 (생물학[15]적으로 정의된 인민으로서의) '인구' 전체에 대하여, 손실 여부에 대한 확률과 비용 계산을 통해, '안전'의 이름으로 작동한다.

그런데 푸코의 이와 같은 삼분법을 참조할 때, 한국의 1960~70년대 권력의 작동 방식은 참으로 모호한 어떤 것으로 드러난다. 박정희 정권 시기를 한국적 생명권력의 기원으로 상정하기에는 몇 가지 해결해야 할 난점이 존재한다고 말했던 것도 이런 이유인데, 그가 재임 기간 동안 수행했던 정책들은 한마디로 말해 비식별적이다. 가령 박정희가 발전소를 만들고 댐과 도로를 놓고 농지를 정리할 때 그는 분명 권력을 '안전메커니즘'에 따

---

14 조르조 아감벤, 같은 책, pp. 125~26.

15 (인구론을 포함한) 생물학이 근대 학문의 근간이 되었던 것은 이와 같은 권력 작동 방식상의 변화와 무관하지 않아 보인다. 한나 아렌트가 생물학이 인간과학의 영역을 침범하는 것을 그토록 싫어했던 것도 실은 조에의 영역이 비오스의 영역을, 노동의 영역이 행위의 영역을 침범하는 것이 싫었기 때문일 것이다. (한나 아렌트, 『폭력의 세기』, 김정한 옮김, 이후, 1997, p. 116 참조.)

라 작동시켰다. 그가 1963년 9월부터 시행한 그 유명한 '가족계
획사업'과 1978년 시행한 '의료보험제 도입'은 아마도 그 가장
적절한 사례가 될 것이다. 그러나 한편으로 그는 매우 강력한 규
율권력을 행사하기도 했는데, 한 나라의 국민 전체를 같은 시간
에 깨우고 같은 시간에 집에 들어가 잠들게 한 것은 말할 것도 없
고, 심지어 불러야 할 노래와 입어야 할 치마의 높이, 그리고 길
러야 할 머리카락의 길이까지 강제했다. 그런가 하면 강력한 사
법메커니즘을 적절하게 활용하기도 했던 것이 박정희 정권이다.
그가 상시적으로 창출했던 '예외상태' 직후에는 항상 구금과 강
제징집과 심지어 사형까지도 서슴지 않는 사법적 형벌이 이어졌
다. 게다가 그는 민족주의와 반공 이데올로기를 적절히 활용하
여 우리와 타자를 이분법적으로 분할하는 배제의 전략 또한 훌
륭하게 구사할 줄 알았다. 알다시피 우리더러 '민족중흥의 역사
적 사명을 띠고 이 땅에 태어났다'고 날마다 각인시켜주었던 것
은 그가 직접 썼다는 바로 그 '국민교육헌장'이었다. 간단히 말해
박정희 정권이 권력을 작동시키는 기술에는 사법메커니즘과 규
율메커니즘 그리고 안전메커니즘이 두루 혼재해 있었던 것이다.
  이와 같은 권력 메커니즘의 혼재 현상을 이해하기 위해서는
푸코의 다음과 같은 언급에 주의할 필요가 있다.

  그러므로 현재 출현하는 것이 기존의 것을 사라지게 하는 식으
로, 여러 요소가 서로 연이어 오게 되는 그런 계열은 결코 없습니
다. 사법의 시대, 규율의 시대, 안전의 시대가 있는 것이 아닙니
다. 일찍이 법률-사법메커니즘을 대체했던 규율체계를 다시금

대체한 안전메커니즘이 있는 것이 아닌 거죠. 사실상 일련의 복합적인 건조물이 있고 그 내부에서 변하게 되는 것은, 물론 완성되어가고 아무튼 복잡하게 되어갈 기술 그 자체인 것입니다. 특히 변하게 되는 것은 지배적인 요소 혹은 더 정확히 말해서 법률-사법메커니즘, 규율메커니즘 그리고 안전메커니즘이 맺는 상관관계의 체계입니다.[16]

인용문에 따르자면 각 메커니즘들은 상호배제적이지 않다. 즉 규율메커니즘이 등장했다고 해서 사법메커니즘이 사라지는 것도 아니고, 안전메커니즘이 등장했다고 해서 규율메커니즘이 사라지는 것도 아니다. 또한 사법메커니즘이 지배적인 시절이라고 해서 그 내부에 규율메커니즘이 없었던 것도 아니고, 이는 안전메커니즘의 경우도 마찬가지다. 실은 '지배소'의 변화라고 불러도 좋을 만한 어떤 변화가 권력의 메커니즘들 사이에서 일어난다. 말하자면 특정 시기에 어떤 메커니즘이 지배소 혹은 누빔점의 자리를 차지하게 되는가가 권력에서 일어나는 변화의 내용을 이룬다.

이런 관점에서 볼 때, 각 메커니즘들의 혼재에도 불구하고, 인구의 안전보다 국민 개개인에 대한 규율과 처벌이 우선시되었던 1960~70년대를, 한국적 생명정치의 기원이라고 부르기에는 아무래도 무리가 따르는 것으로 보인다. 안전메커니즘은 지배소가 되지는 못한 채로나마 이미 식민지 시대부터 존재했을 것이

16 미셸 푸코, 같은 책, pp. 26~27.

고, 한참 시간이 지나 스스로를 '경영자(CEO)'라 칭한 권력자가 등장하고 나서야 그 완성을 보게 된다. 알다시피 이명박 전 대통령은 대선 출마 이전부터 스스로를 '나라의 CEO'라고 불렀는데, 이는 그가 스스로를 오이키아의 대표자로서 폴리스와 맞서는 존재를 자임하고 있었음에 대한 반증이기도 하다. 말하자면 생명정치의 이름으로, 그것도 자각적이고 의식적인 방식으로 폴리스에 전면적으로 맞선 이는 박정희가 아니었던 것이다.

5. 나오며 — 사라지는 매개자, 혹은 사이비 파우스트

아감벤은 어떤 글에서 독재자 프랑코의 죽음을 다음과 같이 묘사한다. 어쩌면 박정희의 죽음도 이와 같았을 것이다.

두 가지 권력 모델이 충돌하는 지점이 프랑코의 죽음이었다. 여기서 20세기 최장기간 동안 고전주의적인 생사여탈적인 주권권력의 화신이었던 사람이 새로운 의학적·생명 정치적 권력의 수중에 떨어진다. 이 새로운 권력은 '사람을 살리는 데' 너무도 성공적이어서 그들이 죽어있을 때조차도 살아 있게 만들 정도이다. 그러나 독재자의 신체에서 잠시 구별 불가능한 것으로 보이는 이 두 권력은, 푸코에게 있어서는 여전히 본질적으로 이질적인 것으로 남아 있는데, 그것들의 구별은 근대의 여명기에 한 시스템에서 다른 시스템으로의 이행을 규정하는 일련의 개념적 대립(개인/인구, 규율/조절 기제, 유형적有形的 인간/유적類的 인간)을 야기한다.[17]

유사하게, 1979년 10월 26일, 박정희의 주검을 두고 두 가지 권력 모델이 충돌했다. 그는 가공할 만한 사법메커니즘의 작동자였다는 이유로 죽었다. 다른 말로 그는 '죽이거나 그대로 살게 놔두는' 주권권력자였기 때문에 죽었다. 그러나 한편으로 그는 자신도 모르는 채로 '살리거나 죽게 놔두는' 안전메커니즘을 서서히 권력 기술들의 지배소 자리에 올려놓고 있었다. 바로 전 해에 그는 의료보험제를 실시했고, 알다시피 죽던 바로 그날 오전, 경영자처럼 삽교천 방조제 준공식에 참여했다. 그러나 그는 바로 그 같은 날 저녁, 절대 군주처럼 마셨다. 죽는 순간까지 그는 초법적 군주이면서 동시에 규율권력의 상징이었고, 또한 생명정치의 전면적 도입자이기도 했다. 그는 말하자면 헤겔적 의미에서 이성의 간지를 수행하는 자, 자신이 무엇을 하는지 모르는 채로 자신이 원하지 않았던 것을 실현시켜놓았으나, 정작 자신은 그것을 보지 못하고 사라져야 하는 존재, 곧 '사라지는 매개자'(지젝)였던 것이다.

---

17 조르조 아감벤, 같은 책, p. 126.

2부
생명권력과 문학사

파우스트의 시대
― 김광식·김동립·남정현·박태순·김정한 소설 재론

1. 1960년대 소설을 보는 관점

1960년대 소설을 개관하는 한 편의 글에서 서경석은 다음과
같이 쓴다.

> 60년대 소설들 가운데 몇 부분을 검토하는 자리의 결론이란 엄
> 격히 말하자면 '70년대의 소설'로 표현할 수밖에 없다. 60년대의
> 결론이란 70년대의 소설이며 60년대 소설의 성과와 한계란 곧
> 70년대 소설로 이어진다는 것, 그것이다. 한 평론가는 이를 '60년
> 대는 씨앗이다'라고 지적했듯 이제 70년대 소설은 60년대의 가능
> 성들을 모조리 현실화시키기 시작한다.[1]

그에게 한국의 1960년대 소설이란 1970년대에 가서야 맺게

---

1 서경석, 「60년대 소설 개관」, 『1960년대 문학연구』, 문학사와 비평연구회 엮음,
   예하, 1993, p. 47.

될 결실을 예비하는 일종의 파종(播種) 작업이다. 이 논지대로
라면, 이후 시대와의 비교 속에서 좀(혹은 많이) 모자라거나, 아
니면 다소(혹은 놀라울 정도로) 예언적이랄 수는 있되, 그 자체
로서 문학사적 의미를 지니기는 힘든 것이 60년대 소설이다. 서
경석이 유독 단정적인 어투를 사용하고 있달 뿐, 다른 연구자들
에게서도 60년대 소설사를 전미래 시제로 쓰려는 관습적 서술
태도가 읽히기는 마찬가지다. 정희모는 "60년대 서사적 소설은
50년대 서사 중심의 소설을 이어받고 있으며, 70년대 민중적인
리얼리즘 소설로 건너가는 징검다리의 구실을 하게 된다"[2]라고
말하고, 하정일은 "(60년대 소설에서) 민중의 발견은 그런 점에
서 7, 80년대 문학에 등장하는 '실천의 서사'를 가능케 해 준 원동
력이 되었다고 할 수 있다"[3]라고 말한다.

이처럼 한 시대의 소설사를 전미래 시제로 쓰려는 의도의 이
면에는 한국의 문학사 연구가 아직 벗어나지 못하고 있는 어떤
뿌리 깊은 관습이 작동하고 있는 것처럼 보인다. 그것은 선조적
(線條的)이고 목적론적인 문학사 서술의 관습이다. 이 관습에 따
르면 50년대 한국 소설은 전쟁의 트라우마에서 벗어나지 못한
연유로 어떠한 전망도 없는 절망과 신음의 문학이었다. 그리고
4·19와 함께 시작된 60년대 한국문학은 50년대의 절망을 딛고
나이브한 수준에서나마 민중을 발견한다. 혹은 개인의 내면을

2 정희모, 「60년대 소설의 서사적 새로움과 두 경향」, 민족문학사연구소 현대문학
   분과, 『1960년대 문학연구』, 깊은샘, 1998, p. 70.
3 하정일, 「주체성의 복원과 성찰의 서사」, 민족문학사연구소 현대문학분과, 같은
   책, p. 16.

발견한다. 이어 70년대 개발독재의 전성기에 이르면 한국 소설 곳곳에서 민중적 현실이 탐사되고, 5·18 민중항쟁과 함께 시작된 80년대에 이르면 드디어 계급적 각성을 이룬 민중문학이 만개한다······

거대서사의 종언 운운하는 추상적인 논의는 제쳐두더라도, 1960년대의 개별 작가와 작품을 연구함에 있어 이런 식의 목적론적 문학사 서술은 득보다는 실이 많아 보인다. 가령 우리 문학사가 박태순을 『무너진 극장』의 작가보다는 '외촌동 연작'의 작가로 기억하게 된 사정, 남정현의 그 숱한 정신병리적 주인공들은 허술하게 다루면서 「분지」의 반미주의만 특권화시켜 다루게 된 사정, 김정한의 「제3병동」이 민초들의 가난에 대한 이야기란 점은 지적하되, 그 작품이 품고 있는 '파우스트적 고뇌'에 대해서는 주의조차 기울이지 않게 된 사정이 모두 여기서 비롯되었다고 해도 과언이 아니다. 또한 김동립의 「대중관리」(1959)나 김광식의 「213호 주택」(1956)처럼 50년대에 발표된 소설로서는 예외적이라 할 만큼 '근대적'인 작품들에 대해서는 거의 언급조차 이루어지지 않은 것도 같은 이유에서였을 것이다. 목적론적 역사는 항상 예외를 배제한다. 70년대 한국 소설을 과연 '민중의 등장'이란 단선적 키워드로 정리할 수 있는가는 별도로 하더라도, 70년대 소설의 잣대로 60년대 소설을 바라보면 정작 60년대 작가들이 자신의 시대와 맞대면하면서 벌인 고투는 희석되거나 사장되기 마련이다. 이 글은 이런 문제의식하에 김광식, 김동립, 남정현, 박태순, 김정한 문학을 전미래 시제가 아닌 바로 60년대 당대의 관점에서 재론해보고자 한다.

2. 1960년대 소설의 기점 재론

그러나 70년대 문학의 전미래가 아닌 '60년대, 바로 그 당대의 문학'의 범위와 특징을 설정하는 일 또한 쉬운 일은 아니다. 60년대 문학은 언제 시작되어 어떤 방식으로 당대의 시대 현실과 고투를 벌이다가 이후 시대에 자리를 내주게 되는 것일까? 흔하게 제시되는 답이 4·19가 바로 60년대 문학의 기점이자, 60년대 문학의 형질을 결정했다는 시각이다. 그러나 제아무리 거대한 변화를 촉발했다 하더라도 단일한 정치적 사건이 곧바로 문학사상의 중요한 변화를 가져온다는 판단은 어딘지 단선적이고 결정론적인 데가 있어 보인다. 게다가 4·19혁명 자체가, 모든 혁명들이 다 그렇듯이, 어느 순간 갑자기 발생했다기보다는 오랜 역사적 계기들의 누적이 특정 시점에 이르러 폭발한 사건이란 사실을 상기하면, 60년대를 1960년 4월의 어느 날에 시작되었다고 보기는 더욱더 힘들어진다.

그렇다면 4·19 이전, 즉 50년대 문학 속에서 '60년대적인 것'의 징후를 찾는 것이 좀더 합리적이고 합당한 태도가 되는 것이 아닐까? 그런 점에서 하정일이 50년대 후반 소설들에서 나타나는 '결별의 모티프'에 각별한 주의를 기울인 사실은 주목을 요한다. 그는 "50년대 후반에 두루 발견되는 '결별'의 모티프에 주목할 필요가 있다. 결별의 모티프란 한마디로 과거와는 다른 삶을 살려는 의지의 표현이다. 곧 삶의 좌표를 잃고 절망과 좌절 속에서 허우적대던 과거를 탈피해 새로운 삶을 살아가겠다는 의지가 결별의 모티프로 표현된 것이다"라고 말하면서, 그 예로 이범선의 「오발탄」, 손창섭의 「유실몽」, 이호철의 「탈향」, 그리고 가장 중요하게 박경리의 「불신시대」 결말부를 거론한다.[4] 「불신시대」가 1957년에 발표되었으니 이때 이미 전후세대와 50년대 작가들로부터 자신이 속했던 시대와 결별하려는 시도들이 있었다는 것이다.

그러나 한 시대와의 결별이 다음 시대를 즉각적으로 배태하는지는 미지수다. 게다가 하정일이 이후 논의에서 전형적인 60년대 작가들로 거론하고 있는 최인훈, 김승옥, 이청준, 박태순, 김정한 등은 결별의 모티프를 작품화한 작가들이 아니란 점도 고려할 필요가 있다. 정작 50년대와 결별한 작가들은 60년대적인 문학의 개시에 그다지 기여한 바 없다는 이야기인데, 그렇다면 '60년대적인' 문학은 결별의 모티프와는 별도로, 다른 곳에서 다른 방식으로 시작했다고 보아야 한다는 말이 된다.

그간 문학사에서 자주 언급되지 않았지만, 이 지점에서 거론되어 마땅한 두 작가가 김광식과 김동립이다. 김광식의 「213호 주택」(1956)과 김동립의 「대중관리」(1959)는 50년대와의 결별을 소리 높여 선언하지 않으면서도 단호하게 50년대적인 정조를 벗어나 60년대 이후 현재까지 한국 사회의 가장 큰 사회적 화두가 될 '한국적 모더니티'의 문제를 소설적 화두로 제기한다.

---

4 하정일, 같은 글, p. 19.

3. 전쟁 외상의 종결과 근대 앞의 공포—김광식, 김동립, 남정현의 경우

60년대 소설이 김광식의 「213호 주택」과 김동립의 「대중관리」에서 징후적으로 출현한다고 하는 이유는 이 두 작품의 근저에 놓인 시대적 트라우마가 50년대 작가들의 그것과는 전혀 다른 곳에서 비롯되기 때문이다. 대상 세계로부터 모든 리비도 에너지를 철회해버린 듯한 손창섭의 우울증적 글쓰기나, 현실 적부심을 완전히 무시한 채 오로지 사변으로 이루어진 장용학의 망상적 글쓰기는 트라우마로서의 전쟁 체험을 그 기원으로 삼고 있다. 정도의 차이는 있다 하더라도 50년대 한국 소설을 지배했던 절망과 우울, 병리와 불구의 정조 이면에는 항상 전쟁이 트라우마로써 작용하고 있었다. 그러나 김광식과 김동립의 이 두 작품에서 이제 전쟁 트라우마는 '근대에 대한 공포'로 '대체'(극복이 아니라)된다.

김광식의 「213호 주택」은 하정일이 주목한 박경리의 「불신시대」와는 다른 측면에서 '전후 소설'의 시대가 끝나가고 있음을 예견한 작품이다. 물론 이 작품에도 전후 소설에서 흔하게 발견되는 정신병리의 징후는 나타난다. 그러나 김광식의 작품에 나타난 정신병리는 전후 소설의 그것과 사뭇 다르다. 증상이 다른 게 아니라 그 증상을 유발한 시대적 트라우마가 다르다. 다음을 보자.

눈을 감고 걷던 김명학씨는 육십미터쯤에서 눈을 떴다. 틀림없는 자기 집 앞이었다. 그는 현관에 들어가 웃저고리를 벗어던지고 곳간으로 나가 삽을 들고 나오는 것이었다. 그리고 길가에서 현관으로 들어가는 뜰길에 발자국을 내어놓고 그 발자국 하나하나를 파내는 것이었다.

아내는 보다 못해,

"여보, 왜 이러세요, 왜 이래요."

"왜 이러긴 뭐가 왜 이래."

그는 곳간 담밑에 가서 벽돌을 안고 왔다. 벽돌을 수없이 날라 놓고 그 발자국 구멍에 벽돌 둘씩을 가지런히 놓고 발돋움길을 만드는 것이었다.

아내는 무슨 영문인지 모르고 이러한 남편이 슬프게만 보였다.

"여보, 당신, 정말 이게 뭐에요. 사람이 돌기도 한다더니 정말 돌았수."

"돌아? 누가…… 돌지 않기 위해서 이렇게 해놓는 거야."

그는 발돋움길이 되자 몇번이고 그 발돋움길을 걸어본다. 또 눈을 감고 걸어본다.

아내는 남편이 가엾었다.

김명학씨는 다시 부엌으로 들어가 식칼을 들고 나오는 것이다. 그의 아내는 깜짝 놀랐다. 아내는 남편의 칼 든 손을 붙들고 그 칼을 뺏으려 했다. 무슨 영문인지 몰랐다. 그는 아내를 밀어버리고 현관문의 손잡이 근방을 깎아내는 것이다. 마치 일본 빨래판 모양 손잡이 부근을 깎아내고 파내는 것이었다. 그리고 그는 눈을 감고 손잡이 부근을 쓸어보는 것이다.

김명학씨는 다시 길가로 나와 현관 발돋움길을, 눈을 감고 걸어가 문의 손잡이 부근을 쓸어보고, 문을 드르륵 하고 열어보는 것이다.

몇번이고 몇번이고 같은 동작을 계속하는 것이다.

그의 아내는 형용할 수 없는 서러운 눈물에 흐느꼈다.[5]

인용문으로 미루어보건대, 「213호 주택」의 주인공 김명학 씨는 일종의 강박신경증을 앓고 있는 것으로 보인다. 아무런 의미없는 행위, 즉 강박 행위(정확한 보폭의 발자국을 새겨 집까지의 거리를 완벽하게 보폭과 일치시키려는 행위와 현관문 손잡이에 표시를 해 자신의 집임을 확인하려는 행위)를 반복하고 있기 때문이다. 그러나 그의 증상은 전쟁 체험으로부터 비롯된 것이 아니다. 그의 증상의 기원에는 전쟁이 아니라 실직 체험이 있다. 즉 느닷없는 실직이 그의 증상을 일으킨 트라우마다.

그가 실직한 것은 정확하게 구분된 시간, 일상의 계획표, 조직생활의 규율 등에 그가 적응하지 못했기 때문이다. 그는 동일한 크기, 동일한 형태로 지어진 주택단지에서 길을 잃은 바 있고, 또한 동일한 일과표, 동일한 노동이 계속되는 직장에서도 밀려난 참이다. 따라서 그의 증상은 가령 손창섭의 작품 「잉여인간」의 봉우가 보여주는 것과 유사하지만, 증상을 일으킨 병인은 사뭇 다른 데서 찾아야 한다. 전쟁 중 도피 체험을 반복하는 봉우와 달리 김명학 씨는 전후에 재편되기 시작한 자본주의적 규율권력에 제대로 대응하지 못한 탓에 강박증을 보이고 있다. 그렇다면 그가 보여주는 강박신경증은 전쟁으로부터 온 것이 아니라 획일과

---

5 김광식, 「213호 주택」(『문학예술』 1956년 6월호), 임형택 외 엮음, 『한국현대대표소설선 9』, 창작과비평사, 1996, pp. 388~89.

정확성을 강요하는 자본주의적 일상으로부터 온 것이다. 그가 강박적으로 '정확성'을 추구하고, 제집 찾기(곧 자아정체성 찾기)에 몰두하는 것은 바로 그 자본주의적 정확성에 심리적으로 패배했기 때문이다.[6]

김동립의 「대중관리」 역시 마찬가지다. 이 작품의 두 주인공 창수와 이 계장이 보여주는 불안히스테리는 전쟁과는 무관하다. 창수가 새로 취직한 의류 공장에서 졸도하기 직전에 본 것은 다음과 같다.

작업표—여직공 H의 실례가 도표화되어 있다.

1. 작업 내용, '소매 만들기'.
2. 한 건의 소요시간, 5분 30초.
3. 하루의 작업시간, 7시간 10분.
   (이 작업시간은 아침 8시부터 오후 6시 퇴근할 때까지 점심시간 한 시간과 오전 10시에서 15분, 오후 3시에서 15분, 합계 30분간의 휴식시간에다가 재봉틀에 기름 주는 시간과 변소에 가는 시간을 합한 20분을 빼고 난, 순전히 작업에만 소요하는 시간을 말함.)
4. 따라서 H가 생산하는 하루의 생산량은 '소매 만들기' 78개.
5. 잉여시간, 5초.[7]

6 이상 「213호 주택」에 나타난 강박증에 관한 논의는 졸저, 『소설과 정신분석』, 푸른사상, 2003, pp. 167~70 참조.

이미 푸코의 『감시와 처벌』에 익숙해진 우리에게 이 장면은 '근대적 규율권력'이 작동하는 전형적인 사례로서 모자람이 없다. 이 작품 속에서 공장은 일종의 파놉티콘으로 제시되고, 그 안의 노동자들에게는 초 단위의 일과표와 심지어 매 순간의 노동 동작에 대한 치밀한 강제마저 주어진다. 창수를 불안히스테리에 시달리게 한 것은 바로 그 근대적 규율권력에 대한 공포다.

　요컨대, 이 두 작품에서 외상으로서의 전쟁은 후경으로 밀려나고 대신 이제 막 산업사회에 진입한 한국 사회의 자본주의적 일상이 전경에 나타난다. 그런 의미에서 이 두 작품 속의 주인공들은 전후 소설의 주인공들보다는 김승옥이나 박태순 소설 속의 무미건조한 '서울 생활자'들을 닮았다. 김광식과 김동립의 작품을 50년대에 쓰인 60년대 문학의 징후라고 말한 이유가 여기에 있다.

　김광식과 김동립의 작품을 60년대 소설의 징후라고 볼 경우, 이 두 사람이 제기한 근대 규율권력과 현대인의 심리 문제를 계승하고 확대한 작가는 다른 누구보다도 남정현으로 보인다. 남정현의 소설은 60년대 한국의 개발독재가 개인의 심리에 가한 폭력의 문제를 마치 임상 사례 보고서를 방불케 할 정도로 많은 병리적 주인공들을 등장시켜 탐구하고 있기 때문이다. 그러나 그간 남정현의 소설에 대한 연구들은 거의 예외 없이 이 점을 간과하거나 무시해왔다. 대부분의 남정현 연구들은 문학사회학적인 견지에서, 특히 「분지」를 중심으로 이 작품이 본격적인 반미문학의

7　김동립, 「대중관리」(『사상계』 1959년 12월호), 임형택 외 엮음, 같은 책, p. 400.

효시를 이룬다는 측면을 주로 다루어왔다.[8] 물론 「분지」 필화사건이 불러일으킨 사회적 파장[9]이나 남정현 소설의 선명한 정치적 주제 의식 등은 고려해야 하겠으나, 그럼에도 이런 방식의 연구 이면에 예의 그 목적론적 문학사 서술 태도가 가로놓여 있다는 사실을 부인하기는 힘들다. 남정현의 「분지」는 5·18 이후 본격화될 반미소설(김인숙, 정도상 등)에 대한 일종의 전미래 형태로 이해되어 왔던 것이다.

남정현 소설 전체를 일별할 때, 정신병리적 상태에 있는 주인공이 등장하지 않는 작품은 없다. 심지어 반미소설의 효시를 이룬다는 「분지」의 주인공조차도 일종의 과대망상적인 인물로 그려진다.

활빈당(活貧黨)의 수령으로서 호풍환우(呼風喚雨)하는 둔갑술이며 신출귀몰하는 도술(道術)로써 썩고 병든 조정(朝廷)의 무리들을 혼비백산케 하신 제 선조인 홍길동의 비방(秘方)을 최대한으로 활용함으로써 사후(死後)의 당신이나마 저도 한 번 부모님

---

8 윤병로의 다음과 같은 논의가 대표적이다. "60년대에 있어서 이러한 현실비판 문학의 최정점은 남정현에게서 이루어진다. 1965년 3월에 『현대문학』지에 발표한 「분지」로 이른바 반공법 위반의 〈분지파동〉을 일으킨 남정현은 「父主前上書」(64.6)에서 미국의 문제를 정면으로 제기하고 있을 뿐 아니라 정치권력, 사회부조리에 대한 비판을 과감하게 행하고 있다. 특히 「분지」는 최근까지도 금기시되었던 외세문제를 표면화시킨 작품으로 당시의 시대적 분위기를 감안하면 매우 예외적인 작품이라 할 수 있다. 직설적인 서술을 피하고 우의적인 수법으로 접근해 들어간 이 작품에서 남정현은 미군 주둔에 의해 파괴된 한 가족의 삶을 통해 외세문제를 민족 전체의 문제로 끌어올리려 시도했다"(윤병로, 「새세대의 충격과 60년대 소설」, 김윤식 외, 『한국현대문학사』, 현대문학사, 2002, p. 394).

9 「분지」 필화사건의 자세한 진행 경과에 대해서는 『남정현 문학전집 3』(국학자료원, 2002)의 부록 참조.

을 기쁘게 해드릴 생각으로 저의 가슴은 지금 출렁거리는 것입니다. 기대하여 주십시요. 어머니.[10]

위의 인용문은 「분지」의 주인공 홍만수가 어머니에게(남정현 소설에 자주 등장하는 부자간·모자간·부부간 갈등과 애증의 문제, 곧 오이디푸스적 테마는 따로 분석을 요한다) 보낸 편지의 일부이다. 홍길동과 자신을 동일시하면서 그가 보여주는 과대망상, 혹은 구세주망상은 그를 반미투쟁의 선구적 인물로만 보기 힘들게 한다. 즉 알려진 바와는 달리, 남정현의 풍자 속에서는 긍정적인 인물이든 부정적인 인물이든 하나같이 신경증 환자들로 그려지고, 바로 거기서 남정현 소설 특유의 '정신병리적 풍자'가 발생한다. 사실 남정현의 소설 세계는 홍만수가 보여주고 있는 망상과 편집증으로 시작해서, 여러 도착[특히 호분증(好糞症)]적 증세들과 강박 및 불안에 이르는 다양한 신경증 징후들의 진열장이라고 해도 과언이 아닐 정도로 정신병리의 모티프에 깊게 침윤되어 있다. 그중 특별히 거론할 만한 것은 위생에 대한 강박이다. 아래는 위생과 현대의 관계에 대한 남정현식 고현학이 전형적으로 드러나는 부분이다.

관수는 이게 혹시 매일 아침 한국식 변소라는 델 드나든 죄로 박테리아의 피해를 혼자서만 입고 있는 증거인지도 모르겠다는

---

10 남정현, 「분지」(『현대문학』 1965년 3월호), 『남정현 문학전집 1』, 국학자료원, 2002, p. 377.

두려움에 순간 가슴이 섬뜩해지던 것이다. 그러나 박테리아의 피해를 입으면 입었지 단박에 지금 현대인으로 승격하기 위해 차마 방안에서 그짓만은 못 할 노릇이라고 생각한 것이다. 왜 그런지 관수는 방 한가운데서 요강을 잡아타고 몸을 뒤트는 그 꼴이 '현대인'이 추구하는 모습이라기엔 참으로 어울리지 않는 것 같아서 아내를 쳐다보다 실없이 웃어 버리고 말았던 것이다. 아내는 그때 관수의 웃음이 혹시 만학(晩學)의 기쁨이라도 표시하는 것으로 짐작했던지 금방 눈살을 부드럽게 굴리며,

"글쎄 말예요. 당신도 이제 위생학에 관해서 그만한 상식쯤은 항상 몸에 지니도록 노력하세요. 내가 다스리는 식모애의 태도를 좀 보란 말예요. 얼마나 정결한가를. 그게 다 내 위생학의 표현인 줄을 원 아시는지 모르시는지."[11]

「너는 뭐냐」의 신옥은 위생강박증 환자의 전형적인 예라 할 만하다. 신옥은 '현대'의 위생학을 이유로 들어 바이러스 감염에 대한 극도의 혐오증을 보인다. 그리하여 이로부터 발생하는 불안을, 식모에게 마스크 씌우기, 요강에 배변하기 등의 강박 행위로 대체한다. 그녀에게 현대는 곧 위생이다. 남편에 대한 그녀의 현대적 위생 강의는 계속 이어진다. 위생은 신체에 대해서뿐만 아니라 사회적 활동에 대해서도 지켜져야 하는데, 그래서 그녀는 남편에게 인정도 동정도 버리고 기계처럼 조직적이고 빈틈없

---

11 남정현, 「너는 뭐냐」(『자유문학』 1961년 3월호), 『남정현 문학전집 1』, pp. 178~79.

는 삶을 살 것, 미국을 본받을 것, 현대적 데모크라시를 배울 것, 금전 거래 방식에 익숙해질 것, 여인을 아끼는 부르주아적 에티켓을 습관화할 것 등등을 강요한다.

문제는 그녀의 남편이자 주인공인 관수이다. 그는 아내가 강요하는 바로 그 현대적 위생학 앞에서 항상 주눅 들고 불안하다. 관수의 태도는 이제 막 불어닥치기 시작한 근대화 바람 앞에서 채 그 근대에 적응하거나 맞설 준비가 되어 있지 않았던 60년대 한국인들의 내면세계가 어떠했던가를 풍자적으로 보여준다. 소설 말미, 결국 견디지 못한 관수가 아내의 멱살을 부여잡고 외치는 "너는 뭐냐?"라는 말은 곧 근대성의 본질은 무엇인가에 대한 질문이자, 반항이며, 엄청난 속도로 시작된 한국적 근대 앞에서 정체성을 찾을 길 없는 병리적 주체의 발악으로 읽힌다.

그렇다면, 남정현의 경우를 두고 볼 때, 근대성이라고 하는 타자의 '응시'가 60년대적 작가들의 작품 속에서 항상 등장인물과 작가의 불안의식으로 나타난다는 김영찬의 논의[12]는 반드시 최인훈이나 김승옥, 이청준에게만 적용되는 것이 아니다. 김동립이나 김광식이 그랬듯, 근대라는 거대한 타자의 응시 앞에서 불안해하기는 남정현의 주인공들도 마찬가지다. 그런 측면에서라면 이들 작가들이 딱히 60년대 한국의 근대 논의와 관련해 부차적인 작가로 취급될 이유가 있어 보이지는 않는다. 그들 문학의 기저에도 분명 근대의 응시에 대한 불안이 존재하기 때문이다.

---

12 김영찬, 「불안한 주체와 근대」, 『근대의 불안과 모더니즘』, 소명출판, 2006, pp. 258~59.

오히려 그들의 한계로 지적될 것이 있다면, 그것은 불안의 유무가 아니라 불안의 성격이다. 그들이 보여주는 불안은 분명 즉자적이고 일면적인 데가 있다. 왜냐하면 그들은 근대의 양면성, 곧 생산과 파괴의 변증법적 과정에 대한 깊은 이해에 도달했다기보다는 주로 닥쳐올 근대가 가져올 재앙에 대해서만, 그것도 대부분 알레고리나 풍자의 형식으로 대응했기 때문이다. 다른 말로 하자면 그들에게는 괴테가 일찍이『파우스트』를 쓰면서 도달했던 근대의 변증법에 대한 감각이 결여되어 있다. 버먼이나 모레티가 공히 지적하듯이, 괴테는『파우스트』를 '피가 뚝뚝 듣는 본원적 축적의 시'로 썼을 뿐만 아니라, 끝없이 자기를 성찰하는 근대성의 비극적 고뇌에 관한 시로 쓰기도 했다.

파우스트   하지만, 저주스러운 곳이다!

바로 이곳이 참을 수 없도록 날 괴롭히고 있다.

만사에 능한 자네에게 고백하거니와

내 가슴을 쿡쿡 찌르는 것이 있어,

그것을 도저히 참을 수가 없다!

이런 말 하는 것이 부끄럽지만,

저 언덕 위의 노인들을 몰아내고

보리수 그늘을 내 자리로 삼고 싶다.

내가 갖지 못한 저 몇 그루 나무들이

세계를 차지한 보람을 망치고 있구나.

저곳에서 사면을 둘러보도록

나뭇가지 위에 발판을 만들고 싶다.

멀리까지 시야가 터지게 해서
내가 이룬 모든 것을 바라보겠다.
현명한 뜻으로 백성을 위해
넓은 복지의 땅을 마련해 준
인간 정신의 걸작품을
한눈에 둘러보고 싶단 말이다.

부유한 가운데 결핍을 느낀다는 건
우리의 고통 중에 가장 혹독한 것이다.
저 종소리와 보리수 향기
교회와 무덤 속인 양 나를 휩싸는구나.
더없이 강력한 의지의 선택도
이 모래에 부딪히면 산산이 부서진다.
어쩌면 마음속에서 몰아낼 수 있으랴!
저 종소리 울리면 미칠 것만 같구나.[13]

인용문에서 파우스트는 거대한 바다를 메우는 '근대적 사업'
을 지휘 중이다. 메피스토펠레스에게 영혼을 판 행동주의자 파우
스트는 인간의 힘에 의해 정복당하지도 않으면서(자연의 정복이
야말로 근대성의 가장 큰 주제이다), 거대한 불멸의 리듬으로 인
간을 자주 전근대적 '숭고'의 감정으로 몰아넣는 바다에 대해 푸
념한다. 그러나 동시에 그는 바로 그 자연 속에서, 근대와는 아무

---

13 요한 볼프강 폰 괴테, 『파우스트 2』, 정서웅 옮김, 민음사, 1999, pp. 348~49.

런 상관 없이 전근대적 평화를 누리며 살아가는 바우키스와 필레몬 노인들에 대해 부끄러움을 느낀다. 근대의 사업은 분명 생산이란 이름으로 뭔가 고결한 파우스트를 부끄럽게 만드는 가치들을 파괴한다. 생산이 곧 파괴가 된다. 그 파괴에 대한 자각이 괴테로 하여금 근대에 대해 양면적인 입장을 취하게 한다. 근대적 사업의 위대성을 포기하지 않으면서도, 그는 "이런 말 하는 것이 부끄럽지만"이라고 말하는 것이다. 보리수나무와 종소리 때문에 미칠 듯 괴로워하고, 자신의 건설이 곧 그것들을 파괴할 것임을 자성한다. 그 전근대적 가치들에 대한 부끄러움과 근대화에의 결의 간 갈등과 균열이 바로 파우스트를 고뇌하는, 비극적인, 미워할 수 없는 근대적 개척자로 만든다. 버먼에 따르면 20세기 이후의 현대인들이 망각한 것이 바로 그 변증법적인 태도이다.

현대성에 대한 20세기의 작가와 사상가의 말에 가까이 귀 기울이고 또 이들과 1세기 전의 작가와 사상가를 비교해 본다면, 상상 영역의 전망과 축소에 대한 근본적인 단조로움을 발견하게 될 것이다. 우리들 19세기의 사상가들은 현대 생활의 애매모호성과 모순에 대해서 필사적으로 씨름하면서 살아가는 그러한 생활의 추구자인 동시에 적대자였던 것이다. 이들의 아이러니와 내적 긴장은 이들의 창조력의 1차적 원천이었다. 이들의 20세기 후계자들은 엄격한 대립과 진부한 총력화를 위해서 이들보다 훨씬 더 많이 투쟁하였다. 현대성은 맹목적이고 무비판적인 열성과 결합하지도 않았고 신올림피아적인 추락과 경멸을 저주하지도 않았다. 어떤 경우이든 간에 현대성은 현대인에 의해서 형성될 수도 없고 변경될 수도 없는 폐쇄된 '모노리드(monolith)'라고 생각되었다. 현대 생활에 대한 개방적인 비전은 폐쇄된 비전에 의해서, 즉 '둘 다/모두'는 '둘 중 하나/또는'에 의해서 대체되었다.[14]

19세기의 위대한 모더니스트들에게서 보이는 생산과 파괴의 변증법, 즉 '둘 다/모두'의 태도는 20세기에 이르면 '둘 중 하나/또는'의 태도에 의해 대체된다. 근대는 지독한 부정의 대상이 되거나, 아니면 분별없는 찬양의 대상이 된다. 그리고 바로 그 전자의 태도야말로 김광식, 김동립, 남정현의 소설이 공히 취하고 있는 태도이기도 하다. 그들은 이제 시작되고 있는 사이비 파우스트의 시대 초입에서 그것을 두려워하고, 불안해하고, 병리적일 정도로 격렬하게 부정할 뿐 그것이 가져다줄 비극적 풍요에 대해서는 말하지 않는다. 근대에 대한 파우스트의 양가적 태도, 그 비극적 풍모가 그들에게는 부재한다.

4. 파우스트의 시대—박태순·김정한의 경우

두 가지 근대, 즉 사회주의적 근대와 자본주의적 근대 사이에서 방황했던 『광장』의 주인공 이명준, 근대적 낙원의 건설이 곧 낙원의 파괴이기도 하다는 사실을 이해했던 『당신들의 천국』의 조 원장, 그리고 근대화란 곧 고향 무진에도 속물성과 자살 충동과 위악이 존재하게 만드는 과정에 다름 아니라는 사실을 깨닫는 「무

14 마샬 버먼, 『현대성의 경험』, 윤호병 옮김, 현대미학사, 1994, p. 24.

진기행」의 윤희중, 이들의 고뇌는 그런 의미에서 최인훈, 이청준, 김승옥이 바로 남정현이 도달하고 머문 자리에서 시작한 작가들임을 보여준다. 그러나 이 글은 그들 세 작가에게 할애할 지면을 준비해두지 않았다. 첫째로, 그들 세 작가에 대해서는 이미 충분히 많은 연구가(근대성과 문학의 관계란 관점에서, 그것도 마치 근대적 내면은 이들에게서만 탄생했던 것처럼) 진행된 바 있기 때문이고, 둘째로, 이 글의 남아 있는 지면은 앞서 말한 대로 박태순, 김정한의 작품들을 기존의 독법과 다른 방식으로 읽는 데 있기 때문이다. 물론 이때의 기존 독법이란 민중의 발견, 리얼리즘 전통의 계승이라는 목적론적이고 관습적인 독법을 말한다.

목적론적 관점과 거리를 두고 60년대 작품들을 달리 읽을 때, 박태순은 사실상 김승옥이나 최인훈과 많은 점에서 차이를 보이지 않는다. 그 또한 60년대 한국의 개발독재와 모더니티 앞에서 서구 자본주의의 본원적 축적기에 괴테가 보여준 고뇌의 면모를 동일하게 보여준다. 가령 문제작「무너진 극장」의 일부를 보자.

> 사람들은 관람석을 분해시켜 그곳의 효용 가치를 파괴시키는 무질서에의 작업을 열렬한 흥분 속에서 감행하고 있었다. [……] 그리하여 사람들은 이러한 파괴에서 묘한 쾌감조차 느끼고 있는 것이었으나, 반면에 붕괴되고 있는 저 굉음에 대하여는 어떤 본능적인 공포를 자극받았다. 그들은 공포를 느낄수록 더욱 집착하고 있는지 모른다. 어떤 절망 같은 것, 이 세계가 이것으로 끝나버릴지도 모른다는 아득한 허탈감 속에 너무나도 깊이 빨려들어가 있었다.[15]

과연 이 밤은 지나갈 것인가? 사람들이 아픔을 느끼며 희구해 마지않았던 새날은 찾아올 것인가? 능히 무질서를 수용하며 그 것을 승화시킬 수 있는 새로운 질서는 찾아올 것인가? '희망을 말 하는 자는 누구를 막론하고 도적놈들이다'라고 어떤 시인이 쓴 말은 과연 정확한 것인가? 1950년대에 사람들은 전쟁이라는 것 을 통하여 잔학한 무질서를 익혔었다. 그리고 1960년대로 넘어가 는 이해에는 한국에 있어서 또 하나의 크나큰 변혁이 오고 있었 다. 이 변혁을 정치적인 의미로만 해석해버리기 이전에, 사람들 은 그들이 어째서 질서를 파괴하고 있는가를 깨닫게 될 것인가? 화석(化石)과도 같은 질서…… 마치 죽어가는 나비를 대(臺) 위 에 고정시켜놓은 나비 채집가의 핀과도 같은 질서를 파괴하였을 때, 사람들은 이를 능히 감당해낼 수 있을 것인가! 나는 볼기를 맞 고 있는 그러한 사람의 자세로서 객석 위의 넓은 공간을 응시하 고 있었다.[16]

그간 이 구절들은 대개 4·19혁명의 직접 체험이 형상화된 희귀 한 예, 혹은 4·19가 60년대 세대에게 가한 충격의 증거 등으로 그 문학사적 의의를 인정받아왔다.[17] 그러나 이 구절에 대한 다른 독 법도 가능하다. 우선 첫 인용문에서 눈여겨볼 점은 구질서를 파

---

15 박태순, 「무너진 극장」(1968), 『무너진 극장』, 책세상, 2007, p. 304.

16 박태순, 같은 글, pp. 312~13.

17 황정현, 「4·19 체험과 현실 비판 정신의 계승」, 『현대문학이론연구』 25집, 현대 문학이론학회, 2005 참조.

괴하면서 느끼는 파괴자들의 공포다. 그것은 자신이 파괴하고 있는 전근대적 공동체를 내려다보면서 파우스트가 느꼈던 부끄러움과 공포에 정확히 대응한다. 두번째 인용문은 좀더 직접적이고 명료하게 4·19가 열어젖혔다고 말하는 60년대에 대한 작가의 양면적 기대가 드러난다. 시선의 주체이자 응시의 주체로서 작가는 과연 자신들이 감행하고 결과한 파괴와 무질서를 스스로 감당할 수 있겠느냐고 자문한다. 바로 이러한 양가적 전망이야말로 김동립과 김광식, 그리고 남정현에게는 없었던, 그러나 버먼이 괴테에게서, 마르크스에게서, 그리고 니체와 도스토옙스키에게서 찾아냈던 자기 성찰적 근대의 비전이다. 근대 초창기 독일의 괴테가 놓여 있었던 바로 그 상황에, 60년대 한국의 박태순도 놓여 있었다.

60년대 후반에 쓰인 '외촌동 연작'과는 달리 자의식적이고 내면 탐구적인 경향을 보였던 『무너진 극장』의 여러 단편에서 박태순이 탐구하고자 했던 오로지 하나의 주제가 바로 이것이다. 이 시기 그의 거의 모든 작품들은 '파우스트적 균열'의 테마를 되풀이한다. 근대식으로 지어진 새 집과 고택, 양옥과 한옥, 재래식 변소와 근대식 변소 사이에서 균열되어 있었던 「서울의 방」(1966)의 주인공, 끊임없이 들리는 초자아의 문장('세현이······이제 앞으로 무슨 일을 하려는가?')을 이명처럼 앓으며 60년대 서울의 겨울밤 골목을 헤매고 다니는 「동사자」(1966)의 주인공, '파충류적 적응'과 '현실이 없는 이류' 사이에서 경멸과 경탄을 동시에 경험하는 「이류」(1967)의 주인공, 이들 모두가 근대와 전근대 사이에서 갈등하는 파우스트적 주체들이다. 또한 그들은 도스토옙스키적인 의미에서 모두 지하생활자들이기도 한데, 저개발의 근대 특유의 '행위에 대한 사유의 우위'라는 테마를 이들은 전형적으로 보여준다. 그들은 느닷없이 닥친 근대성 앞에서 가늠하고, 절망하고, 기대하느라 현실적인 행위에 동참하지 못한다. 「생각의 시체」(1967), 「도깨비 하품」(1968)의 인물들이 특히 그렇다. 그들은 『지하로부터의 수기』에 등장하는 러시아식 근대 지하생활자들의 후예들이다.

그렇다면 이 시기 박태순은 개발독재하 한국의 근대를 두 가지 방식으로 동시에, 즉 '둘 중 하나/또는'의 방식이 아닌 '둘 다/모두'의 방식으로 겪고 있었다고도 말할 수 있다. 한 가지 방식은 물론 '외촌동 연작'이 시도한 방식, 곧 세태소설과 르포의 방식이다. 그러나 같은 시기에(실제로 '외촌동 연작'과 『무너진 극장』에 실린 단편들은 거의 비슷한 시기에 씌었다) 그는 다른 방식으로도 근대를 겪고 있었다. 그것은 파우스트의 방식, 곧 근대의 양가성, 생산과 파괴의 변증법을 좇는 방식이었는데, 최소한 「제3병동」과 「인간단지」에서의 김정한이 염두에 두었던 것도 이것으로 보인다.

「제3병동」은 우선 소설 초입부터, 이 작품이 근대와 전근대의 전투장이 될 것임을 암시한다.

제3병동이라 하면, 새로 선 현대식 고층건물인 1, 2병동의 북쪽 뒷구석에 남아 있는 구식 건물로, 의사들뿐만 아니라 간호원들까지도 들어가기를 꺼리는 곳이다. 현재 헐려가고는 있지만 남쪽에 있는 역시 낡은 보일러실과 소독실을 겸한 2층 건물에 가려, 햇빛

조차 제대로 들어오지 않는 아래층은 더욱 그러했다.

　아마 2층 세면소가 있는 짬이리라. 천장에서 무시로 물이 뚝뚝 새어 떨어지게 마련인, 어둠침침한 골마루부터가 그렇다. 게다가 밟으면 삐걱삐걱 소리가 나는, 시커먼 마룻바닥! 대체로, 축축한 그 청 밑에 미라같이 말라붙은 시체라도 누워 있어서, 날씨가 덜 좋은 밤중이면 도깨비라도 불쑥 튀어나와서 저편에서 어슬렁어슬렁 걸어올 듯한―그런, 묵고 퀴퀴한 집이다.[18]

　영화로 치자면 설정 숏에 해당하는 이 장면은 이후 소설의 이야기가 펼쳐질 공간의 설명을 통해 주제를 미리 암시한다. 제3병동은 현대식 고층 건물 사이에서 마모되어가는 낡고 초라한 구식 건물이다. 이러한 포위 구도는 작중 심작은둘 노파의 딸 강남옥이 진찰실 앞 대기 벤치에 앉아 있는 장면에서 되풀이됨으로써 그 상징성을 더한다. "귀 뒤를 돌아 턱밑께로 흘러내린 두 가닥의 새앙머리채에 허름한 한복차림을 하고서 무릎이 쑥쑥 드러나는 미니스커트와 긴 치마 틈새기에 맥없이 끼여 앉아 있는 몰골"[19]의 그녀는 현대식 건물에 포위당한 제3병동과 동일하게 근대에 포위당한 전근대적 가치의 체현자가 된다. 그 전근대적 가치란 무엇인가? 이 작품에서 파우스트의 배역을 맡은 젊은 의사 김종우는 그것을 이렇게 말한다.

18　김정한, 「제3병동」(1969), 『사하촌』, 문학과지성사, 2004, p. 181.

19　김정한, 같은 글, p. 187.

―'그런 것쯤은 알아요! 그러나 우짜란 말입니꺼!' 이런 뜻으로 도 해석되었다. 어머니와 같이 죽어도 좋다는 거라고.

더구나 의사 김종우씨를 놀라게 한 것은, 그녀가 어머니에게 미음을 떠먹일 때 자기도 그 숟가락으로 먹어대는 태연한 광경이었다. 물론 그런 건 더욱 엄하게 주의를 시켜주었던 것이다. 그러나 그녀는 그런 명령까지도 아예 개의치 않았다. 그렇게 명령한, 바로 그 의사가 보는 데서 예사로 그것을 거역하고 있는 것이었다.

'바보 같은 계집애!'

뒈져라 싶었다.

그러나 이상하게도 그 순간 이후, 의사 김종우씨는 엉뚱한 회의에 사로잡히기 시작했던 것이다―병을 겁내지 않는 애! 죽음까지도!

그저 얌전하고 착실한 의사의 아들로서 이른바 일류의 중학, 고등학교를 마치고 대학까지 일류란 데를 나온 레지던트 코스의 젊은 의사 김종우씨는 단순한 생각으로서는 얼른 이해가 가지 않았다. 사람의 명과 생명을 대상으로 하는 의학…… 눈알까지 해 넣고 심장 이식까지 할 수 있게 된 놀라운 현대 의학이론으로도 그러한 인간 행위만은 진단할 길이 없었다―효도니 뭐니 하는 그런 너절한 것이 아니다! 훨씬 본질적인 것, 어쩜 과학 따위에 의해서, 혹은 현대인의 그 약삭빠른 비굴성이랄까, 거짓 이기주의…… 아무튼 눈에 보이지 않는 그런 것들에 의해서 말살되어가고 있는, 그런 무엇이 아닐까?[20]

20 김정한, 같은 글, p. 186.

근대성의 충격을 묘사하기 위해 병원을 무대로 삼은 점이 선구적이거니와(근대란 의학권력의 도래와 함께 온다고 말한 것은 『임상의학의 탄생』과 『광기의 역사』의 푸코다), 김종우가 강남옥에게 보여주는 양가적인 태도는 파우스트가 바우키스와 필레몬 노인에게 보여주던 태도를 정확히 반복한다. 근대적 의학 지식이란 전혀 갖추고 있지 않은 그녀는 우선 바보처럼 보인다. 그러나 그녀에 대한 김종우의 이후 태도는 경멸을 가장한 일종의 '숭고'에 가깝다. 목숨도 아까워하지 않고 어머니를 돌보는 그녀의 태도는 그에게 어떤 회의를 불러일으킨다. 그것은 개척자 파우스트의 눈에 비친 전근대풍 언덕의 종소리, 그것이 불러일으키던 정서 그것에 다름 아니다. "훨씬 본질적인 것, 어쩜 과학 따위에 의해서, 혹은 현대인의 그 약삭빠른 비굴성이랄까, 거짓 이기주의…… 아무튼 눈에 보이지 않는 그런 것들에 의해서 말살되어 가고 있는, 그런 무엇"에 대한 이와 같은 매혹과 공포의 양가성이야말로, 김정한 문학이 도달한 가장 심원한 경지는 아닐까 싶다.

사실 이 작품의 가장 빛나는 대목도 이와 같은 파우스트적 주제를 여러 소설적 장치들을 통해 자연스럽고도 복합적인 방식으로 변주하는 장면들이다. 작품 한복판에서 강남옥 처자가 앓기 시작(전근대적 전염병과 근대적 의약물의 투쟁)하는 순간부터 수수께끼처럼 등장하는 불도저 소리(이 기계야말로 가장 근대적인 발명품일 것이다), 그리고 그 불도저 소리에 맞서기라도 할 듯 밤새 몰아치는 비바람(자연과 문명의 격렬한 투쟁), 그리고 죽음에 대한 근대인들과 전근대인들의 상이한 이해 방식에 대한 에피소드들이 적재적소에 배치되면서, 이 소설은 그대로 근대성의 가장 중요한 주제들에 대한 소설적 해부대처럼 변해간다. 게다가 작가는 근대성 일반에 대한 탐구 한편에 60년대 한국적 근대의 특수성에 대한 천착 또한 빼놓지 않는다.

> 첫길이라 얼떨떨해 있던 강남옥 처녀도 창밖을 유심히 내다보았다. 아닌 게 아니라 세상 물정을 모르는 그녀로서는 조금 이상한 생각이 들었다—멀리 뵈는 들 끝 초가집들은 내처 게딱지처럼 다닥다닥 땅에 붙어 있는데, 차에서 이내 내다보이는 가까운 철길가 집들은 거의 일률적으로, 그것도 부락 따라 시멘트 기와 혹은 슬레이트로 고쳐 이어졌고, 이쪽을 향한 벽들도 흰 횟가루 도배가 되어 있었다. 가끔 그녀에게도 미소를 자아내게 하는 것은 어떤 집들은 차창에서 보이는 부분만이 기와나 슬레이트고 나머지는 찌그러져 가는 초가 그대로 남겨 두었는가 하면 벽도 역시 보이는 쨈만이 회칠이 되어 있는 광경들이었다.[21]

마치 영화 세트장 짓기를 방불케 했던 개발독재의 이면을 날카롭게 포착한 장면이거니와, 이런 식의 한국적 근대에 대한 비판은 그대로 「인간단지」의 주제가 된다. 알다시피 나환자들(요즘식으로 얘기하면 '호모 사케르')의 공동체 만들기란 소재를 다루고 있는 「인간단지」는 의학과 권력의 유착, 개발논리와 독재

---

21 김정한, 같은 글, p. 196.

의 함수관계, 부정과 부실로만 지탱되는 한국적 근대화, 산업화와 환경 문제 등의 주제들을 전면화한다.

구모룡이 지적하듯이[22] 만약 김정한 문학이 아직도 현재적이라면, 그것은 그가 가난한 민중을 발견해 70년대 문학에 넘겨주었기 때문이라기보다는, 이처럼 지금에도 유효한 여러 중요한 주제들을 이 작품에서 우리 소설사의 화두로 등장시킨 바 있기 때문이다.

5. 사이비 파우스트와 60년대 소설

버먼은 파우스트의 비극적이고 양면적인 고뇌와 대조하여 저개발국가에서 20세기에 여러 방식으로 나타났던 개발독재를 일컬어 '사이비 파우스트'적 전망이라 부른다.

> 오늘날의 수많은 지배 계층은 그것이 우익적인 식민주의자이든 좌익적인 인민주의자이든 간에 똑같이, 파우스트의 과학적 역량과 기술적 역량이 없는, 사람들의 실제 욕망과 필요에 대한 조직적인 천재성이나 정치적인 감각이 없는, 그 자신의 모든 과대망상증과 잔인성을 구체화하는 거대한 계획과 캠페인 때문에, 치

---

22 구모룡은 김정한 문학의 현재적 가치를 환경문학, 소수자문학, 지역문학 등의 관점에서 재조명한다. 흥미로운 점은 그간의 평가와 달리 김정한 문학이 견고한 계급 범주와 리얼리즘의 규범에 얽매이지 않았기 때문에 더욱 현재적인 문제들을 탐구할 수 있었다고 말한다는 점이다(구모룡, 「21세기에 던지는 김정한 문학의 의미」, 『창작과비평』 2008년 가을호, p. 361 참조).

명적인(자기 자신들에 대해서보다는 자신들의 주체에 대해서 더 치명적인) 약점을 보였다는 점이다. 수백만 사람들이 불행한 개발정책, 즉 과대망상적으로 생각되었고 겉치레적이고 무감각하게 실행되었던 개발정책 때문에 희생되었다.[23]

버먼의 위와 같은 정식화는 박정희가 주도한 한국의 60~70년대 개발독재에도 그대로 적용 가능해 보인다. "파우스트의 과학적 역량과 기술적 역량"도 없이, 오로지 "과대망상증과 잔인성을 구체화하는 거대한 계획과 캠페인"(경제개발 5개년 계획! 새마을 운동!)으로 이루어진 한국식 개발독재가 시작되던 시기, '바로 그 시기'에 남정현과 박태순과 김정한이 살았고 작품을 썼다. 그런 이유로 우리는 그들의 작품을 이후 시대 문학에 대한 전미래로서가 아니라 바로 그 '사이비 파우스트'에 맞선 문학적 기록물들로 읽어줄 필요가 있다.

그렇게 읽을 때, 60년대 소설의 기점에는 김광식이나 김동립의 작품이 놓인다는 점, 남정현의 풍자는 반미문학의 효시이기 이전에 근대성이 개인에게 가하는 심리적 폭력에 대한 풍자적 고발이라는 점, 그리고 박태순과 김정한의 작품은 70년대 민중적 리얼리즘으로 향하는 가교라기보다는 박정희식 개발독재에 맞서 근대의 비극적 변증법을 통찰해낸 값진 작업이었다는 점 등이 밝혀진다.

---

23 마샬 버먼, 같은 책, p. 93.

풍자와 정신병리 1
—남정현 소설에 나타난 정신병리

1. 들어가며

원칙적으로, 일체의 문학 이론은 자신의 방법론이 모든 문학 작품에 적용 가능할 것이라는 전제하에 고안되기 마련이다. 어떤 이론도 자신의 분석틀이 제한적인 문학 작품에만 적용 가능할 것임을 고백하는 겸양을 보여주지는 않는다. 이론은 생래적으로 겸양을 모른다. 그럼에도 불구하고 이론의 영역을 떠나 구체적인 작품 분석에 임할 경우, 특정 작품은 특정 문학 연구 방법을 '요구하는' 경향이 있음을 확인하게 된다. 가령 장용학의『원형의 전설』이나 손창섭의「신의 희작」같은 작품들은 그 작품들이 포함하고 있는 오이디푸스 콤플렉스적 징후나 정신병리적 모티프로 인해 필연적으로 정신분석학적 연구 방법을 '요구한다'. 황석영의「객지」는 작품이 배경으로 삼고 있는 1970년대 산업사회화 과정의 여러 문제적 요소들로 인해 문학사회학적 연구 방법을 요구하고, 이상(李箱)의 시편들은 그 형식상의 해체적 속성으로 인해 탈구조주의적 연구 방법을 요구한다. 문학 연구 방법론의 다양화에도 불구하고 특정 작품은 그에 적합한 연구 방법을 많아야 두세 가지로 제한하는 경향이 있다.

　남정현의 소설들도 마찬가지다. 남정현의 텍스트들은 우선적으로 문학사회학적 연구 방법을 요구한다. 물론 「분지」 필화사건이 몰고 온 사회적 파장 때문이기도 하고,[1] 남정현의 텍스트들이 거의 예외 없이 정치·사회적인 문제들(외세, 독재, 친일 잔재, 핵문제 등)에 집중되어 있기 때문이기도 하다. 그간 남정현 문학에 대한 연구 성과들의 대다수가 바로 문학사회학적인 견지에서 「분지」를 중심으로, 그리고 작품의 '내용'과 관련해 행해진 이유도 여기에 있을 것이다.[2] 이 주제에 관한 한 많은 연구자들이나

1 「분지」 필화사건의 자세한 진행 경과에 대해서는 『남정현 문학전집 3』(국학자료원, 2002)의 부록 참조.

2 이런 관점에서 행해진 기존의 연구 논문 및 참고 자료로는 다음과 같은 것들이 있다.
김병익, 「사회과학과 문학」, 『현대한국문학의 이론』, 민음사, 1972.
김병걸, 「상황악에 대한 끈질긴 도전」, 『한국문학전집 19』, 삼성출판사, 1985.
임중빈, 「상황악과의 대결」, 『동서한국문학전집 22』, 동서문화사, 1987.
임헌영, 「승리자의 울음과 패자의 웃음」, 「분지」 해설, 한겨레, 1987.
나명순, 「권력을 딛고 선 민족문학의 알레고리」, 『동서문학』 1988년 1월호.
이철범, 「외세에 대한 민족 양심의 항변」, 『분단, 문학, 통일』, 종로서적, 1988.
김병걸, 「남정현 문학의 저항성」, 『문학예술운동』 2호, 풀빛, 1989.
류양선, 「풍자소설의 민족문학적 성과」, 『한국현대작가연구』, 민음사, 1989.
임진영, 「가장 강렬한 웃음의 칼날」, 『한국소설문학 대계』, 동아출판사, 1995.
강진구, 「남정현 문학 연구」, 중앙대 석사논문, 1996.
윤성식, 「남정현 필화소설 '분지'」, 『말』 1998년 3월호.
강진호, 「외세와 금기에 대한 도전」, 『현대문학』 1998년 10월호.
임헌영, 「변혁으로서의 문학과 역사」, 『대한매일』, 1999년 5월 19일자~6월 22일자.
장석주, 「반공법의 족쇄에 묶인 '분지'」, 『20세기 한국문학의 탐험 3』, 시공사, 2000.

평론가들의 견해가 그 강조점에 있어 다소의 차이는 있을지언정 대부분 일치된 의견을 보이고 있고, 아울러 주제의식이 때로는 '필요 이상으로' 명확하기까지 한 남정현의 소설 세계를 염두에 둘 때, 이견이 있을 가능성이 없어 후속 연구의 필요성이 그다지 크게 제기되지 않는 것으로 보인다.

남정현 소설이 요구하는 두번째 연구 방법론은 기법적인 측면에서의 '풍자성'에 대한 천착이다. 알다시피 남정현은 마치 풍자 외에 다른 기법에는 전혀 관심이 없다는 듯이 일관되게 풍자적인 작품들만을 고집해온 작가이다. 그런 이유로 남정현의 소설에 대한 기존의 연구 성과들 또한 '내용' 연구 다음으로 이 부분에 집중되어 있는 형편이다.[3] 그리고 이 영역 역시, 그 세부에 있어 엄밀성의 차이는 있을망정 별다른 이견이 없는 상태로 반복적인 연구만이 거듭되고 있는 실정으로 보인다.

크게 보아 이 두 유형의 연구가 그간 남정현 문학을 두고 행해진 연구의 전체에 해당한다고 해도 과언은 아니다. 동시대를 풍미했던 다른 작가들(최인훈, 김승옥, 이청준, 이호철 등)에 비해 사뭇 초라한 양의 연구 성과들임에도 불구하고, 그마저도 유독

---

3 남정현 소설의 풍자적 기법에 관한 연구로는 다음과 같은 것들이 있다.
김상일, 「풍속과 알레고리」, 『한국문학대전집』, 태극출판사, 1976.
김병욱, 「천부적 이야기꾼」, 『분지』 해설, 한겨레, 1987.
이어령, 「현대인의 허울을 벗기는 신랄한 풍자성」, 『분지』 해설, 한겨레, 1987.
강태근, 「한국 현대소설의 풍자성 연구」, 경희대 박사논문, 1988.
장영우, 「통곡의 현실, 고소의 미학」, 『작가연구』 2호(하반기), 1996년 10월호.
이봉범, 「남정현 문학의 알레고리와 풍자」, 『반교어문연구』 1997년 12월호.
김상주, 「남정현 소설의 기법고찰」, 『사람의 문학』 2000년 겨울호.
황도경, 「역설의 미학, 풍자의 언어」, 『남정현 문학전집 3』, 국학자료원, 2002.

기법 면에서의 풍자성과 주제 면에서의 정치성만이 거듭 강조되고 있는 형국인 것을 보면, 남정현 문학 연구에 관한 한 새로운 연구 방법론의 모색이 절실한 시점이 아닌가 한다.

필자의 견해로는, 남정현의 문학은 앞서 두 연구 방법과는 다른 제3의 연구 방법을 요구하고 있음에도 불구하고 이에 대해서는 별다른 반응이 없었다고 판단한다. 바로 '정신분석학적 연구 방법'이 그것이다. 이제 살펴보게 되겠지만 남정현 소설 전편을 통틀어 정신병리적 상태에 있는 주인공이 등장하지 않는 예는 없다. 그간의 연구에서는 그저 이 병리적 징후들이 '풍자'를 위한 과장의 산물로 치부되고 말았지만 작품을 면밀히 분석해볼 경우 그렇지가 않다.

남정현의 소설 세계는 망상과 편집증으로 시작해서, 여러 도착(특히 호분증)적 증세들과 강박 및 불안에 이르는 다양한 신경증 징후들의 진열장이라고 해도 과언이 아닐 정도로 정신병리의 모티프에 깊게 침윤되어 있다. 남정현 소설에서 정신병리적 징후들은 단순히 '풍자'로 뭉뚱그릴 수 없을 만큼, 작품 전체의 내용과 구성을 지배하는 경향을 보여준다.

이 징후들을 프로이트의 이론에 맞추어 정밀하게 분석·분류해보고, 그 결과에 따라 남정현의 풍자가 다른 작가들(가령 김유정이나 채만식)의 풍자와 다른 점, 병리적 징후들을 대거 소설에 도입함으로써 작가 남정현이 얻으려고 했던 효과, 아울러 풍자 기법 일반의 심리적 기원을 밝힐 수 있겠는가를 타진해보는 것이 이 글의 목적이다.

2. 풍자의 심리적 기원

프로이트는 웃음의 심리적 기원을 이렇게 설명한다.

이전에 일정한 심리적 과정에 집중하는 데 사용됐던 일정량의
심리적 에너지를 사용할 수 없게 되어 그것이 자유롭게 분출될
때 웃음이 발생한다고 말할 수 있을 것이다.[4]

"이전에 일정한 심리적 과정에 집중하는 데 사용됐던 일정량
의 심리적 에너지"는 물론 '대상카섹시스(object cathexis)', 즉 특
정한 대상에 투자되었던 '리비도집중(cathexis)'일 것이다. 그런
데 프로이트는 이 에너지가 어떤 이유로 더 이상 그 대상에게 투
자되지 못하고 축적되었다가 분출되는 한 방식[5]이 바로 "웃음"이
라고 말한다.

이를 일상적인 언어로 옮기면 다음과 같을 것이다. '대상에 대
한 애정을 포기하자, 그 애정에 사용되던 심리적 에너지가 웃음
으로 표현된다.' 가령, 어떤 독자가 남정현 소설의 대표적 인물인
'허허 선생'의 행동에 대해 웃음을 터뜨린다면, 그는 애초에 사뭇
진지하고 엄숙해 보이던 그 인물에 대해 가지고 있던 애정이나
기대가 배반당하면서 얻어진 심리적 에너지를 웃음을 통해 분출

---

4 지그문트 프로이트, 『농담과 무의식의 관계』, 임인주 옮김, 열린책들, 1997, p. 194.

5 이를 '한' 방식이라고 하는 것은 울음이나 슬픔, 분노 등도 사실은 대상으로부터
거둬들여져 축적된 리비도가 분출되는 방식들이기 때문이다.

하고 있는 셈이다. 요컨대 웃음, 특히 풍자가 유발하는 웃음[6]은 대상에 대한 애정의 거둬들임을 전제로 한다.

풍자 또한 웃음을 유발하는 이상 위의 원리에서 크게 어긋나지는 않을 듯하다. 이와 같은 웃음의 리비도 경제학을 풍자에 적용해보자. 말할 것도 없이 풍자의 전제는 '미적 거리'이다. 풍자 대상과 작가, 혹은 풍자 대상과 독자 간의 거리가 확보되지 않는 이상, 웃음은 발생하지 않고 풍자는 실패로 돌아간다. 즉 풍자 대상이 되는 인물의 진지함에도 불구하고 독자가 그에 동일시하지 못한 채 거리를 두고 그를 바라보면서 조롱하거나 비웃게 될 때 풍자는 발생한다. 대상에 대한 '조롱' '조소' 등이 풍자의 요체이다.

이 말은 곧 풍자는 대상에 대한 리비도의 철회를 전제한다는 말로 번역이 가능할 것이다. 조롱의 대상은 더 이상 주체의 리비도를 사로잡지 못할 것이기 때문이다. 그렇게 철회된 리비도 에너지가 웃음으로 분출될 경우 풍자는 성공한다.

풍자 대상은 작가에게나 독자에게나 애정, 연민, 동정의 대상이 되지 못한다. 풍자가 전제하는 미적 거리는 심리적 거리이기도 하다. 리비도 경제학적 용어로 번역하자면, '풍자 대상은 독자나 작가에게 더 이상의 리비도집중 대상이 아니다.' 심지어 증오조차도 대상에 대한 리비도집중을 필요로 하거니와, 이와 달리 웃음은 대상에 대한 심리적 에너지 집중의 포기를 전제한다.

'대상으로부터 리비도집중의 철회'를 일상적 언어로 옮기자면

---

6 특히 남정현 소설에 자주 등장하는 '조소(嘲笑)'와 '고소(苦笑)'의 경우는 더욱 그렇다.

아마 가장 근사한 단어가 '환멸'일 것이다. 환멸은 대상에 대한 배신감, 실망, 그리하여 애초에 그 대상에 대해 가지고 있던 애정의 전면적인 포기를 의미한다. 풍자는 일차적으로 대상에 대한 환멸을 전제한다. 환멸이 대상에 대한 애정을 포기하게 하고, 포기된 애정이 조소를 유발한다.

이를 좀더 일반화할 경우, 우리는 기본적으로 풍자 작가란 대상에 대한 강렬한 환멸로 인해, 그 대상에 집중되었어야 할 리비도 에너지를 애정 대신 웃음으로 분출하는 작가라고 정의할 수 있을 것이다. 남정현이 바로 그렇다. 다음은 장영우가 요약한 남정현의 현실 파악 방식이다.

서술자(또는 작가)가 파악하는 조국의 현실은 '외세의 행패로 나라가 두 동강이 나서 망가질 대로 망가'(「기상도」)졌을 뿐만 아니라, '나라의 곳곳을 가로막은 철조망'(「경고구역」)과 '북한엔 뿔 돋친 공산당이 산다고만 알지, 사람이 산다는 사실은 좀처럼 인정하지 않'(「부주전상서」)는 반공 논리에 의해 '이 땅 위에서 민족의 숙원인 통일에 대한 열망이 곧장 불온한 사상으로 낙찰'(「사회봉」)되기 때문에 '대한민국에서 살기 위해선 공산당이 아닌 것'(「기상도」)이 무엇보다 중요한 생존의 조건이 된다. 또한 '4·19 이후 삼천리 방방곡곡에 갖가지 형태의 아름다운 꽃으로서 가슴 설레이게 피어오르던 자유와 통일에 대한 민중의 열망을 짓부순 5·16 군사 쿠데타'(「광태」) 이후 대한민국은 '사실을 구체적으로 표현할 수 있는 자유'(「분지」)를 박탈당한 채 '민족을 등지고 일신의 영화만을 탐하는 그런 더러운 놈들이 휘어잡고 있'(「천지현황」)어 '헌법은 우리 아기 잠기장. 생각날 때마다 지우고 또 쓰고 하면 되는'(「광태」) 걸레조각과도 같은 것으로 인식될 만큼 국가의 권위가 철저히 불신 당한다. 이런 판국에 대다수 사람들은 '좌우간 대한민국이 아닌 외국으로 가는 여권'(「기상도」)을 얻어 '이방인들의 호적에 파고들어 갈 기회를 찾지 못해 거의 병객처럼 화색을 잃'(「분지」)을 만큼 아메리카 드림에 현혹되어 있을 뿐 생산적인 활동에는 전혀 무관심한 것으로 드러남으로써 전후 한국은 마치 치유 불가능한 질병에 신음하는 환자로 인식된다. 이와 같은 상황에서 정상적인 상식을 가진 사람이 '흉흉한 웃음'(「굴뚝 밑의 유산」)을 웃거나 '선하던 성미가 무참히 변모하여 거의 짐승이 다 되어버'(「광태」)리는 것은 어쩌면 필연적 귀결인지도 모를 일이다.[7]

장영우가 탁월하게 요약하고 있거니와, 남정현의 전체 소설이 당대 한국의 사회 현실에 대한 환멸로 점철되어 있다는 사실에는 이견이 있을 수 없다. 그 환멸은 사뭇 전면적인 거부의 형식을 취하고 있어서 남정현 문학 속에는 긍정적 현실, 긍정적 인물, 긍정적 전망은 단 한 차례도 등장하지 않는다.

요컨대, 남정현은 대상 현실로부터 자신의 대상리비도를 전면 철회한다.[8] 그리하여 축적된 리비도가 웃음으로 분출될 때, 남정

---

7 장영우, 「통곡의 현실, 고소의 미학―남정현론」, 『남정현 문학전집 3』, p. 82.

8 이러한 특징으로 미루어볼 때, 소설의 소재와 주제만을 보고 남정현을 '리얼리스트'로 분류하는 데에는 다소 무리가 있다고 생각된다. 마르트 로베르에 따르면 총체적 환멸은 '업둥이형' 작가, 즉 낭만주의적 작가들의 전형적인 특징이다.

현 특유의 풍자가 탄생한다.

3. 풍자와 정신병리

1) 남정현식 풍자의 특징

남정현의 풍자는 '총체적 환멸'에 기반한다고 했거니와, 필자의 견해로는 바로 이 점이 남정현의 풍자를 다른 작가들의 풍자와 구분하게 하는 첫번째 특징이다. 물론 본고의 논지에 따르면 모든 풍자는 기본적으로 환멸을 전제로 한다. 그런 점에서 김유정이나 채만식의 풍자소설 역시 환멸을 그 창작의 동력으로 삼고 있다고 보아야 맞는다.

물론 채만식의 풍자소설 역시 풍자 대상에 대한 환멸, 곧 리비도집중의 철회에 기반한다. 그러나 채만식의 경우 자신의 모든 주인공을 풍자의 대상으로 삼지는 않는다. 「치숙」에 등장하는 '삼촌'은 그에 대한 적절한 예가 될 만한 인물이다. 화자인 조카의 악의적인 비방에도 불구하고 독자들은 그가 긍정적 인물임을 금세 인식하게 된다. 「태평천하」의 윤직원 영감 역시 전면적인

그에 따르면 작가들 중에서 '업둥이형 가족 로맨스'(오이디푸스 단계 이전의 가족 로맨스)에 무의식적 기반을 둔 작가들은 예외 없이 현실을 총체적으로 거부하며, 대신 유토피아 속으로 도피하는 성향을 보인다고 한다. 반면 '사생아형 가족 로맨스'(오이디푸스 단계 이후의 가족 로맨스)에 무의식적 기반을 둔 작가들은 현실원칙의 영향을 강하게 받는다. 아버지로 대변되는 금기, 법, 질서 등을 기본적으로 체득한 후의 로맨스가 바로 사생아형 로맨스이기 때문이다. 논란의 여지가 있겠지만, 필자의 경우 그런 의미에서 남정현은 리얼리스트라기보다는 오히려 낭만주의자에 속한다고 보는 편이다.

조롱의 대상은 되지 않는다. 그가 살아낸 한말의 역사는 윤직원 영감에게는 일종의 운명과 같아서, 그에게 다소간의 비극적인 풍모를 부여한다. 그리하여 독자들은 그에게 다소간의 연민과 동정을 느끼게 된다. 게다가 그의 손자인 윤종수는 사소한 결함에도 불구하고 긍정적인 인물임에 틀림이 없다. 즉 채만식은 풍자 대상으로서의 인물들과 현실로부터 리비도집중을 완전히 철회하지는 않았던 것이다. 김유정의 경우도 마찬가지다. 그의 바보형 인물들은 항상 비웃음과 동시에 동정과 연민의 대상이 된다.

그러나 남정현의 인물들은 사정이 다르다. 이들에 비해 남정현의 환멸은 유독 전면적이다. 그리하여 소설 속의 등장인물 전체가 풍자의 대상이 된다. 몇 가지 예를 들어보자.

활빈당(活貧黨)의 수령으로서 호풍환우(呼風喚雨)하는 둔갑술이며 신출귀몰하는 도술(道術)로써 썩고 병든 조정(朝廷)의 무리들을 혼비백산케 하신 제 선조인 홍길동의 비방(秘方)을 최대한으로 활용함으로써 사후(死後)의 당신이나마 저도 한 번 부모님을 기쁘게 해드릴 생각으로 저의 가슴은 지금 출렁거리는 것입니다. 기대하여 주십시요. 어머니.[9]

아버지, 분노의 독소(毒素)란 참으로 강력하더군요. 그리고 저는 자제력을 잃었으니까요. 저는 정말 제 정신이 아니었습니다. 저는 그 때 정 그러면 내가 빼 주겠다고 장담하고 나서 볼 것도 없

9 남정현, 「분지」, 『남정현 문학전집 1』, 국학자료원, 2002, p. 377.

이 청자를 때려 눕히고 자궁속 깊숙이 저의 손을 쑥 틀어넣어 가지고는 무엇인가 잡히는 것을 한 웅큼 왈칵 끄집어냈던 것입니다. 그러나 아 불행하게도 제가 잡은 것은 루프가 아니라 질내의 근육이더군요. 정말 순식간의 일이었습니다. 청자는 소리 한 번 지르지 못하고 아마 뻗은 모양입디다. 하반신을 흘러 넘치는 피. 그런데 왜 그런지 저는 피로 보이지 않더군요. 그것은 고름이었습니다. 청자의, 저의, 아니 정부(政府)의, 조국의, 좌우간 어디에선가 크게 곪은 부종(浮腫)이 콸콸 무너져 내리는 누런 고름의 강하(江河)였던 것입니다. 왜 그렇게 통쾌하던지요. 시원했습니다. 저는 웃통을 벗고 공연히 들뜬 기분으로

"죽어봐야 알지. 암 죽어봐야 알고 말고."

그리고 시원하다는 소리를 몇 번이나 반복했는지 모른답니다.[10]

상기 두 인용문으로부터 추출해낼 수 있는 남정현식 풍자의 특징은 두 가지이다. 그 첫째는 이미 언급한 대로 심지어 작가와 가장 근접한 거리에 위치한 긍정적 인물들마저도 전면적인 풍자의 대상이 된다는 점이다. 「분지」의 홍만수가 결행한 복수는 사실 외세에 대한 저항이며 부조리한 사회 현실에 대한 반항임에 틀림이 없다. 그럼에도 불구하고 이 영웅적인 행동을 결행한 홍만수 역시 남정현의 풍자를 비껴가지는 못한다. 그는 스스로를 홍길동과 동일시하는 일종의 구세주망상에 빠진 인물이다. 그가 보여주는 언술들의 상당 부분이 노골적으로 망상적이어서 독자

<hr>

10 남정현, 「부주전상서」, 같은 책, p. 327.

는 결코 그에 대해 동일시할 수 없도록 형상화되어 있다. 남정현의 소설을 통틀어 가장 영웅적이고 실천적인 인물인 홍만수마저 조롱의 대상이 되고 있는 것이다.

이어지는 「부주전상서」의 화자 역시 마찬가지다. 그는 아내가 루프 기구를 이용한 피임 시술을 했다는 이유로 그녀를 살해한다. 그 배경에 박정희식 개발독재에 대한 저항의 의미가 존재한다는 사실을 감안한다 하더라도, 인용한 부분은 이 인물 역시 독자들이 동일시하기에는 필요 이상으로 잔혹하고, 어리석다. 심지어 그는 어떤 병리적인 심리 상태에 빠져 있는 것으로 보이는데, 남정현 소설 속에서는 여성의 육체와 한 나라의 국토가, 가족의 상태와 나라의 상태가 알레고리적 연관을 맺고 있다는 사실을 십분 고려한다 하더라도, 그의 행위는 독자들로부터 조소를 자아낼 수 있을 정도로 충분히 과장되고 왜곡되어 있다. 「부주전상서」의 화자 또한 남정현의 풍자를 비껴가지는 못한다.

이와 관련하여 남정현식 풍자의 두번째 특징이 드러난다. 남정현의 풍자는 일관되게 정신병리와 관련된다는 점이 그것이다. 이제 이에 대해 상술해보자.

풍자의 심리적 기원은 신경증의 심리적 기원과 동일하다. 두 경우 모두 환멸을 그 기원으로 하기 때문이다. 풍자는 환멸 때문에 대상으로부터 리비도 에너지를 철회한 주체가, 철회되어 축적된 리비도 에너지를 웃음으로 분출하는 문학적 표현 양식이다. 그렇게 보면 풍자는 프로이트가 말한 승화 메커니즘의 일부를 구성하고 있다고 보아도 무방할 것이다. 축적된 리비도 에너지는 신경증의 병인(病因)이 될 수 있거니와, 이를 웃음을 통해 분출할 경우 주체는 신경증을 면하고 풍자 작가가 된다. 그러므로 풍자 또한 승화이다.

동일한 리비도 철회가 신경증 환자들에게서도 일어난다. 그러나 신경증 환자들은 작가가 아니어서 풍자를 포함한 승화의 메커니즘을 터득하지 못한 관계로 철회된 리비도 에너지를 심리발달과정의 초기 단계(자가성애기, 구순기, 항문기)로 퇴행·고착시키게 되고, 이 고착이 신경증을 유발한다. 리비도 에너지가 자가성애기로 퇴행해 고착될 경우 다양한 나르시시즘적 신경증(정신증)들, 예컨대 우울증, 편집증, 조발성치매 등이 발병하고, 구순기나 항문기로 퇴행해 고착될 경우 불안과 강박, 히스테리 등을 포함한 여러 전이신경증들이 발병한다. 아울러 도착(시신애호증, 동성애, 절편음란증, 노출증, 관음증 등) 증세도 이러한 퇴행을 통해 발병한다.[11] 바로 이런 신경증 증상 형성 과정을 거쳐 병리적인 정신 상태에 빠진 인물들이 남정현 소설 속에 대거 등장한다.

이 점이 바로 남정현의 풍자를 다른 작가들의 풍자와 뚜렷하게 구분해주는 두번째 특징이다. 요컨대 남정현은 환멸에 의해 철회된 자신의 대상리비도를 풍자를 통해 승화시키면서, 동시에 환멸로 인해 신경증을 얻은 병리적 인물들을 소설 속에 대거 등장시켜 그 풍자의 목적을 달성한다.

---

11 이 글에서는 프로이트가 이론화한 신경증 증상 형성 과정 전체를 세밀하게 거론할 여유가 없다. 대신 다음의 간략한 도표로 그 과정에 대한 상술을 대신하기로 한다. 이에 대한 자세한 논의는 졸저, 『소설과 정신분석』(푸른사상, 2003) 참조.

풍자의 기법은 풍자 대상을 희화화하여 웃음을 유발하기 위해 과장과 왜곡을 동원하기 마련이다. 더러는 마당극이나 탈춤에서처럼 인물의 외양을 과장하거나, 행동과 언사를 과장된 스테레오 타입으로 만들어 이 목적을 달성한다. 더러는 「태평천하」에서처럼 특정 계급이나 세대의 모든 악습을 한 인물 속에 '응축'시켜 소기의 목적을 달성하기도 한다. 그러나 남정현이 택한 과장

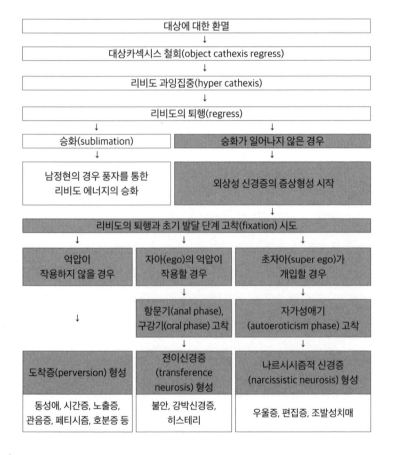

은 이와 다르다. 그는 자신의 인물들을 예외 없이 신경증 환자로 왜곡시킴으로써 희화화한다. 그리하여 자신만의 독특한 풍자 기법, 즉 '정신병리적 풍자'를 완성한다.

2) 풍자와 정신병리

이제 이상의 논의를 실제 작품에 적용해보자. 남정현 소설에 등장하는 인물들을 노스럽 프라이의 분류에 따라 '알라존'(alazon; 눈에 뻔히 보이는 기술로 자신을 실제보다 과시하는 인물형)과 '에이런'(eiron; 겉으로 드러난 바보스러움에 비해 실제로는 훨씬 천재적인 인물형) 유형으로 나누고,[12] 각 유형에서 주로 나타나는 신경증의 징후들을 분석해본 결과는 아래와 같다.

(1) 강박증

분석 결과, 남정현 소설의 인물들에게서 자주 나타나는 대표적인 신경증 징후들과 해당 인물들을 제시하면 다음과 같다. 먼

12　과연 남정현 소설 속에 '에이런' 유형의 인물들이 존재하는가에 대해서는 논란의 여지가 있다. 이미 보았듯이 「분지」의 홍만수처럼 표면적으로는 에이런 유형에 속하는 인물들조차 종국에 가서는 편집증이나 망상에 사로잡힌 병리적 인물로 드러나면서 결국 '알라존' 유형의 인물들과 마찬가지로 풍자의 대상이 되어버리고 말기 때문이다. 남정현의 철저한 환멸은 에이런 유형의 인물들조차 부정적으로 묘사하게 한다. 그러나 이 글에서는 편의상 홍만수로 대표되는 인물형을 에이런 유형에 속하는 인물로 일단 전제하기로 한다. 반면 알라존 유형의 인물군은 전통적인 풍자문학에서의 동일 인물군과 거의 유사하다. 그들은 하나같이 위정자이거나 기득권 세력이며, 외세에 관한 한 사대주의자인 데다 친일 부역자였거나 반통일 세력에 속한다. 그들은 스스로를 과신하지만 실제에 있어서는 추악하고 속물적이다.

저 강박 증상이다.

- 위생강박증: 숙(「경고구역」), 신옥(「너는 뭐냐」), 허허 선생
(「허허 선생 5—준이와의 3개월」)
- 안전강박증: 허허 선생(「허허 선생 1—괴물체」), 허허 선생
(「허허 선생 6—핵반응」), 허허 선생(「허허 선생 7—신사고」)

강박 증상은 '무의미한 사고나 행위의 되풀이'로 나타난다. 프
로이트에 따르면 주로 불안이 먼저 발생하고 그 불안을 상쇄하
려는 노력에서 대체 증상으로서의 강박증이 나타난다고 한다.
따라서 강박 증상이 형성되면 불안은 사라진다.

남정현 소설의 경우 이 강박 증상이 알라존 유형 인물군에게
서는 두 가지 형태로 나타난다. 위생강박과 안전강박이 그것이
다. 위생강박은 「너는 뭐냐」의 신옥에게서 가장 전형적으로 나
타나는데, 신옥은 '현대'의 위생학을 이유로 들어 바이러스 감염
에 대한 극도의 혐오증을 보인다. 그리하여 이로부터 발생하는
불안을, 식모에게 마스크 씌우기, 요강에 배변하기 등의 강박 행
위로 대체한다.

한편, 안전강박은 남정현 소설의 대표적인 알라존 유형 인물
인 허허 선생(「허허 선생」 연작)에게서 자주 나타난다. 그는 자
신의 안전을 침해당할지도 모른다는 불안을 무수히 많은 개 기
르기, 유사시에 움직일 수 있는 집 만들기, 핵무기로 무장하기,
땅굴 파기 등등의 강박 행위로 대체한다. 정신병리를 통해 웃음
을 유발하는 남정현식 풍자의 예라 할 만하다. 흥미로운 점은 이

두 강박증이 에이런 유형의 인물들에서는 전혀 등장하지 않는다는 점이다. 남정현 소설에서 에이런 유형의 인물들은 대개가 무위도식자이거나, 현실부적응자, 가난하고 억압당하는 자로 등장한다는 점을 고려할 때, 상대적으로 잃을 것을 가지고 있지 않은 관계로 이들 유형의 인물들에게서는 안전이나 위생에 대한 불안과 강박증이 없다는 사실이 확인된다.

반면 에이런 유형의 인물들에서는 발견되지만 알라존 유형의 인물들에서는 발견되지 않는 증상들도 있다. 다음을 보자.

- 이방강박증: 석주(「굴뚝 밑의 유산」), 성주(「누락인종」), 철·선·식(「기상도」), 나(「광태」), 리리·A·B(「탈의기」), 나(「허허 선생 5—준이와의 3개월」)
- 노출증: 순이(「경고구역」), 영옥(「굴뚝 밑의 유산」), 지아(「광태」), 천하(「탈의기」), 나(「허허 선생 5—준이와의 3개월」)
- 호분증: 종수(「경고구역」)
- 속도강박증: 종수(「경고구역」), 허만(「허허 선생 1—괴물체」)

편의상 '이방(異邦)강박'이라 이름 붙일 수 있을 만한 증상의 경우, 등장인물들은 명확한 목적지도 없이 어디론가 떠나려고 끊임없이 시도한다. 일종의 둔주병이지만 실제에 있어서는 아무 곳으로도 떠나지 못하면서 자꾸 떠난다는 말만 되풀이하므로 그들을 강박증 환자군에 포함시켜도 무리는 없다고 판단된다. 그들에게는 이 땅이 총체적으로 부정적이기만 한 관계로 대한민국이 아니면 어디가 되었건 떠나기를 바라마지않는다. 흥미로운 점은 이들의 증상이 가급적 현재의 공간을 유지하고, 지키고, 보존하고자 하는 알라존들의 안전강박증과 선명한 대비를 이룬다는 점이다. 기득권층에 속하는 알라존 유형의 인물들이 과장되게, 신경증적으로 현상태를 유지하고자 함으로써 풍자의 대상이 되는 반면 이들 가진 것 없는 에이런 유형 인물들은 하나같이 현상태로부터의 탈출을 꿈꾼다.

그러나 그 탈출 시도는 번번히 지연되고, 포기되면서 일종의 강박증을 초래한다. 결국 에이런들 역시 알라존들과 마찬가지로 신경증 환자로 묘사되고, 그리하여 희화화된다. 다른 풍자 작가들에게서와 달리 에이런 유형의 인물들마저도 끝까지 긍정되지 못한 채 공격의 대상이 된다는 점이 남정현식 풍자의 특징이라는 사실이 확인된다.

노출증의 경우도 남정현의 소설 속에서는 일종의 강박 증상으로 보인다.[13] 왜냐하면 등장인물들이 성기의 노출을 통해 성적 흥분 상태에 도달하거나 노출 상태 자체를 즐기는 것이 아니라, 별의미 없는 신체 노출을 되풀이하기 때문이다. 노출증은 알라존들의 위생강박증과 선명하게 대비된다. 위생강박증 환자들이 가급적 신체의 노출을 삼감으로써 외부로부터의 병균 감염을 피하는 반면, 이들은 가급적 신체를 노출시킴으로써 알라존들의 강박증을 전도시키고 있기 때문이다. 노출증은 남정현 소설 속에서 드러냄, 해방, 자유 등의 가치에 대한 상징으로 보인다. 그러

---

13 프로이트에 따르면 노출증은 도착증이다.

나 이들 또한 남정현 소설 속에서는 조롱의 대상이 되고 만다. 가혹하게도 이러한 긍정적 가치의 담지자들마저 정신병리적 풍자의 대상으로 삼음으로써 남정현은 김유정이나 채만식의 풍자와 자신의 풍자를 구별한다. 남정현의 소설이 유발하는 웃음은 결국 냉소와 유사해진다.

호분증 증세는 「경고구역」의 종수에게서 가장 전형적으로 나타난다. 그는 여동생 순이가 배변하는 소리를 사랑한다. 이외에도 딱히 특정 인물과 관련짓지 않는다면 남정현 소설의 상당수에서 배변, 배뇨, 오물, 악취의 이미지가 발견된다는 점을 고려할 때 일종의 도착증으로서의 호분증 역시 남정현식 풍자의 중요한 구성 요소로 볼 수 있다. 알라존 유형 인물들이 비정상적일 만큼 청결에 신경 쓰고 있다는 점과 대조해볼 경우, 이러한 인물들을 창조함으로써 남정현이 드러내고자 했던 바는 쉽사리 이해될 수 있다. 추한 것들을 통해 위생학으로 대변되는 '현대'의 허위를 드러내고자 함이 그 본의였을 것이다. 그러나 역시 종수의 호분증 또한 작품 속에서 별다른 의미를 부여받지 못한 채 웃음의 대상으로 희화화됨으로써 긍정적 가치 부여에는 실패하고 만다.

마지막으로 남정현 소설의 에이런 유형 인물들이 과장되게 드러내곤 하는 강박신경증 증상으로는 '속도강박'이 있다. 가령 「경고구역」의 종수는 갈수록 빨라지는 현대 사회의 속도감에 어지럼증을 느끼며, 그래서 귀중한 금박 시계를 전당포에 맡겨버리는 행위를 되풀이한다. 이 증상은 위생강박증이나 안전강박증의 증상을 보이는 알라존 유형 인물들이 주로 '현대주의자'들이라는 점과 관련된다. 현대는 아무래도 속도의 시대인데, 이들 에

이런 유형 인물들은 바로 그 속도에 저항한다. 남정현의 소설을 두고 종종 지적되는 '전근대'적 가치관의 연원이 이로써 드러나는 셈이지만, 이 역시 정신병리적 과장을 통해 희화화되고 있어서, 현대의 부정성을 대신할 만한 긍정적 가치로 부각되지는 못한다.

(2) 망상과 편집증

강박증 외에, 남정현 소설에서 빈번하게 등장하는 신경증(정확히는 정신증)으로는 편집증이 있다. 편집증에 대한 프로이트의 직접적인 언급은 다음과 같다.

> 편집증의 형식들은 그 내용에 따라서 과대망상, 추적망상, 애정망상증(과대성욕증), 질투망상 등으로 서술됩니다.[14]

요컨대 편집증은 여러 종류의 망상들의 결합체이다. 그리고 그중 가장 중요한 것이 과대망상이다. 과대망상은 대상리비도집중의 퇴행에 따라 직접적으로 파생된 자아의 확대를 일컫는다. 대상으로부터 철회된 리비도가 대상의 소멸과 함께 퇴행하여 자아를 강화시킨다. 자아는 비대해지고, 이상화되며, 자기애의 대상이 된다. 일반적인 의미에서 우리가 사용하고 있는 나르시스트란 표현에 가장 적합한 증례가 바로 이 과대망상증이다.

---

14 지그문트 프로이트, 『정신분석강의(하)』, 임홍빈·홍혜경 옮김, 열린책들, 1997, p. 599.

여러 망상들 중에서 프로이트가 주요하게 언급하고 있는 두번째 망상은 추적망상, 혹은 박해편집증이다. 이 경우, 환자는 익명의 박해자가 자신을 계속 추적하고 있다는 강박적 사고에 사로잡힌다. 이외에도 망상은 질투망상, 피해망상, 애정망상 등 다양한 형태로 나타난다. 그리고 이러한 망상들이 거대한 논리적 그물망을 형성한 경우를 일러 '편집증'이라고 한다.

망상과 편집증의 경우는 남정현 소설의 에이런 유형 인물들과 알라존 유형 인물들 양자에서 공히 등장한다. 먼저 과대망상 증상을 보여주는 인물들의 목록이다.

알라존 유형	에이런 유형
도의연구소장, 명희(「누락인종」) 인숙, 신옥, 황민도(「너는 뭐냐」) 해바라기 양(「자수민」) 경아, 아버지(「현장」) 허허 선생(「허허 선생 1—괴물체」)	종수(「경고구역」) 박주사, 형수(「모의시체」) 준호(「인간 플래카드」) 성주(「누락인종」), 철(「기상도」) 관수(「너는 뭐냐」), 홍만수(「분지」) 용달(「부주전상서」)

알라존 유형의 인물들이 과대망상 증상을 보여줄 경우, 증상은 크게 두 가지이다. 첫째로 여성 인물일 경우, 그들의 망상은 '미국식 대중문화'의 매개를 통해 형성된다. 가령 「너는 뭐냐」의 인숙과 「자수민」의 해바라기 양은 할리우드의 배우들과 자신을 동일시하는 망상에 빠지고, 「현장」의 경아는 모던재즈를 통해 자신의 국적을 미국으로 상상한다. 둘째로 남성 알라존의 경우 '정치'가 과대망상의 매개가 되어준다. 그들은 하나같이 스스로를 위대한 통치자로 상상한다. 물론 실제에 있어 그들은 부정과

부패를 일삼는 형편없는 통치자이다.

이들의 과대망상은 남정현이 당대 현실을 인식했던 방식을 여실히 보여주는바, 그에게는 당시 한국 사회의 가장 큰 병폐가 바로 정치적 부패와 외세(미국)의 침탈이었던 셈이다. 남정현은 자신의 알라존들을 신경증적 인물들로 과장함으로써 그들이 빠져 있는 사대주의와 정치적 부패를 공격적으로 풍자하는 데 성공한다.

반면 에이런 유형의 인물들이 과대망상에 사로잡힐 경우의 증상은 흥미롭게도 대부분이 '구세주망상'이다. 일례로 다음의 인용문을 보자.

> 신(神)이 아니어도 좋다. 좌우간 이런 계제엔 인간의 성대를 이용해서라도 한마디 무슨 구원의 말씀이 있어야 하겠다는 절박한 느낌이 철의 목구멍을 자극한 것이다.
> "여러분! 어서 날 쳐다보십시오. 여기 서 있는 이 사람을 축복해 주십시오. 나는 여러분들의 소원을 성취시키기 위해서 방금 하늘나라에서 내려온 사람입니다. 자, 보십시오."[15]

「기상도」에서 인용한 위 구절은 주인공 철이 스스로를 하늘나라에서 내려온 구세주로 망상하고 있는 부분이다. 이렇듯 남정현 소설 속의 에이런 유형 인물들은 즐겨 스스로를 구세주로 착각한다. 이 점이 특별히 흥미로운 것은 역시 알라존 유형 인물들과의 대조 속에서이다. 알라존 유형 인물들의 과대망상은 이기

---

15 남정현, 「기상도」, 『남정현 문학전집 1』, p. 149.

심의 발로이다. 즉 스스로의 권세와 명성을 망상 속에서 대리 실현하는 형국이다. 그러나 에이런 유형 인물들의 과대망상은 타인과 부패한 현실 세계를 향해 있다. 그들은 총체적으로 환멸스러운 현실에 저항해서 스스로를 구세주로 추켜세운다. 혁명을 망상 속에서나마 대리 실현하는 형국이다.

그러나 아이러니하게도 남정현 소설을 두고 종종 지적되곤 하는 '실천 부재'라는 비판 또한 여기에 기원을 둔다는 사실은 주목을 요한다. 그들의 실천은 현실적 실천이 아니라 망상적 실천이자 풍자 대상이 되는 실천이다. 요컨대 남정현의 풍자는 적에게나 아군에게나 공히 칼날을 들이대고 있는 형국이어서, 한편으로는 무척 공격적이지만, 또한 한편으로는 무척 니힐리즘적이다. 풍자는 여기서 수단이 아니라 아예 하나의 목적이 되는 것처럼 보인다.

알라존과 에이런 간의 의미론적 대립은 양 유형 인물들이 박해편집중 증상을 보일 때에도 그대로 반복된다. 다음은 흔히 과대망상이나 구세주망상과 함께 병발한다는 박해편집중이 남정현 소설 속에서 나타나는 예들의 목록이다.

알라존 유형	에이런 유형
비유티 여사(「기상도」) 이필승(「자수민」) 모 고관, 형기(「천지현황」) 허허 선생(「허허 선생 7—신사고」)	석주(「굴뚝 밑의 유산」) 준호(「인간 플래카드」) 용달(「부주전상서」) 홍만수(「분지」) 덕수(「천지현황」) 골(「방귀소리」) 허만(「허허 선생 2—발길질」)

남정현 소설 속의 알라존 유형 인물들에게서 나타나는 박해편집증은 흔하게 '반공편집증'과 결부된다. 대표적인 예로 「허허 선생 7—신사고」의 다음 구절을 보자.

"아니 누가 또 아버님을 죽이겠다구요?"
"그렇다. 이놈아. 죽이겠다는 말이나 반공법을 없애라는 말이나 그게 그거 아니냐? 쎄임쎄임이라 이 말이다. 그렇잖으냐?"
"글쎄 말입니다, 아버님."
"글쎄고 지지고 이놈아, 너도 이제 세상 이치 좀 알아야겠다. 참 답답하구나. 아, 이 땅에서 반공법이 쑥 빠져나간다면 이 애비는 도대체 뭘 붙잡고 살겠느냐? 정치는 뭘 가지고 하고, 돈은 또 뭘 가지고 벌어? 미친놈들."[16]

인용문에서 보듯, 남정현의 알라존들은 누군가 자신을 죽이겠다는 말과 반공법을 없애겠다는 말을 동일시한다. 반공법을 없애는 것이 그들에게는 곧 박해이다. 작가의 의도는 명확하다. 70년대 사회 현실에서 전가의 보도처럼 휘둘리던 반공법, 그리고 그것을 권세와 부의 방패막이로 사용하던 위정자들을 신경증 환자로 희화화함으로써 얻어지는 풍자적 효과가 바로 그것이다.

반면, 에이런 유형 인물들에게 박해편집증은 '피해망상'으로 나타난다. 다음의 인용문을 보자.

---

16 남정현, 「허허 선생 7—신사고」, 『남정현 문학전집 2』, 국학자료원, 2002, p. 144.

정말 불온한 사상(思想)에 전염되어 그 소행이 역적 비슷하게 되어버린 위인(爲人)은 우리 아버지가 아니라, 바로 이놈의 손인지도 모르겠다는 생각이 나의 온몸을 자르르 훑기 때문인 것이다. 동시에 소위 그 은닉죄(隱匿罪)란 이름의 형법(刑法) 제 몇조의 조항이 꼭 뱀의 혓바닥과 같은 모습을 하고 커다랗게 나의 눈앞에서 꿈틀거리는 것이 아닌가. 나는 몸서리를 치는 것이다. 고발할까. 암 그래야지. 잠시도 망설일 필요란 없는 것이었다. 국민된 사람으로서의 의무를, 아니 나라가 지시하는 사항을 어기면 벌을 받는다. 제 아무리 친분이 두텁고 그 정상이 측은하다 하더라도 불온 분자를 옆에 두고 비호(庇護)할 수는 없는 것이었다.[17]

인용문에서 덕수는 자신의 손이 의지와는 상관없이 자꾸 목수 일을 찾아 하는 사태를 두고 처벌받을까 두려워한다. 이유는 목수였던 아버지가 바로 그 목수 일 때문에 감옥에서 옥사했기 때문이다. 아버지는 모 고관에게 아들인 자신의 취업을 부탁하기 위해 은행나무 밥상을 정성 들여 만들어주었다가 상다리가 부러지는 바람에 간첩으로 몰려 옥에 갔다. 모 고관은 물론 반공편집증 증상을 보여주고 있다. 그리고 이와 대조적으로 피해자인 목수와 그 아들 덕수는 피해망상에 시달린다. 역시 작가의 의도는 명확하다. 힘없고 가진 것 없는 에이런들을 과장되게 피해망상에 사로잡힌 존재로 묘사함으로써 당시 거의 편집증을 방불케했

17 남정현, 「천지현황」, 『남정현 문학전집 1』, p. 398.

던 반공법의 처참한 피해자로 부각시키고자 함이었을 것이다.

그러나 그 의도가 관철되었는지는 역시 미지수이다. 왜냐하면 덕수가 느끼는 피해망상이 지나치게 병리적이어서 비극적인 인상보다는 희화화되었다는 느낌을 강하게 주기 때문이다. 역시 신경증 증세를 이용한 과장이 풍자의 공격적 효과를 산출하면서 동시에 가로막고 있음을 확인할 수 있다.

이상의 분석을 요약해 간단하게 도표화해보면 다음과 같다.

알라존 유형		에이런 유형	
증상	의미 계열체	증상	의미 계열체
안전강박 위생강박	현대, 위생, 속도, 현상유지, 폐쇄	이방강박, 노출증, 호분증, 속도공포	자유, 해방, 탈출, 반현대, 반속도
과대망상	권세, 사대주의, 이기주의	과대망상	구세주, 해방, 혁명
박해편집증 반공편집증	반공편집증	박해편집증	피해망상

결국 남정현의 소설 속에서 신경증은 정확하게 이분화된다. 바로 '현상 유지/현상 타파'가 그것이다. 알라존들은 신경증적으로 현상을 유지하고자 한다. 그들이 유지하고자 하는 것들은 박정희식 현대, 그 현대가 수반하게 마련인 속도, 지배 체제, 폐쇄된 독재상태, 권력, 사대주의, 그리고 이 모든 것을 지탱시켜줄 전가의 보도로서의 반공법이다. 반면 에이런들은 신경증적으로 현상을 타파하고자 한다. 그러나 그들 또한 풍자의 대상인 바에

야 그들의 현상 타파 노력 또한 희화화된다. 그들은 알라존들의 강박증을 전도시키면서 그들에게 저항한다. 무의미한 탈출 시도, 육체의 노출, 추악한 것에 대한 집착, 현대와 속도에 대한 저항, 망상 속의 혁명 등이 그들이 택한 저항의 방식이다. 이 글의 초두에 남정현 소설에서 정신병리적 모티프는 단순히 풍자를 위한 수단의 의미를 넘어서서 소설의 구조 전체를 지배하고 있다고 말했던 이유가 여기에 있다. 두 유형의 증상들 간에 형성된 엄밀한 이분법적 대립 구조는 남정현 소설의 주제와 구성을 압도한다. 그들의 증세가 곧 소설의 주제이고, 그들 간의 대립이 곧 소설의 구성을 이룬다. 정신병리야말로 남정현 소설의 가장 중요한 요소인 것이다.

남정현식 풍자의 특징은 그들 양자가 모두 신경증 환자들로 묘사됨으로써 공히 웃음을 유발하고, 풍자의 대상이 된다는 점에 있다. 그리하여 알라존적 인물들에 대한 풍자의 공격성은 유지되지만, 에이런적 인물들을 통해 작품 속에서 긍정적 가치들이 강조되고 전망을 확보할 가능성은 묘연해진다. 남정현식 풍자의 독특한 특징이 그대로 다시 남정현식 풍자의 한계가 되는 것이다.

풍자와 정신병리 2

— 남정현 소설에 나타난 정신병리와 권력의 테크놀로지

1. 들어가며—풍자란 무엇인가

남정현 소설의 형식적 특징이 '풍자'에 있다는 점에 대해서는 대체로 연구자들 간에 합의가 이루어진 듯하다. 그중 풍자 일반과 다른, 남정현식 풍자의 특수성을 고려한 섬세한 문체론적 분석은 황도경의 연구에서 발견된다. 그에 따르면 "남정현 문학은 비속적 일상어와 전문적이고 과학적인 언어, 상황의 우스꽝스러움과 언어의 과장된 진지함, 주제의 심각성과 언어의 가벼움 등 이질적이고 모순적인 것을 결합하여 특유의 우화적 세계를 만들어낸다."[1] 그러나 이런 분석이 남정현식 풍자의 특징을 발본적인 차원에서 밝혀내고 있는지는 미지수다. 왜냐하면 남정현의 풍자만이 아니라 풍자 일반이 저와 같은 문체론적 특징을 동반하는 경우가 많기 때문이다. 즉 우스꽝스러운 상황을 과장되게 진지

---

1 황도경, 「역설의 미학, 풍자의 언어」, 『남정현 문학전집 3』(이하 『전집 3』), 국학자료원, 2002, p. 260.

한 언어로 묘사하기, 심각한 주제를 가벼운 태도로 넘겨버리기, 비속한 일상을 짐짓 사변적이고 전문적인 언어로 해석하기 등은 모두 풍자 일반에서 자주 쓰이는 '아이러니'의 일종이다.

그럼에도 불구하고 황도경의 저 문장들을 인용한 것은 그의 분석이, 풍자란 '감정 비용의 경제'라는 프로이트의 해석에 가장 육박하고 있기 때문이다. 점잖거나 진지한 상황에 대해 지출을 준비했던 감정 비용이 과장되게 우스꽝스러운 반응에 의해 지출될 필요가 없어졌을 때, 그렇게 절약된 감정 비용이 쾌락원칙의 영향하에서 웃음으로 터져 나온다(그 역도 마찬가지다). 이것이 풍자다. 비록 '풍자'란 단어를 직접 사용하고 있지는 않지만, '공격적인 희극성'의 심리적 메커니즘을 프로이트는 다음과 같이 설명한다.

> 고상한 것을 깎아 내리기 위해 앞에서 든 절차들 덕택에 숭고한 것을 평범한 것이라고 생각함으로써, 주눅 들지 않고, 그것들이 관념적으로 현존하더라도 군대 용어로 〈편히 쉬어〉 자세가 될 수 있다면, 나는 점잔을 강제하는 데 드는 과잉 비용을 절약할 수 있다. 감정 이입에 의해 자극된 이 표상 방식과 이제까지 익숙해져 있던 표상 방식의 비교는 다시금 비용의 차이를 만들어 내며, 그 차이는 웃음으로 방출된다.[2]

---

2 지그문트 프로이트, 「농담과 희극적인 것의 종류」, 『농담과 무의식의 관계』, 임인주 옮김, 열린책들, 1997, p. 258.

이처럼 억제된 점잔 떨기와 '편히쉬어' 상태의 비교에서 발생하는 감정 비용의 차이가 '공격적 웃음'의 기원이라고 프로이트는 말한다. 그리고 그에 따를 때, '캐리커처' '패러디' '가면 벗기기' 같은 기술들이 '공격적 웃음'을 유발하는 데 사용되는 희극적 발화의 예들이다. 풍자가 대체로 주권자나 권력자 혹은 부자들을 향하는 것도 이런 이유일 텐데, 이를 남정현식으로 번역해볼 때, 풍자란 일종의 '방귀'다.

마침 6·25때 월남한 제 친구 중에 북에 두고 온 제 동생 생각이 나서 맨날 휴전선(休戰線)을 넘어 고향에 가보는 꿈을 꾼다는데 하도 얘기가 궁한 판이니 그럼 그놈 얘기나 한번 멋들어지게 해볼까요. 하지만 제아무리 꿈 얘기라 하더라도 휴전선을 무시하고 넘나드는 그런 꿈 얘기는 왠지 좀 마음이 켕기는데요.
괜찮을까요? 괜찮을까요?
"뭣하고 있어, 골아 이 자식아, 너도 정말 그러기야 응. 이 자식아 어서 말 좀 해라, 속시원하게 말 좀 해."
그러구 저러구 이젠 정말 아랫배가 무거워져서 꼼짝을 못하겠네요. 뭐가 자꾸만 밑으로 새어나올 것 같아요.
뿡 뿡 뿡, 요란한 소리와 함께 방귀가 나오는군요. 아이 시원해라. 하지만 이 판에 방귀가 다 뭐람. 빵 빵 빵 빵, 어허 이거 한이 없는뎁쇼.
"아이구려, 골아 이 자식아, 아가리로 말하랬지 언제 누가 너보고 똥구멍으로 말하랬냐. 아이 구려."[3]

그 유명한 '「분지」 필화사건'을 겪은 남정현이라면, 휴전선을 무시로 넘나드는 꿈을 꾸는 친구 이야기가 박정희 정권하에서 어떤 식의 핍박을 불러올지 충분히 예상 가능했을 것이다. 만약 '골'이 그 이야기를 한다면, 그때 그가 무소불위의 사법 권력에 대해 지불해야 할 감정 비용의 양은 절대적이다. 그럴 때 입 대신 "똥구멍"이 말한다. 긴장하던 청자나 독자들은 '편히쉬어' 상태로 급변하고, 방귀의 의미는 절대 권력에 대한 조롱으로 바뀐다. 필화사건과 방귀 사이의 간극, 그렇게 절약된 감정 비용이 웃음으로 터져 나온다. 이를테면 감정 비용이 너무 많이 드는 이야기를 방귀의 방식으로 말하는 것, 그것이 풍자다.

  물론 '풍자는 방귀다'라는 말을 '풍자는 쾌락원칙의 지배를 받는다'라는 말로 번역해도 무방하다. 실제로 방귀 자체가 '쾌를 불러일으키는 생리현상'이란 의미에서만 아니라, 감정 비용의 과다한 지출이 불쾌를 낳는 반면, 그것의 절약이 웃음, 즉 쾌를 낳는다는 의미에서 그렇다. 프로이트에게 쾌락원칙이란 '쾌를 추구하려는 경향'이라기보다는 '불쾌를 피하려는 경향'에 가깝다. 풍자는 과도한 감정 비용의 지출(불쾌)을 절약해 웃음(쾌)을 유발하는 방식으로 쾌락원칙의 지배를 받는다.

---

3 남정현, 「방귀소리」, 『남정현 문학전집 1』(이하 『전집 1』) 국학자료원, 2002, p. 430.

2. 풍자 너머의 풍자

그런데 문제는 종종 남정현의 풍자가 바로 그 쾌락원칙의 지배로부터 이탈할 때가 있다는 점이다. 만약 남정현의 풍자를 풍자 일반과 구분하려 한다면 다음과 같은 문장들에 주목할 필요가 있다.

도대체 무슨 이유로 이러는 걸까. 또다시 그런 것을 물으면은 못쓴다. 왜 그 난자(亂刺)라는 말이 있지 않은가. 그저 그뿐이다. 잘 드는 칼이 옆에 있으면 그냥 나는 조금도 사정을 주지 않고 여기의 이 가슴을, 배를, 그리고 우릴 업신 여기는 외세를, 아니 자유를 싫어하고, 민주주의를 싫어하고, 통일을 싫어하는 일체의 세력의 그 가슴을, 배를 시원스럽게 한번 푹푹 쑤셔보고 싶을 따름인 것이다. 탓으로 그 퍼렇게 날이 선 식칼을 들고 경계망을 펴고 있는 지아의 긴장된 모습을 대하노라면 나는 그만 미안할이만큼 어떤 기대에 찬 엷은 흥분마저 느끼면서 몸을 자동적으로 서서히 지아 곁에 접근하게 마련인 것이다. 그리고 나는 칼날을 향하여 바싹 고개를 쳐들고는 호소하듯 중얼거리는 것이다.

"지아, 정말 부탁인데 말이지, 그 좋은 칼을 그냥 들고만 있을 게 아니란 말이여. 한 번만, 옳지 딱 한 번만이라도 좋으니간 말이지, 어서 한 번 멋지게 사용해 보라구. 우리 조상들처럼 말이지, 우리 조상들은 우릴 침략하는 거란족을, 여진족을, 몽고족을, 그리고 수군을, 당군을, 왜군을, 셔먼호를 아주 멋지게 푹푹 찔렀단 말이야."[4]

당시 시대상을 감안해 백번을 양보한다 해도 '여성혐오'의 혐의를 거두기 힘든 이 작품 속에서,[5] 거대한 가치를 표상하는 용어들을 함부로 뱉어내는 언사로 미루어볼 때, 화자는 편집증자다. 그리고 아내를 상습적으로 폭행하는 가정 폭력범이다. 그러나 이 경우, 기이하게도 비속한 일상(가정 폭력)과 거대한 언어(민주주의, 조국, 자유) 간의 차이가 웃음을 발생시키지는 못한다. 우선은 온몸에 피멍이 든 채 찌르지도 못할 식칼을 들고 남편 앞에서 피투성이가 된 채 울부짖는 아내 지아의 모습이 너무 참혹해서이다.

　　그러나 그보다 더 깊은 이유는 이 화자가 분노를 절약하지 않기 때문이다. 말하자면 저 장면에서 그가 아무리 천진난만함을 가장한다 해도, 감정 비용의 절약은 일어나지 않는다. 분노는 웃음으로 전화하는 것이 아니라 분노 그 자체로, 사디즘이라는 병리의 형태로 표출된다. 게다가 화자는 확실히 자신의 광태가 광태인 줄을 모르는 '천진난만함'도 가지고 있지 않다. 가령 그에게는 병식(病識)도 있다. "도대체 무슨 이유로 이러는 걸까"라며 자신의 행동에 스스로 의문을 표하는 장면이 거기다. 자신의 악행을 인지하고 있는 셈인데, 천진난만해서 모르고 행하는 악행(가령

4　남정현,「광태(狂態)」,『전집 1』, p. 262.

5　남정현의 소설 속에서는, 미국의 천박한 대중문화에 오염된 누이, 겁탈당하거나 몸을 파는 여인, 이른바 현대와 위생이라는 허영에 빠진 아내 등의 이미지가 수차례 반복해서 등장한다. 남정현의 여성관에 대한 비판적 논의로는 김종욱의 「민족담론과 여성의 이미지―남정현론」(『한국현대문학연구』, 제13집, 2003)과 임경순의 「남정현 소설의 성―여성과 윤리, 그리고 반공주의」(『상허학보』, 제21집, 2007) 등을 들 수 있다.

아이들의 놀이)은 '웃음(쾌)'을 낳는다. 그러나 알면서 행하는 악행(가령 사회악을 빙자한 가정 폭력)은 '격분(불쾌)'을 낳는다.

요컨대 남정현의 풍자는 쾌를 추구하는 욕망의 지배를 받지 않고, 쾌 너머의 쾌(죽음과 소멸을 마다하지 않는), 즉 '주이상스'(라캉)를 추구하는 '(죽음)충동'의 지배를 받을 때가 많다. 아마도 이 점이 남정현식 풍자의 가장 큰 특징일 텐데, 따라서 정신병리가 풍자와 어울리지 않는다는 의심은 충분히 합리적이다.

남정현의 풍자에 웃음이 없거나 적은 다른 이유는 그의 풍자가 풍자 특유의 공격성을 긍정적 인물이나 부정적 인물 모두에게 휘두르기 때문인 것처럼 보인다. 이는 그의 대표작 「분지」에서도 확인된다.

> 물론 이제 곧 펜타곤 당국이 만천하에 천명한 대로 기계의 점검이 끝나는, 앞으로 일 분 후면 엄청난 폭음과 함께 이 향미산은 온통 불덩어리가 되어 꽃잎처럼 흩어질테지요. 그리고 흩어진 자리엔 이방인들의 그 넘치는 성욕과 식욕을 시중들기 위하여 또 하나의 고층빌딩이 아담하게 세워질지도 모릅니다. 그러나, 저는 조금도 염려하지 않습니다. 최후니깐요. 이제 저의 실력을 보여줘야지요. 예수의 기적만 귀에 익힌 저들에게 제 선조인 홍길동이 베푼 그 엄청난 기적을 통쾌하게 재연함으로써 저들의 심령을 한번 뿌리째 흔들어 놓을 생각이니깐요. 물론 저들은 당황할 것입니다. 어머니 그때 열렬한 박수를 보내주십시오.[6]

---

6   남정현, 「분지」, 『전집 1』, p. 395.

'한국문학사상 최초의 반미소설'이란 문학사적 평가가 이어지는 작품이니만큼, 저 작품에서 풍자의 대상이 되는 것은 믿지 못할 나라 '미국'(펜타곤)이다. 그러나 그 미국의 권력과 전쟁 무기에 맞서는 홍길동의 후예도 믿을 만한 화자는 못 되는데, 왜냐하면 그는 스스로를 원자탄이 떨어져도 죽지 않고 "런닝샤쓰"로 태극기를 만들어 "구름을 잡아타고 바다를 건너" "그 위대한 대륙에 누워 있는 우유빛 피부의 그 윤이 자르르 흐르는 여인들의 배꼽 위에 제가 만든 이 한 폭의 황홀한 깃발을 성심껏 꽂아 놓을" 참이기 때문이다. 다른 말로 편집증자이기 때문이다.

이 작품만 아니라 그의 모든 작품들에서 부정적 대상(권력자, 지배계층, 미국, 자본주의)과 그것을 비판하는 긍정적 대상(지식인, 작가, 4·19의 주역) 모두가 풍자의 대상이 된다. 게다가 그들은 모두 정신병리적 인물들로 풍자된다. 강박증, 망상, 호분증, 히스테리, 편집증 등이 그들의 증상이다. 그러자, 남정현의 소설은 한국 풍자 문학사상 가장 웃음을 적게 유발하는 '슬픈 풍자'[7]가 된다. 그리고 가장 병리적인 풍자가 된다.

남정현의 소설들 속에 이른바 '정신의학적' 견지에서 정상적인 인물은 없다. 욕망보다는 충동에, 에로스보다는 타나토스에, 리비도보다는 데스트루도에, 쾌보다는 주이상스에 지배당하는 풍자, 그의 풍자는 '병리적 풍자'다.

---

7 박영준, 「슬픈 풍자와 가족서사의 유형—남정현의 「분지」에 대하여」, 『비평문학』 38호, 2010.

3. 병식(病識) 있는 화자들

그러나 따지고 보면 한국문학사상 병리적 인물들의 등장이 남정현의 소설에서 시작되었다거나 일반화되었다고 말하는 데는 무리가 따른다. 손창섭, 장용학, 김성한, 서기원 등 이른바 전후세대 작가들에게서도 우리는 어렵지 않게 병리적 인물들을 발견한다. 손창섭의 우울증적 인물들(「잉여인간」 「낙서족」 「비 오는 날」)은 유명하고, 장용학의 편집증적 서사(『원형의 전설』 「요한시집」 「역성서설」)는 슈레버 판사의 증례만큼이나 장대하다. 그렇다면 전후세대의 정신병리적 인물들과 남정현의 정신병리적 인물들의 차이는 무엇일까?

단순화를 피해야 하겠지만 우선 발견되는 차이는 '병식'의 유무다. 전후세대 작가들의 작품 속에서 인물들은 병리적이지만 증상에 대한 자각이 없다. 손창섭의 주인공은 우울하지만, 스스로 우울증을 자각하거나 의심하지는 않는다. 장용학의 요설은 편집증의 모든 요소들을 다 갖추고 있지만 작가는 그것을 편집증이라기보다는 일종의 대안적 문명론으로 이해하는 경향이 있다. 그러나 남정현의 인물들에게는 데뷔작부터 명백히 병식이 있다.

"의학박사 송씨의 목구멍에 주사침이 걸렸다."

하고, 사뭇 큰 소리를 외치는 자신의 모습은 아무래도 이 세상에 꼭 필요한 그런 소중한 사나이일 수밖에 없다고 느껴지는 것이었다. 이와 같이 쓸데없는 망상에 취해 있는 동안 송박사는 아무런 표정도 없이 마냥 그저 따분한 동작으로 순이의 그 허연 엉

덩짝에 힘없이 주사 한 대를 놔주고 휘딱 방문을 나서는 것이 이
또한 무슨 약속처럼 되어 있는 것이다. 그러면 순이는 좀 어지럽
다고 몇 번 짜증을 내다간 이내 잠들고 말기였다.

　송박사의 진단에 의하면, 순이의 그 기이한 병은 일종의 신경증
증세라는 것이었다. 하지만 어떤 이는 협심증 같다고도 또 누구
는 만성 위장병에서 온 히스테리 같다고도 하며, 누구는 또 심지
어 간질병이라고 단언하면서 완전히 절망적인 표정을 짓기도 하
는 것이었다.[8]

　병식이 있는 이 작품의 화자는 또한 정신의학적 용어들에 대
해서도 조예가 있다. 스스로의 증상을 '망상'이라고 말하고, 순
이의 증상을 '신경증' '협심증' '히스테리' 등의 용어로 의심한다.
이런 사태는 많은 소설에서 발견되는데, 만약 병식은 없으나 전
형적으로 신경증 증상을 보이는 인물들(즉 작가가 신경증 증상
에 대한 명백한 병식 속에서 성격을 부여한 인물들)을 나열한다
면, 소설 속 인물 전체를 다 거명해야 할 정도다.

　이와 관련해 남정현의 소설들이 대타자인 아버지 혹은 어머니
에게 쓴 서간체 형식을 취하는 경우가 많다는 사실은 시사하는
바가 크다. 가령 대표작인 「부주전상서」나 「분지」에서 화자는 자
신의 기이한 행동이 어머니나 아버지에게 병리적으로 보이지나
않을까 전전긍긍하는 아들로 등장한다. 그럴 때 편지 형식은 마
치 자신의 증상을 합리화하려는 신경증자가 정신분석 앞에서 어

8　남정현, 「경고구역」, 『전집 1』, pp. 9~10.

쩔 수 없이 수행해야 하는 고백 행위를 닮는다.

병식 있는 병리적 인물들의 등장, 이와 같은 현상은 남정현이 소설을 쓰기 시작하던 1950년대 말과 1960년대 한국에 정신병리적 현상들과 정신의학 담론이 어느 정도 일상화되어 있었단 사실을 추측하게 한다. 아마도 그의 정신병리적 풍자에는 사회적 연원이 있었을 것이다.

4. 정신의학과 규율권력

남정현은 자신의 소설 속에 등장하는 병리적 인물들의 병인을 (얼마간 도식적이고 이분법적으로) 썩은 지배층과 미국의 (신) 식민지적 지배, 계급 격차와 친일 잔재 등에서 찾는다. 사회적 요인이 신경증 형성에 영향을 미치지 않을 리는 없으니 크게 틀린 진단은 아니다.

그러나 어떤 신경증을 신경증으로 판별하기 위해서는 증상을 분류하고 명명하고 치료할 수 있는 의학적 지식 담론이 전제되어야 한다는 측면에서 볼 때, 남정현의 진단은 부분적으로만 옳다. 병을 병으로서 인식할 수 있는 개념적 도구들이 존재하지 않고서는 병식이 있을 리 없기 때문이다. 따라서 병인이 사회의 부조리에 있다 하더라도 그것을 병으로서 인준하고 특정한 의학적 상징체계 속에 기입하는 것은 최종적으로 '정신의학'이다.

정신의학과 규율권력의 관계에 관한 1973년 12월 콜레주드프랑스에서의 강연에서 푸코는 정신의학을 이렇게 규정한다.

정신의학의 권력이란 의학적 과학 내지 정신의학의 이름 아래 결정적인 방식으로 획득되어, 유지되는 하나의 진실의 이름으로, 현실적인 것을 광기에 부과하는 그런 추가적 권력이라고 말입니다. [……] 임상의학적 혹은 분류학적 담론, 질병분류학적 담론이라고 부를 수 있을 그런 것은 대략적으로 말해 광기를 하나의 질병, 아니 그보다는 일련의 정신질환으로 묘사하고 각각의 질환에 대해 그 징후, 그것에 고유한 진행 추이, 진단적 요소들, 예후 진단의 요소 등을 서술하려는 것입니다.[9]

다시 한번 강조해서, 남정현 소설 속 병리적 인물들에게는 병식이 있었다. 그러나 병식이 있기 전에 먼저 있어야 할 것은 그것을 병으로서 알아보기 위한 지식 혹은 담론이다. 어떤 증상은 분류되고 묘사되고 징후와 추이가 진단되어야 하고 예후를 살펴야만 의학장에 하나의 명칭으로서 등기될 수 있기 때문이다.

하필, 이른바 '규율권력'이 주권권력을 제치고 권력의 지배소자리를 점유하던 시기에 정신의학이 하나의 학문으로서 등장한 것은 따라서 우연이 아니다. 정신의학은 의학의 이름으로 개인의 신체에 규율을 부과할 권리를 생산한다. 아이러니하게도 "현실적인 것을 광기에 부과하는 추가적 권력"이 바로 정신의학이다. 이 말은 뒤집어도 무방한데, 실은 정신의학은 광기를 치료하는 것이 아니라 광기를 생산한다. 즉 비정상성을 생산함으로써

9 미셸 푸코, 『정신의학의 권력』, 오트르망(심세광·전혜리) 옮김, 난장, 2014, p. 193.

정상성의 영역을 구축하고, 구축된 정상성 너머의 것들(부랑아, 비행자, 신경증자, 정신병자)에게 합당한 규율을 부과할 권리를 권력에게 부여한다. 규율권력과 정신의학은 그런 방식으로 협조한다. 그런 의미에서라면 권력의 테크놀로지의 입장에서 볼 때 정신의학과 병영은 크게 다르지 않다.

따라서 만약 특정 시기에 한 나라의 문학장에 병식을 가진, 혹은 정식으로 의학적 명칭을 가진 정신병리자들이 대거 등장하기 시작했다면, 그 말은 규율권력이 이제 그 사회의 지배적인 권력이 되었다는 의미로 받아들여도 무방하다. 규율권력의 일상화가 정신의학적 담론의 일상화를 초래하기 때문이다. 나는 정상인가? 나는 히스테리증자인가? 네겐 강박증이 있어. 내 생각이 망상일까? 등등, 이른바 '비정상성에 대한 의문'은 한 사회의 규율권력을 원활하게 작동하게 한다. 아니나 다를까, 군사 쿠데타 이후, 박정희가 전 국토에 군대의 규율을 강요함으로써 나라 전체를 병영화하기 시작하던 1960년대 초중반, 군대나 학교 혹은 병원 같은 규율 장치들을 소재로 한 소설들이 많이 발표되었던 것도 우연은 아닌 셈이다.

가령, 최인훈이 마치 프로이트의 『꿈의 해석』을 소설적으로 실험해본 듯한 작품 『구운몽』(1961)을 발표하고, 김승옥이 이른바 '자기 세계' 강박증자들에 대한 소설 「생명연습」(1962)으로 등단한 것도 이 무렵이다. 이청준은 그보다 조금 늦은 1965년에 등단했지만 등단작은 '자아망실증' 환자의 이야기를 다룬 「퇴원」이었고, 이후로 즐겨 신경증자들을 소설의 주인공으로 등장시켰다. 문학사는 이 세 작가들을 1960년대 한국 소설의 기수들이라고 기록한다. 그러나 이 목록은 훨씬 길어질 수도 있는데 홍성원의 「빙점지대」(1964)와 「디데이의 병촌」(1966), 최인호의 「견습환자」(1967), 신상웅의 「히포크라테스의 흉상」(1968) 같은 작품들이 있고, 시간이 조금 더 지나면 윤흥길도 이 대열에 합류한다.

남정현의 '병리적 풍자'가 자리 잡은 위치가 바로 이 계보의 초입이다. 그는 풍자라는 오래된 양식에 정신병리를 들여온다. 그런 의미에서라면 그는 한국 소설사의 중요한 계보들 중 하나의 선구자다. 그러나 풍자와 정신병리가 별 갈등 없이 한 작품에서 공존할 수 있는지는 미지수다. 왜냐하면 풍자는 그것이 근대보다는 고대와 중세에 승했다는 사실로도 알 수 있듯이, 모름지기 주권권력을 대상으로 삼을 때 빛나는 양식이기 때문이다. 게다가 화자와 인물들에게 (죽음)충동에서 발현한 듯한 병리적 증상과 병식을 부과한 이상, 감정 절약의 경제도 잘 발생하지 않는다. 남정현의 풍자가 웃음 너머의 슬픔이나 광기에 이름으로써 종종 쾌락원칙 바깥으로까지 폭주하게 된 이유도 아마 여기에 있을 것이다. 남정현의 작품은 풍자와 정신병리가, 주권권력 시대의 양식과 규율권력 시대의 증상이 만나 갈등하는 일종의 각축장이었고, 그 각축으로 인해 풍자 너머의 풍자로 이행한다.

5. 시신 위의 권력들

그러나 엄밀하게 말해 남정현의 병리적 풍자 속에서 각축했던 것은 주권권력 시대의 양식과 규율권력 시대의 증상들만은 아니었다. 가장 늦게 인류사에 등장한 제3의 권력, 그것을 푸코는『안전, 영토, 인구』[10]에서 '생명권력'이라고 부른다. 그리고 생명권력이 수행하는 정치는 규율권력과 달리 개인의 신체에 부과되지 않는다. 생명정치는 개인이 아니라 생물학적 단위 수준으로 환원된 '인구'에 대해, 가장 합리적이고 효율적인 비용과 통계의 측정에 따라, '안전'이라는 이름으로 작동된다. 신자유주의를 떠올리면 가장 적합한 예가 될 텐데, 실제로 푸코가『생명관리권력의 탄생』에서 분석한 것이 바로 신자유주의였다. 1960~70년대 한국의 경우, 박정희가 수행했던 경제개발 5개년 계획, 주민등록, 인구센서스, 가족계획(산아 제한), 새마을 운동, 건강보험 같은 정책들은 바로 이 생명권력이 수행한 정치의 다른 이름들이다.

그런데 이른바 압축적 근대화, 혹은 (탈)식민지 근대화를 수행해야 했던 상당수의 국가들에서 마치 무슨 기능처럼 등장하곤 했던 '개발독재'는, 저 세 가지 권력의 테크놀로지를 비동시적인 것들의 동시성 원리에 따라 착종시킨다. 무소불위의 권력을 가진 독재자가 사법메커니즘에 따라 통치하되(주권권력), 각종 규율 장치를 동원해 사회 전체를 병영화한다(규율권력). 동시에 효율적인 비용 계산과 통계를 통해 생물학적 인구 전체에 대해 안전메커니즘이라는 이름으로 개입한다(생명권력). 말하자면 3중의 착종인 셈이다.

프레드릭 제임슨은 소설을 두고 한 사회의 상징화 형식이라고 말한 적이 있다. 골드만도 소설과 사회의 구조적 상동성에 대해

---

10 미셸 푸코,『안전, 영토, 인구』, 오트르망 옮김, 난장, 2014.

말한 바 있기도 하다. 그렇다면 그와 같은 착종 현상이 소설에도 어떤 낙인처럼 흔적을 남길 것임은 분명하다. 이제 우리는 바로 그런 일이 남정현의 소설에서 일어났다고 말해도 될 듯하다. 남정현의 소설 속에서 우리가 최종적으로 목도하게 되는 것은 이 세 가지 권력의 테크놀로지가 '구조적 상동성'의 원리에 따라 소설 속 한 인물의 시신 위에서 각축하는 장면이다.

가족계획이란 도대체 뭐냐구요? 누가 뭐라고 변명을 하든 간에 가족계획이란 살인계획(殺人計劃)인 것입니다. 우리가 이렇게 못 사는 이유며 원인은 사람이 많은 데 있으니 앞으로는 이 이상 더 사람이 생기지 못하도록 자궁 내에서 완전히 처형을 시키자는 계획인 것입니다. [……] 말하자면 인구증가율(人口增加率)에 경제성장률(經濟成長率)을 앞세우면 될 것이 아니냔 말씀입니다.[11]

아버지, 분노의 독소(毒素)란 참으로 강력하더군요. 그리고 저는 자제력을 잃었으니깐요. 저는 정말 제 정신이 아니었습니다. 저는 그 때 정 그러면 (피임용 루프를—인용자) 내가 빼 주겠다고 장담하고 나서 볼 것도 없이 청자를 때려 눕히고 자궁속 깊숙이 저의 손을 쑥 틀어넣어 가지고는 무엇인가 잡히는 것을 한 웅큼 왈칵 끄집어냈던 것입니다. 그러나 아 불행하게도 제가 잡은 것은 루프가 아니라 질내의 근육이더군요. 정말 순식간의 일이었습니다. 청자는 소리 한 번 지르지 못하고 아마 뻗은 모양입니다.

11   남정현,「부주전상서」,『전집 1』, p. 324.

하반신을 흘러 넘치는 피. 그런데 왜 그런지 저는 피로 보이지 않더군요. 그것은 고름이었습니다. 청자의, 저의, 아니 정부(政府)의, 조국의, 좌우간 어디에선가 크게 곪은 부종(浮腫)이 콸콸 무너져 내리는 누런 고름의 강하(江河)였던 것입니다. 왜 그렇게 통쾌하던지요. 시원했습니다. 저는 웃통을 벗고 공연히 들뜬 기분으로

"죽어봐야 알지. 암 죽어봐야 알고 말고."[12]

감정 비용의 절약이라곤 없을 만큼 잔혹한 저 장면의 맥락은 이렇다. 국가 시책으로서의 가족계획에 적극 참여한 아내 청자가 피임용 루프 시술을 했다. 격분한 화자는 그녀의 자궁에서 루프를 꺼내려다가 결국 아내를 죽이고 만다. 그녀의 피에서 그는 썩은 조국의 고름을 본다. 웃음이 나오질 않는 것으로 미루어, 우리는 예의 그 쾌락원칙을 벗어나버린 풍자를 다시 만난 셈이다.

인용문에서 국가는 경제적 이유에 따라 생물학적 단위 수준으로 환원된 인구에 개입하는 '가족계획'의 시행자, 곧 생명권력으로 작동한다. 한편 한 개인의 신체에 피임용 루프를 시술하는 병원은 규율장치로 기능한다. 설사 루프를 시술하지 않는다 하더라도 사법적 처벌을 받지는 않는다는 의미에서 그것은 사법메커니즘이 아니라 규율메커니즘에 속한다. 아내 청자는 바로 그 규율에 복종함으로써 피임 시술을 받는다. 그러나 이 모든 정책을 입안하고 실행한 자는 박정희다. 그는 정부 시책을 비판할 경우,

---

12 남정현, 같은 책, p. 327.

설사 그것이 정치로부터 자유로운 문학장의 일이라 할지라도, 예외상태의 법률(반공법)에 의거해 처벌할 수 있는('「분지」 필화사건'은 그 대표적 예다) 무소불위의 주권자다. 3중으로 착종된 권력의 테크놀로지는 그런 식으로 소설 속에 흔적을 남긴다.

그런데 흥미로운 것은 작중 주인공의 태도다. 그는 '천진난만한 화자'로서 여전히 풍자적 웃음을 의도하지만, 결국 원하는 바와는 달리 감정 비용의 경제를 포기하기에 이른다. 그가 피임 시술을 한 아내를 대하는 방식, 그것은 마치 봉건적 주권권력이 신민들을 대하는 태도와 다르지 않다. 혹은 난폭한 가부장이 아녀자를 대하는 방식과 다르지 않다.「광태」에서와 마찬가지로, 그래서 독자들은 웃을 수 없다. 감정의 비용이 절약되지 않고, 격분의 형태로 모두 방출되기 때문이다. 그렇게 청자의 시신 위에서 세 종류의 권력이 착종되고 또 각축한다. 병리적 풍자는 바로 그 착종상태의 상징화, 혹은 상징화 불가능성의 형식이었을 것이다.

6. 풍자의 운명

문학사는 특정 양식이 새로운 시대를 감당하기 어려워 소멸하는 장면들을 여러 차례 보여준 바 있다. 풍자도 그런 양식들의 운명을 벗어날 수는 없다. 그러나 남정현의 의견은 다른 듯하다. 2001년에 이루어진 강진호와의 좌담에서 그는 이렇게 말했다.

그런데 제 생각엔 풍자정신이라고 하는 것은 어떤 한정된 사람에게서만 나타나는 것이 아니라 어떻게 보면 우리 민족에게 있어선 체질화된 민족성의 한 부분이 아닌가 그렇게 여겨지거든요. 수많은 세월 외세의 간섭과 그 지배 속에서 살아오는 동안 그에 대한 분노와 저항의 불씨가 풍자와 같은 그런 간접적인 형태로 나타난 것이 아니겠느냐 그 말입니다. 그런데 그 풍자라는 것이 울분을 삭이는 일종의 생존양식이기도 했겠지만, 우리 민족에게 있어선 결국은 그 풍자란 형식의 저항정신이 외세를 물리칠 수 있는 그런 어떤 힘의 근간이 된 것이 아닌가 그런 생각도 들 때가 있거든요.[13]

풍자가 '분노와 저항이 간접적으로 발현되는' 양식이라는 그의 말에는 동의할 수 있다. 프로이트가 이른바 '감정 비용의 절감'이라고 부른 것도 바로 그런 현상이다. 풍자가 "울분을 삭이는 일종의 생존양식"인 것도 그런 이유이다. 그러나 그것이 "우리 민족에게 있어선 체질화된 민족성의 한 부분"인지에 대해서는 선뜻 동의하기 힘들다. 왜냐하면 지금 한국문학장에서 전통적인 의미의 풍자는 사라져가고 있고, 민족이란 범주는 물론이고 풍자의 대상마저 모호해졌기 때문이다.

풍자의 대상이 모호하다는 말은, 권력이 더 이상 인격의 형식으로 존재하지 않음을 의미한다. 편재하는 규율권력과 생명권력이(이제 풍자가 주로 공격하던 박정희 같은 주권권력은 다시 등장하기 힘들다. 그리고 규율권력과 생명권력은 인격이 아니라 시스템이다) 이미 오래전에 긴밀하게 착종되어버린(신자유주의

---

13 남정현, 「대담: 남정현·강진호—험로를 가로지른 문학의 도정」, 『전집 3』, p. 29.

가 그것이다), 그래서 권력이 도대체 어디에서 어떻게 작동하는지도 모르는 채로 권력을 대면해야 하는 작금의 한국 사회에서 (가령 '세월호 특별법을 제정하라'라는 구호 자체가 '우리를 좀더 안전하게 통치하라'라는 말이 되어버리는 상황 속에서) 풍자는 대상을 잃고 힘도 잃는다. 혹은 만인이 만인에 대한 풍자의 대상이 된다. 왜냐하면 누구도 더 이상 점잖지 않고, 굳이 공격하지 않아도 다들 곤란하기 때문이다. 그래서 아직 남아 있는 풍자가 있다면, 그것은 가짜뉴스들뿐이다.

그런 의미에서라면 남정현의 소설들은 어쩌면 한국문학사상 (최초는 아니더라도) 아주 이른 시기에 규율권력과 생명권력에 반응했던, 그러나 바로 그 이유로 풍자의 범위를 초과해 파산할 수밖에 없었던 '최후의 풍자'였다고 말해야 할지도 모르겠다.[14]

---

14 '유머'는 '풍자'와 달라서 현재 한국문학장에 남아 있는 웃음은 대부분 유머에서 나온다는 말은 덧붙여둔다.

강요당한 선택

―김승옥의 1960년대 중·단편 소설 재론

1. 1960년대와 김승옥

'(전후세대와 구별되는) 감수성의 혁명' '60년대 한국문학의 기수' '한글세대 작가의 선두 주자' '한국 현대문학 100년을 통틀어 가장 아름다운 단편 작가' 등, 김승옥과 그의 문학에 대한 찬사는 세대를 거듭하면서 누적되어왔다. 심지어 문학평론가 김주연은 "1960년대 소설문학은 김승옥과 그의 영향에 의해 지배되었다"(「김승옥 작품세계: 윤리와 사회」, 『소설문학』1981년 2월호, p. 54)라고까지 말한다. 사실 1962년 등단 이후 그가 보여준 소설적 성과들, 그리고 그에게 쏟아진 독자와 평단의 찬사들을 추적해보면 저 말들이 과장이 아님을 실감하게 된다. 김승옥은 확실히 1960년대 한국 소설을 지배하다시피 한 작가였다.

그러나 저 찬사들은 공히 김승옥이 1960년대에 국한된 작가이자 주로 중·단편에서만 위력을 발휘한 작가였음을 전제하고 있다. 저 찬사들 속에 『강변부인』(1977, 『일요신문』 연재)과 『보통여자』(1969, 『주간 여성』 연재)의 작가 김승옥에게 할당될 만한 자리는 없다. 그리고 짧은 기간이었지만 1960년 후반부터 여섯 달 동안 시사만화가였던 김승옥(김이구)의 자리도, 영화 「감자」의 감독이자 1970년대 수많은 문예영화의 각색자였던 김승옥의 자리도 없다. 말하자면 김승옥이 과연 1962년에 혜성처럼 나타나, 1967~68년경 「60년대식」과 「내가 훔친 여름」 연재를 끝으로 문단에서 이탈해버린 작가였는지에 대해서는 이견이 있을 수 있다.

가령 우리는 최근 다양한 매체의 발달과 함께, '글쓰기' 혹은 '문학적인 것'에 대한 식별 체제상의 변화가 광범위하게 일어나고 있음을 목도한다. 그가 활동하던 1960년대와는 달리, 우리 시대에는 대중문학과 본격문학의 경계, (전통적인 창작 방식에 해당하는) '개인적 글쓰기'와 (영화 시나리오처럼 집단적 상호 관계 내에서 이루어지는) '구조-내-글쓰기'(백문임)의 차이 같은 주제가 충분히 논쟁거리가 될 만하고, 그 논쟁의 결과에 따라 '1960년대 한국문학의 기수'가 또한 '1970년대 한국 대중문화의 기수'이기도 했음을 인정해야 될지도 모른다.

『산문시대』나『사상계』에 글을 발표한 작가가『선데이 서울』에도 소설을 연재할 수 있음을 보여준 사람이 김승옥이다. 그래서 그에 대해서라면 우리는 아직 할 말이 많이 남아 있다. 요컨대 아주 긴 시간 동안 여러 가지 이유(신앙과 병환)로 작품을 써내지 못하고 있다 할지라도, 그는 여전히 문학사적으로 문제적인 작가다.

그러나 저런 사정들을 고려하더라도, 김승옥 소설의 진수를 1960년대산 중·단편 작품들에서 찾아야 한다는 사실에는 변함이 없어 보인다. 1962년 등단 이후 1966년까지 미친 듯이 걸작들을 써내던 그가, 1967년경 영화계에 발을 들여놓기 시작하면서는 대체로 (영화화를 염두에 둔 듯한) 이른바 '중간소설' 유형의 작품들을 몇 발표했고(이 작품들의 의의도 꼼꼼히 따져볼 일이기는 하지만), 그것도 오래가지는 않았다. 1977년 「서울의 달빛 0장」으로 제1회 이상문학상을 수상하기는 했으나 예외적인 경우였고(이어령의 독려가 큰 계기였다), 이후 1980년 광주를 겪고 곧바로 성령 체험을 한 그는 오랫동안 펜을 들지 못한다. 따라서 김승옥을 1960년대 소설가로 기록하는 많은 연구자나 비평가의 견해가 일각에서 말하는 것처럼 '편협한 미학적 기준' 탓이라고만 보기는 힘들다. 여러 종의 김승옥 선집에 실려 있는 작품들이 1960년대에 발표된 중·단편에 집중되어 있는 것도 그런 이유로 보인다.

2. 김승옥 소설의 삼분법

그의 중·단편 소설들을 어떻게 분류하는 것이 작품 해석에 합당하고 생산적일 수 있을까? 우선 쉬운 방법은 일반적인 관습대로 등단작부터 후기작까지, 집필 시기순으로 작품 경향의 변화에 따라 단계를 설정하여 분류하는 방법이 있겠다. 한 작가의 작품 세계를 초기, 중기, 후기로 나누는 관습은 익숙하다.

그러나 김승옥이 왕성하게 작품 활동을 했던 시기는 그의 나이 스물둘에서 스물여덟, 고작 6~7년의 시간 동안 작품 경향상의 유의미한 변별적 단계가 형성되었을 리는 만무하다(그는 그래서 영원한 청년 작가다). 그런 이유로 많은 비평가나 연구자들은 그의 작품들을 작중 인물들의 연대기에 따라 분류하곤 한다. 1) 고향 무진(순천)에서의 유년기를 다룬 작품들, 2) 탈향 후 서울에서의 체험을 다룬 작품들, 3) 다시 무진으로 귀향한 후의 체험을 다룬 작품들(어떤 작품들은 두 유형 이상에 중복되어 포함된다)…… 다소 안이한 분류법 같지만, 실제로 김승옥의 소설들은 이렇게 읽을 때 가장 유의미한 해석이 가능해진다.

　1) 고향(무진) 체험:「생명연습」(1962),「건」(1962),「재룡이」(1968)
　2) 탈향(서울) 체험:「생명연습」(1962),「누이를 이해하기 위하여」(1963),「확인해본 열다섯 개의 고정관념」(1963),「역사」(1964),「무진기행」(1964),「싸게 사들이기」(1964),「차나 한잔」(1964),「서울 1964년 겨울」(1965),「들놀이」(1965),「염소는 힘이 세다」(1966),「다산성」(1966),「빛의 무덤 속」(1966),「야행」(1969),「그와 나」(1972),「서울의 달빛 0장」(1977),「우리들의 낮은 울타리」(1979),「먼지의 방」(1980)
　3) 귀향(무진) 체험:「환상수첩」(1962),「누이를 이해하기 위하여」(1963),「무진기행」(1964)

3. 고향에서

「생명연습」은 작가 김승옥의 전체 작품 세계를 이해하는 실마리로서 부족함이 없는 아주 중요한 작품이다. 무진에서의 유년기 체험을 다룬 이 작품은 김승옥 소설의 기원에 해당한다. 등단 작이었다는 사실 때문만이 아니라, 이 작품에 이후 김승옥 소설에 등장할 인물들의 '주체 형성과정'이 마치 풀어야 할 암호처럼 제시되어 있다는 점에서도 그렇다. '암호'는 다음의 문장들 속에 숨어 있다.

> 우리의 왕국에서 우리는 그렇게도 항상 땀이 흐르고 기진맥진 하였다. 그러나 한 오라기의 죄도 거기에는 섞여 있지 않은 것이었다. 오히려 거기에서 우리는 평안했고 거기에서 우리는 생명을 생각하고 있었다. [……] 다시 한번 말하거니와 우리가 꾸며놓은 왕국에는 항상 끈끈한 소금기가 있고 사그락대는 나뭇잎이 있고 머리칼을 나부끼는 바람이 있고 때때로 따가운 빛을 쏟는 태양이 떴다. 아니, 이러한 것들이 있었다기보다는 우리들이 그것을 의식하려고 애쓰고 있었다고 하는 게 옳겠다. 그러한 왕국에서는 누구나 정당하게 살고 누구나 정당하게 죽어간다. 피하려고 애쓸 패륜도 아예 없고 그것의 온상을 만들어주는 고독도 없는 것이며 전쟁은 더구나 있을 필요가 없다. 누나와 나는 얼마나 안타깝게 어느 화사한 왕국의 신기루를 찾아 헤매었던 것일까!'

누나와 나, 둘이 만드는 이 세계는 해풍과 나뭇잎과 바람과 태양이 있고, 한 오라기의 죄도 섞여 있지 않아서 누구나 정당하게

---

1 김승옥, 『서울 1964년 겨울』, 문학과지성사, 2019, pp. 34~35. 이하 이 책에서의 인용은 쪽수만 표기.

살고 누구나 정당하게 죽어가고, 패륜도 고독도 전쟁도 없는 곳으로 묘사된다. 물론 미심쩍은 구절들은 있다. 가령 "아니, 이러한 것들이 있었다기보다는 우리들이 그것을 의식하려고 애쓰고 있었다"라는 구절이나 "누나와 나는 얼마나 안타깝게 어느 화사한 왕국의 신기루를 찾아 헤매었던 것일까" 같은 구절이 그렇다. 둘이 마련한 세계는 분명 '상상적'인 데가 있지만, 그러나 동시에 둘은 이 세계가 실은 '신기루'라는 예감 또한 가지고 있는 것으로 보인다. 그런 세계에 위기가 찾아온다. 그리고 이 위기는 성장소설의 입사 단계가 대체로 그렇듯이 전형적으로 오이디푸스적이다.

> 누나와 나는 그 다음 날 저녁, 등대가 있는 낭떠러지에서 밤 파도가 으르렁대는 해변으로 형을 떠밀었다. 우리는 결국 형 쪽을 택한 것이었다. 미친 듯이 뛰어서 돌아오는 우리의 귓전에서 갯바람이 윙윙댔다. 얼마든지 형을, 어머니를 그리고 우리들을 저주해도 모자랐다. 집으로 돌아와서 불을 켜자 비로소 야릇한 평안을 맛볼 수 있었다.
> 그리고 얼마 있지 않아서였다. 판자문을 삐걱거리며 열고 물에 흠씬 젖은 형이 살아서 돌아온 것이다. 우리의 눈동자는 확대된 채 얼어붙어버렸다. 형은 단 한마디, 흐흥 귀여운 것들, 해놓고 다락방으로 삐걱거리며 올라갔다. 그리고 사흘 있다가, 등대가 있는 그 낭떠러지에서 스스로 몸을 던져 죽은 것이었다. 나와 누나의 눈에는 감사의 눈물이 반짝이고 있었다. 그러나 어머니의 오해에는 어떻게 손대볼 도리 없이 우리는 성장하고 만 것이었다.²

전후 맥락은 이렇다. 부친 사후 얼마 지나 어머니가 낯선 사내들을 방으로 들이기 시작한다. 다락방(오이디푸스적 삼각형의 상층부)에서 종일 부스럭거리며 지내는 형은 죽은 아버지를 대신해 부권의 행사를 자임한다. 그는 어머니를 때리고, 나와 누이에게 어머니를 함께 죽일 것을 종용한다. 반면 화자와 비밀의 왕국을 공유하고 있는 누이는 어머니가 들이는 사내들에게서 아버지의 얼굴을 찾으려 애쓴다. 그런 식으로 어머니를 이해하려 하지만 이것은 누이가 만들어낸 허구에 불과하다. 화자와 누이는 결국 어떤 선택의 기로에 봉착한다. 형이냐 어머니냐, 법의 세계냐 법 이전의 상상적 왕국이냐.

그들이 택한 것은 어머니다. 그들은 "등대가 있는 낭떠러지에서 밤 파도가 으르렁대는 해변으로 형을 떠"민다. 물론 형은 살아 돌아왔지만, 며칠 후 스스로 낭떠러지에 몸을 던져 죽는다. 그가 두 동생에게 남긴 말은 단 한 마디, "흐흥 귀여운 것들"이다.

만약 한 소년의 입사를 다룬 이 작품이 성장소설이 맞는다면 이 성장은 참 이상한 성장이다. 전통적인 오이디푸스 공식에 따르면 그들은 (부권을 대신한) 형이 상징하는 법의 세계를 거부했으므로 입사식에 성공했으리라고 말하기 힘들다. 이른바 반성장의 서사가 되었어야 맞는다. 어떻게든 상상적 왕국을 유지하려는 노력이 그들의 형 살해 시도였기 때문이다. 그러나 김승옥은 이후 소설의 전개 과정을 그렇게 쓰지 않는다. 대신 '법의 질서를 거부했음에도 불구하고' "어머니의 오해에는 어떻게 손대볼 도

2 pp. 39~40.

리 없이 우리는 성장하고 만 것이었다"라고 쓴다. 게다가 형은 이 모든 일의 절차를 알고나 있었다는 듯이 두 동생에게 "흐흥 귀여운 것들"이라고 말한다. 그래봐야 너희들은 이제 법 안에 있을 수밖에 없다는 듯이. 사태는 그렇게 진행되도록 정해져 있었다는 듯이.

그렇다면 애초부터 '나'와 누이에게는 선택지가 없었던 셈이다. 그러니까 어머니냐 형이냐 하는 선택지에 대한 답은 오로지 하나뿐이었다. 둘이 건설한 상상적 왕국은 그들의 선택과 무관하게 이미 훼손당할 운명에 있었다. 그리고 자신들의 왕국을 '신기루'라고 말할 때, 그들 역시 어렴풋이나마 그 사실을 예감하고 있었으리라. 부권을 살해하는 죄를 지음으로써, 부권을 거부한 바로 그 죄로 인해, 역설적으로 부권적 법의 질서 속에(죄의식이 가득한 채로) 자신들도 들어설 수밖에 없게 된다는 사실을.

4. 강요당한 선택

흥미롭게도 나와 누이에게 던져진 '형이냐 어머니냐?'라는 질문은 라캉의 저 유명한 '돈이냐 목숨이냐', 혹은 헤겔의 '자유냐 목숨이냐'를 연상시키는 데가 있다. 사실 두 질문에 선택지는 없다. 돈을 택할 경우 목숨을 잃게 되므로 첫 질문에 대한 답은 이미 정해져 있다. 목숨 없는 돈은 이미 내 것이 아닐진대 저 질문 앞에서 주체는 목숨을 택해야만 한다. 후자의 질문에 대해서도 마찬가지다. 목숨 없는 자유란 존재할 수 없으므로 주체는 당연히 목숨을 택해야만 한다. 표면적으로는 양자택일의 질문이 실상에 있어서는 '강요당한 선택'이 된다. 라캉에 따를 때, 주체가 된다는 것, 입사식을 치른다는 것의 의미가 이와 같다.

유년기 '상상의 왕국'은 성인 주체가 머무를 곳이 아니다. 그는 '아버지의 이름'에 의해 호명당함으로써 '타자의 장'(시니피앙들의 그물망으로 이루어진)에서 주체(물론 빗금을 쳐야 하겠지만)로 출현해야 한다. '타자에게로' 소외되지 않는 한 주체는 형성되지 않는다. 따라서 '형이냐 어머니냐'라는 선택지는 실제에 있어서는 '함께 어머니를 죽이고 죄의식 없이 법의 세계에 들어설 테냐, 형을 죽이고 죄의식과 함께 법의 세계에 들어설 테냐'로 환원된다. 결과는 마찬가지다. 다만 죄의식의 강도에 차이가 있을 뿐.

일반적인 경우와 달리 「생명연습」의 누이와 '나'가 택한 것은 후자다. 그들은 형을 죽임으로써 법의 호명을 거절한다. 그러나 바로 그 거절, 부권을 대신한 형 살해가 죄의식을 낳고, 죄는 필연코 법의 질서를 도입한다. 이렇게 죄의식 속에서 성인의 세계에 진입하는 주체, 그들이 바로 김승옥의 인물들이다. 아마도 형이 "흐흥 귀여운 것들"이라고 말할 때 염두에 두었던 것, 그리고 화자가 "어떻게 손대볼 도리 없이" 성장하고 말았다고 말할 때 염두에 두었던 것, 그것이 바로 이 불가항력의 강요당한 선택이었을 것이다. 그들은 자유 대신 목숨을, 돈 대신 목숨을 택할 수밖에 없는 '주체 형성과정'을, 얼마간의 죄의식을 대가로 지불하고 겪어야만 했던 셈이다.

그러나 그렇게 등장한 주체는 분열된 주체다. 왜냐하면 돈 대신 목숨을 택한 주체에게는 이제 돈 없는 목숨만이 남기 때문이다. 자유 대신 목숨을 택한 주체 역시 마찬가지다. 헤겔적 의미에서 그는 노예가 되는데 그에게는 자유 없는 목숨만이 주어질 것이기 때문이다. 다른 말로 어떤 (주체 이전의) 존재가 입사를 거쳐 타자의 장에 주체로서 출현한다는 말은 존재에 어떤 결락이 생긴다는 말이다.

언어와 법의 질서 속으로의 진입을 거부하고 (하이데거적인 의미가 아닌, 한낱) '존재'로 남기를 택할 경우 우리는 무의미 속으로 떨어진다. 그러니까 아무것도 아닌 것으로 남는다. 필연코 우리는 의미를 선택할 수밖에 없게 되는데, 의미는 타자의 장(시니피앙으로 이루어진, 곧 항상 불충분한 언어로 이루어진)에서 출현하게 되므로 이 출현은 반드시 어떤 사라짐, 결락을 낳는다. 쉽게 말해 뭔가를 잃어야만 우리는 주체가 된다. 주체로 출현하기 위해, 존재는 대가(돈, 자유)를 지불한다. 그리고 그 결락분은 어떤 어렴풋한 상실의 감각(무의식)을 남긴다. 그 감각은 대체로 이런 것들이다.

원인을 알 수 없는 억울함, 뭔지 모르겠는데 그것을 잃어버렸다는 상실감(우울), 내 의지와 무관한 선택 속에서 이 세계에 진입해버린 것 같다는 회의감(전가), 이 세계에 타자의 것이 아닌 오로지 나만의 세계를 만드는 것이 진정한 나를 되찾는 길일 것 같은 안타까움(자기 세계), 법과 언어가 요구하는 것과는 영판 다른 짓을 감행함으로써 내가 여전히 목숨 대신 자유를 포기하지는 않았다는 것을 증명해 보이고 싶은 치기(위악), 그러나 그래봐야 이미 훼손되어버린 세계로는 돌아갈 수 없고, 나 또한 그 사실을 알고 있으므로 모든 몸부림이 다 위악이거나 연기일 거라는 자괴감(자조), 그러나 그런 자괴감 속에서도 되풀이해서 위악을 수행함으로써 만족되는 자기 처벌 욕구(나는 그 선택에 대해 충분히 벌받고 있어!)…… 이 모든 감각의 주인이 바로 김승옥의 주인공들이다.

그 주체 발생의 드라마를 여실히 자백하는 구절을 중편「다산성」에서 인용해본다.

"네 말대로 그 사실, 그러니까 찐빵이 우리를 지배한다는 사실은 어쩔 수 없다고 하지. 그러나 문제는 그게 아니지 않을까?"

"그럼 무엇이 문제지?"

내가 물었다.

"그 어쩔 수 없는 사실에 대처하는 태도가 개인 개인에게는 문제겠지. 자세히 예를 들면, 찐빵이 있다는 것이 문제가 아니라 찐빵의 눈에 들려고 애쓰는 너의 태도가 문제란 말이야."

"나로서는 그게 최상의 태도라고 생각한 것인걸. 그렇지 않고서는……"

"죽을 수밖에 없다는 얘기겠지."

"그래."

"죽는 게 최상의 태도라면 그걸 선택할 용기는 있니?"

"아마 용기가 없으니까 복종하며 살아 있기로 한 것이겠지. 그보다 죽어버린다는 것은 태도 중의 하나가 아닐 거야?"

"죽는다는 것은 분명히 태도 중의 하나지".[3]

---

3 p. 320.

작중 화자에 따르면 밀가루 같은 개개인(열 명의 친구들)이 모이면 으레 만들어지는 것이 '찐빵'이다. 관계들의 그물망, 말하자면 찐빵을 '(대)타자'로 번안해보자. 그것이 명령하고 지배한다. 찐빵이 아니면 죽음, 거기서 죽음을 택하지 못하고 찐빵을 택했다는 죄의식, 한낱 무의미한 존재가 주체로 출현하면서 뭔가를 상실해버렸다는 감각, 그 상실감 속에서 김승옥의 주인공들은 '발생'한다.

5. 자기 세계와 노예

아마도 김승옥의 주인공들이 주체로서 출현할 때 발생한 결락분의 다른 이름이 바로 '자기 세계'일 것이다. 무진에서 이상한 죄의식과 함께 입사식을 거친 그들은 서울(어른들의 무대, 혹은 자본주의적 법의 영토로 번역해도 무방하겠다)로 상경한다. 그러고는 얼마 지나지 않아 하나같이 그 정체를 알 수 없는 '자기 세계'에 골몰하기 시작한다. 먼저, 성장한 뒤 「생명연습」의 바로 그 소년이 생각하는 '자기 세계'는 이렇다.

'자기 세계'라면 그것을 가지고 있는 사람을 몇 명 나는 알고 있는 셈이다. '자기 세계'라면 분명히 남의 세계와는 다른 것으로서 마치 함락시킬 수 없는 성곽과도 같은 것이 아닌가 생각한다. 그 성곽에서 대기는 연초록빛에 함뿍 물들어 아른대고 그 사이로 장미꽃이 만발한 정원이 있으리라고 나는 상상을 불러일으켜보는 것이지만 웬일인지 내가 알고 있는 사람들 중에서 '자기 세계'를 가졌다고 하는 이들은 모두가 그 성곽에서도 특히 지하실을 차지하고 사는 모양이었다. 그 지하실에는 곰팡이와 거미줄이 쉴 새 없이 자라나고 있었는데 그것이 내게는 모두 그들이 가진 귀한 재산처럼 생각된다.[4]

청년이 된 그의 말에 따르면, 마치 함락시킬 수 없는 성곽과도 같은 것, 그러나 대체로 곰팡이 핀 지하실에 있는 것(지하실에 장미가 만발한 정원이 있을 수 있을까?), 그리고 타인들은 가지고 있는 것으로 보이는데 나에게는 결락되어 있는 것, 그것이 자기 세계다. 마음의 위상학에서 무의식의 자리(결락분의 위치)가 항상 지하를 차지한다는 점은 차치하더라도, "남의 세계와는 다른" '고유함'만이 자기 세계의 유일한 특징을 이룬다는 사실은 다른 인물들에게서도 확인된다. 가령 한 교수의 위악적 연애, 영수란 친구의 여자 정복 같은 것들이 그것이다. 다른 작품에서도 마찬가지인데 「역사」에 등장하는 서 씨의 기행(동대문의 성벽 바위를 밤마다 '몰래' 바꿔놓는)을 두고 액자 속 화자는 "그것이 서 씨가 간직하고 있는 자기"(p. 67)라고 말하고, 「서울 1964년 겨울」의 '안'은 '김'의 어떤 이야기를 들은 후 "그건 얘기가 됩니다. 그 사실은 완전히 김 형의 소유입니다"(p. 150)라고 말하기도 한다. 고유성에 대한 강박이라고나 할까?

하여튼 '자기 세계'는 곰팡이 핀 지하실에 있는 경우가 많은, 그리고 타인과 공유할 수 없는, 그래서 오로지 자신만의 고유함

---

4 pp. 17~18.

과 관련된, 그러나 나에게는 없고 주로 타인들에게만 있는 어떤 것 이상도 이하도 아니다. 김승옥의 인물들에게 자기 세계란 '절 차탁마 대기만성' 유의 자기 수양과도 무관하고 장인들의 완고한 고집과도 무관하다. 자기 세계는 이토록 모호한 무엇이다.

그런데 실은 자기 세계의 이 모호함이 그것의 정체를 의심하게 한다. 모호하기 그지없는 그것의 정체는 그 세계가 어떻게 형성되는가를 살펴보면 어렵지 않게 드러난다. 김승옥 소설에서 자기 세계를 형성하는 유일한 방법은 '위악'이다. 위악이란 악인이 행하는 악행이 아니다. 그것은 악하지만은 않은 이가 악행을 악행인 줄 알면서도 저지름으로써 타인과 함께 자기 자신에게도 고통을 가하는(그러나 자신에게는 치명적이지 않은 고통이다) 가학/피학증의 일종이다. 「생명연습」의 한 교수가 연인 정순을 정복할 때, 그는 그 행위의 위악성을 알고 있었다. 「역사」의 화자가 가풍 좋은 집안의 물병에 홍분제를 넣을 때, 「서울 1964년 겨울」의 '안'이 외판원 사내의 자살을 예감하면서도 방조할 때, 「환상수첩」의 정우가 연인 선애를 친구 영빈에게 겁탈당하도록 넘겨줄 때, 그들은 모두 그 행위의 무의미함을 의식하면서 가학을 통한 자학을 수행한다. 정확히는 누린다.

흥미로운 점은 그런 위악이 어떤 효과를 발휘하기 위해서는 항상 타자의 시선이 필요하다는 점이다. 김승옥 소설 속에서 위악을 저지르는 이들은 하나같이 그것을 감추는 것이 아니라 떠벌리느라 바쁘다. 마치 나는 이토록 타자의 시선을 두려워하지 않는다는 것을 과시하기라도 하려는 듯이. 「환상수첩」의 영빈이 그랬고 「생명연습」의 영수가 그랬다. 심지어 좀더 무거운 자기 세계를 가지고 있는 것처럼 보이는 「생명연습」의 오 선생이나 「역사」의 서 씨도 마찬가지다. 지인에게 혹은 이웃에게 그들은 자기 세계의 치졸한 비밀을 털어놓음으로써 그것의 소유 상태를 은연중 과시한다. 「누이를 이해하기 위하여」의 주인공이 누이에게 보낸 편지가 온통 위악에 대한 고백임은 말할 것도 없다.

요컨대 그들의 위악은 타자의 시선을 향해 있다. 그럴 때 그들의 태도에 감추어진 의도는 해석 가능해진다. '찐빵이여, 내가 너에게 복종한 줄 알지? (홍분제를 물에 타면서) 자 이래도?' 그러니까 그들이 위악을 통해 형성하려는 자기 세계는 그 자체로 어떤 정체가 있는 것이 아니다. 그것은 타자의 장에 복속되면서 자신들이 잃어버렸다고 감각되는 결락분을 대신할 수 있는 어떤 것, 혹은 그 결락당함에 대해 복수할 수 있는 것, 그것에 다름 아니다. 그리고 그것이 위악을 통해서만 형성되는 것은 바로 그 타자의 장에 자신의 선택에 따라 복속된 것이 아님을 유희적으로 입증하기 위한 고안물이기 때문이다.

정작 항거의 '태도'로서의 죽음을 택할 수는 없으므로, 그들은 위악을 통해 (자기 세계를 형성한다는 구실로) 대타자에게 시비를 건다. 그러나 그들은 그런 행위가 실은 진실로 대타자에게 타격을 입힐 거라고 생각하지는 않으면서 그렇게 한다. 타인과 자신에게 크고 작은 고통을 가함으로써 정작 더 큰 죄의식(나 스스로 자유를 포기했지)을 덮어버리는 위악…… 그것을 되풀이하는 한 헤겔적 의미에서 그들은 영원히 노예다.

6. 테러의 순간

그런데, 내내 '결락분'에 대해 말해왔다지만, 주체로서 출현하면서 우리는 정말 무엇인가를 잃어버렸을까? 앞서 살펴보았듯, 그 잃어버렸다는(그래서 다시 형성하려고 기를 쓰는) 자기 세계는 좀처럼 정체를 드러내지 않는 모호함 속에서 그저 위악을 통해 추구되기만 할 뿐이다. 그럼에도 김승옥의 주인공들은 마치 뭔가를 잃어버렸다는 듯 행동하기를 멈추지 않는다. 「누이를 이해하기 위하여」의 그 타락한 자의 회오에 찬 문체를 보라. 그런 주인공들에 대해서라면 지젝에게서 들을 말이 좀 있을 듯하다.

즉 우리가 이전에 결코 가져본 적이 없었던, 애초부터 상실된 상태였던 대상을 소유하는 유일한 방법은 우리가 아직 완전히 수중에 넣고 있는 어떤 대상을 마치 그것이 이미 상실된 것인 양 다루는 것이다. 따라서 우울증자는 애도 작업을 완수하는 것에 대한 거부를 그와 정반대의 형식으로, 즉 아직 대상이 상실되지도 않았을 때조차 그에 대해 필요 이상으로 과도한 애도를 표하는 거짓 장면을 연출하는 방식으로 하게 된다.[5]

지젝의 말에 따를 때, 우리가 흔히 잃어버렸다고 생각하는 대상, 가령 그 실체도 모호한 '자기 세계' 같은 것은 김승옥의 주인

---

5 슬라보예 지젝, 『전체주의가 어쨌다구?』, 한보희 옮김, 새물결, 2008, pp. 224~25.

공들이 가정하는 것과는 달리 '애초부터' 상실된 상태였다. 가령 죄에 대한 감각이 있기 전에 '순수'에 대한 감각이 있을 리 없을 테니, 순수한 세계는 법의 도입에 의해 항상 '존재하기도 전에 잃어버린' 어떤 것으로만 나타날 수밖에 없다. 말하자면 순수한 상상적 왕국이 있고 나서 법이 그것을 훼손하는 것이 아니라, 법의 설립이 사후적으로 잃어버린 순수의 감각을 생산한다. 마치 법도 패륜도 없는 그런 시절이 있었다는 것처럼.

그렇다면 김승옥의 주인공들이 행하는 위악이란 실은 잃어버리지도 않은 것을 필요 이상으로 과도하게 애도함으로써 영원히 소유하려는 우울증적 책략의 일환이 아닐까? 「생명연습」의 화자가 자신과 누이의 상상적 왕국을 두고 '신기루'라고 말했을 때, 실은 그 자신도 무의식에서나마 그 사실을 알고 있었던 것은 아닐까? 「환상수첩」의 정우가 선애의 "찬바람이 불어오는 뻥 뚫린 구멍"(p. 211)이란 말을 듣고 이토록 과하게 반응하는 것도 실은 같은 이유에서가 아니었을까?

"아아"

내가 여태껏 차마 입 밖에 내어 말할 수 없었던 것을, 그녀는 그때, 하늘도 무섭지 않은지 정확한 발음으로 표현하고 있었던 것이다.

"찬바람이 불어오는 뻥 뚫린 구멍, 찬바람이 불어오는 뻥 뚫린 구멍……"[6]

---

6 pp. 210~11.

잃어버렸다고 믿기로 작정한 결락분의 자리에는 구멍밖에 없다. 실체 없는 상실감은 그저 구실일 뿐 그 구멍과 마주할 자신이 없는 자들이 연기와 위악으로 매일매일 연명한다.

어쩌면 '고향'에 대해서도 우리는 마찬가지 말을 할 수 있을 것이다. 대체로 고향은 잃어버린 순수의 은유가 되고, 삶의 피로에 대한 위안의 공간으로 표상되지만, 김승옥 소설 속에서 그런 일은 일어나지 않는다. 지친 정우가(「환상수첩」), 그리고 희중(「무진기행」)이 무진으로 귀향한다.

> 더 견디어내기 어려운 서울이었다. 남쪽으로, 고향이 있는 남해안으로 가면 새로운 생존 방법이 있을지도 모른다는 기대에서였다.
> 서울에서 나는 너무나 욕된 생활 속을 좌충우돌하고 있었다. 그리고 슬프게 미쳐버렸다고나 할까.[7]

> 그때마다 내게는 서울에서의 실패로부터 도망해야 할 때거나 하여튼 무언가 새 출발이 필요할 때였었다.[8]

"새로운 생존 방법"이나 "새 출발"을 기대하며(한편으로는 기대하지도 않으며) 귀향하는 그들, 그러나 그들이 거기서 만나게

---

7 p. 198.
8 pp. 108~09.

될 사람들과 풍경들에 대해서라면 우리는 익히 잘 알고 있다. 속물이 된 친구 조, 말 서두마다 '제가 대학 다닐 때'를 연발하며 「목포의 눈물」과 「어떤 개인 날」 사이에서 방황하는 음악 선생, 방죽가에서 죽은 창녀, 춘화를 만들어 폐병을 돕거나 눈멀고 고아가 된 친구들…… 그리고 그 모든 것을 부인하며 재상경하는 부끄러움.

고향과 서울이 이제 더 이상 구별조차 되지 않는 이 세계에 그나마 위안이 있다면 죽음이랄까. '진짜'라 불렸던 선애와, 미아와의 결혼을 결심하고 생활 전선에 뛰어들기로 한 순간 어이없는 죽음을 맞이한 윤수에게서나마, 어떤 윤리 같은 것을 발견하지 못한다면 김승옥의 소설에서 우리가 얻을 것은 허무밖에 없으리라.

라캉이 종종 '테러의 순간'이라고 불렀던 선택의 지점, 거기는 삶을 위해 자유를 버리는 것이 아니라 자유를 위해 죽음을 선택하는 결단의 지점이다. 그 내기에서 살아남은 자가 주인이 된다. 아마도 선애와 윤수가 맞은 상징적 죽음의 순간이 바로 그 테러의 순간이었을 것이다. 비록 그들이 영영 살아 돌아오지는 못했다손 치더라도 말이다.

7. 김승옥과 규율권력

내내 김승옥 소설 속 인물들의 주체 형성과정에 대해서만 이야기했으니, 1960년대와 김승옥 소설의 관련성에 대해 몇 마디쯤은 덧붙여야겠다. 언젠가 김승옥은 1960년대가 아니었다면 자신이 쓴 소설은 단지 지독한 염세주의자의 기괴한 독백일 수밖에 없었으리라는 요지의 발언을 한 적이 있다. 작가의 본의와 무관하게 이 말은 김승옥 소설의 핵심에 육박한다. 당겨 말해 김승옥적인 인물들의 주체 형성과정에서 드러나는 '강요당한 선택'의 구조가 1960년대 한국의 사회 형성과정과 구조적으로 유사하다는 점 때문이다. 이 구조적 상동성은 작가에게도 한국문학에게도 절묘한 행운이었다. 두 구조 간의 유사성이 영원한 청춘의 문학이면서 영원히 1960년대적인 소설들을 낳았기 때문이다.

1960년 스무 살의 나이에 4·19혁명을 맞이했고, 다음 해 곧장 5·16의 좌절을 경험해야 했던 김승옥과 그의 세대 작가들이 부딪혀야 했던 첫번째 질문은, 아마도 '4·19냐 5·16이냐'라는 선택지였을 것이다. 그러나 이 질문에도 역시 선택의 여지는 없었는데, 4·19는 미완의 혁명으로 끝났고 5·16은 기나긴 군사 독재로 이어졌기 때문이다. 이미 훼손된 4·19는 선택의 대상이 아니었고 개발독재는 이제 비가역적으로 성가를 올리기 시작했다. 그럴 때 4·19세대는 어떤 결락분을 남긴 채 근대화의 주체로 출현해야 했다. 아마도 이 선택지로부터 다양한 선택지들이 파생되고도 남았을 텐데, 자유냐 경제냐, 문학이냐 생활이냐, 전근대냐 근대냐, 같은 양자택일의 질문들 앞에서 그 세대 작가들이 분열적인 정체성을 획득했음은 여러 논자들에 의해 밝혀진 바와 같다.

그런 흔적들이 김승옥 소설 곳곳에서 발견된다는 점은 지적해 둘 만하다. 가령 「다산성」의 '돼지는 뛴다' 에피소드에서 그 잘 뛰는 돼지는, 타자의 장에서 출현한 주체가 어떤 결락분에 대한 감각을 낳듯, 근대의 장에서 출현한 전근대(자연)가 낳은 결락분의 은유로 읽힌다. 돼지는 우리가 통제할 수 없을 만큼 격하게 꿈

틀거리고 또 잘 뛰기도 한다는 사실을 잊은 채, 우리는 근대인이 되었다. 그랬으니 이 돼지는 기차와의 충돌을 무릅쓰고 상징적 죽음의 경계를 넘어 들판을 달리는 순간 오히려 자신을 끌고 가던 정태를 노예로 삼은 주인이 된다. 아이러니하게도 김승옥의 주인공들이 실패한 지점에서 돼지가 성공한다. 보기 드문 라캉적 돼지다.

'토끼도 뛴다'의 토끼도 마찬가지다. 토끼의 생명력마저 과학적으로 '이용'하려는 국민극단의 "과학은 예술을 돕는다"(p. 353) 프로젝트는 한갓 생리 현상(방귀) 한 번으로 초토화된다. 토끼도 돼지와 마찬가지로 근대화가 낳은 결락분의 재귀다. 참 보기 드문 위악적 토끼다.

그러나 21세기에 접어든 지금의 시점에서 가장 먼저 재평가되어야 할 김승옥의 작품은 아무래도 「역사」인 듯하다. 창신동 빈민가의 골방에서 느닷없이 가풍 좋은 양옥집으로 존재 이전한 화자가 한국의 비가역적 근대화를 증언한다. 창신동 빈민가의 어수선하지만 열띠고 활기찬 풍경이 양옥집의 질서정연한 가풍과 비교된다. 양옥집의 가풍은 이렇다.

할아버지의 관이랄까 주의랄까를 들었다.
[……]
가풍이 없는 가정은 인간들의 모임이 아니다. 가풍이란 질서 정신에 의해서 성립되어야 한다. 우리나라의 가정은 사변 때 식구들의 생사조차 서로 모를 정도로 파괴되었다. 그래서 더욱 가정의 귀중함을 알았지 않느냐. 그러니 질서 정신에 입각해서 각기

가정은 가풍을 만들어가야 한다. 그리하는 데 장애가 아주 많은 게 우리들이 처한 현실이다.[9]

그래서 이 가족은 모두 '질서 정신'에 따라 아침 6시에 기상해서 식사를 하고, 곧바로 출근 혹은 등교를 한다. 식구들이 없는 사이 어머니와 며느리는 오전 10시에 미싱을 돌리고 12시에 라디오 음악을 듣는다. 4시가 되면 며느리가 피아노로 「엘리제를 위하여」를 연주하고, 그러다 6시 반이 되면 식구들이 귀가한다. 저녁을 먹고 10여 분 정도 잡담을 나눈 후 각자 공부. 취침은 정확히 10시다.

흥미로운 장면은 푸코의 『감시와 처벌』을 떠올리지 않을 수 없는 이 양옥집의 '규율적' 교육과 창신동 빈민가 시절 옆방 절름발이 사내의 '주권적' 교육 장면이 중첩될 때이다. 이 사내는 항상 긴 버드나무 회초리로 딸아이에게 체벌을 가하면서 뭔가를 가르친다. 김승옥은 예민하게도 이 시기에 이미 통치의 테크놀로지가 이른바 주권권력의 방식에서 규율권력의 방식으로(비가역적으로) 이행하고 있음을 포착한다. 그리고 그 이행은 '자유냐 죽음이냐' 만큼이나 강요된 선택지여서 창신동 빈민가의 왁자지껄한 공동체 문화에 대한 그리움이라는 결락분의 감각을 남긴다. 그가 홍분제를 사 와 이 말끔한 병원 같은 양옥집의 질서를 어지럽히기로 작정하는 것은 바로 그 결락분에 대한 감각 탓일 것이다. 물론 그 역시 일회적인 위악으로 끝나고 말지만.

9 p. 53.

바로 이런 이유로, 1960년대가 아니었다면 자신이 쓴 소설은 단지 지독한 염세주의자의 기괴한 독백일 수밖에 없었으리라는 김승옥의 발언은 정확하다. 그는 누구보다도 주체가 형성되는 과정의 비극성을 (지식으로가 아니라 감각과 직관으로) 잘 이해한 작가였다. 주체는 '강요당한 선택'에 의해서만 타자의 장에서 출현하고, 그 과정에서 항상 결락분에 대한 감각을 남긴다. 그것이 오로지 위악을 통해서만 향수되는 '자기 세계'의 본질이었다. 그런데 1960년대 한국의 근대화 과정이 또한 구조적으로 그와 같았다. 근대화는 비가역적이어서 자연(돼지와 토끼와 염소)과 공동체와 고향을 잃어버렸다는 결락의 감각을 남긴다. 이 두 결락 감각의 구조적 상동성이 공명하자, 영원히 청춘이고 영원히 1960년대적인 소설들이 탄생한다. 김승옥 소설의 보편성은 그렇게 획득된다.

1960년대의 몇 년 동안 그의 소설이 발표된 후, 지금까지도 그의 책을 읽은 이 땅의 모든 청춘이 그의 주인공들과 더불어 아파하고 키득댔다면, 실은 우리 모두가 바로 그런 방식으로 강요당한 선택 속에서 주체가 되고, 강요당한 근대화를 통해 근대인이 되었기 때문이다. 우리는 모두 다 선택지 없는 양자택일 속에서 어른이 되고, 신화 없는 해풍을 등진 채 어머니와 누이를 두고 무진을 떠난 적이 있는 부끄러운 주체들이었던 것이다.

민도식의 행방
— 윤흥길의 「아홉 켤레의 구두로 남은 사내」 연작에 나타난
권력의 양상

1. 민도식의 행방

초판 발행 후 20년이 지난 후, 윤흥길의 『아홉 켤레의 구두로 남은 사내』[1] 신판(1997) 해설을 쓰면서 성민엽은 이 작품의 문학사적 위상에 대해 다음과 같이 언급한다.

> 1977년은 「아홉 켤레의 구두로 남은 사내」(이하 「아홉 켤레」로 약칭) 연작의 해였다. 「아홉 켤레」 연작은 이듬해에 단행본으로 출판된 조세희의 「난장이가 쏘아올린 작은 공」 연작과 더불어 70년대 말의 한국문학에 크나큰 충격을 가한 기념비적 역작이다. 그것들은 70년대 문학의 한 정점이었고, 동시에 80년대 문학의 새로운 지평을 연 선구였으며, 나아가서는 80년대 내내 현재형으로 살아 움직였고 지금도 그 현재적 의미를 잃지 않고 있는 '살아 있는 고전'인 것이다.[2]

---

1   윤흥길, 『아홉 켤레의 구두로 남은 사내』, 문학과지성사, 1977(재판 1991).

성민엽의 말처럼, 네 편[3]으로 이루어진 이 연작은 세월이 지나면서 호의적인 해석과 평가가 축적되고, 또 그중 표제작이 중등 문학 교재에 수록되기도 하면서, 수많은 독자를 확보한 국민 문학의 반열에 올랐다. 뿐만 아니라 내로라하는 문학사가들에 의해 1980년대 민중문학을 앞서 예비한 예언적 작품, 혹은 산업화 시대 한국 소시민들의 의식 세계를 예리하게 묘파한 수작으로 꼽혀왔다.

그런데 이 연작에 대한 기존 연구들을 검토해볼 때, 주로 작품에 대한 해석과 평가가 집중되는 지점이 작중의 두 '인물'이란 점은 흥미롭다.[4] 먼저 이 연작을 80년대 민중문학의 선구적인 작품으로 맥락화할 경우, 연작의 마지막 작품인 「창백한 중년」에서 '계급적 존재 이전(移轉)'을 감행하는 '권기용'이 주요 인물로 부상한다. 반면 이 연작을 산업화 시대 한국 소시민 계급의 분열된 의식에 대한 보고로 읽을 경우, 전경화되는 인물은 표제작의 '오

---

2 성민엽, 「「아홉 켤레의 구두로 남은 사내」 연작의 현재적 의미」, 윤흥길, 『아홉 켤레의 구두로 남은 사내』 '신판 해설', p. 309.

3 윤흥길의 이 작품집 후반부에 나란히 실린 네 편의 중·단편 「아홉 켤레의 구두로 남은 사내」 「직선과 곡선」 「날개 또는 수갑」 「창백한 중년」(이상 게재순)을 말한다. 작품 내적 시간에 따라 재배열할 경우 「창백한 중년」이 「날개 또는 수갑」보다 앞선다. 이하 이 네 편의 연작을 통칭할 때는 「'구두' 연작」으로 표기한다.

4 대표적인 예들로는 다음을 들 수 있다. 「개인과 사회의 역학」(오생근, 『아홉 켤레의 구두로 남은 사내』 작품 해설, 문학과지성사, 1977), 「두 권의 소설집이 갖는 의미」(권영민, 『세계의문학』 1980년 겨울호), 「노동자의식의 낭만성과 비장미의 '저항의 시학'」(김복순, 『1970년대 문학연구』, 소명출판, 2000), 『한국 근대소설과 현실인식의 역사』(양문규, 소명출판, 2002).

선생'이다. 오생근의 '초판 해설'로부터 시작된 이와 같은 독해 방식은 이후 일종의 관례가 되다시피 해서, 작품집 『아홉 켤레의 구두로 남은 사내』에 대한 해석과 평가의 역사는 그대로 이 두 인 물에 대한 해석과 평가의 역사로 치환 가능하다고 해도 과언이 아니다.

그런데, 흔히 간과되곤 하지만 네 편으로 이루어진 이 연작의 주요 인물은 실제로는 둘이 아니라 셋이다. 첫 작품인 「아홉 켤 레의 구두로 남은 사내」의 1인칭 화자는 오 선생이고, 「직선과 곡선」의 1인칭 화자는 권기용이다. 마지막 작품인 「창백한 중 년」의 초점 인물 역시 권기용이다. 그러나 작품 내적 시간상 세 번째 작품에 해당하는 「날개 또는 수갑」의 경우, 오 선생도 권기 용도 아닌 제3의 인물 '민도식'이 초점 인물이자 주인공이다. 다 시 말해, 네 편의 작품 중 한 편이 오롯이 '민도식'이란 인물을 중심으로 일어난 사건들을 기록하고 있고, 또 주변의 정황들이 모두 그의 시선에 의해 관찰되고 있는 셈이다. 이런 사실을 감안 할 때, 그가 연작에서 차지하는 비중은 오 선생에 비해 결코 적 지 않다. 그러나 그간 이 연작에 대한 연구들에서 민도식이란 인 물은 거의 거론된 바가 없다. 심지어 연작의 이해에 있어 인물들 간의 상호 관계가 가장 중요하다는 전제하에 수행된 비교적 최 근의 연구들에서조차, 민도식은 체계적으로 그 존재감을 박탈 당한다.

예를 들어, "연작 전체에 걸쳐 이루어지는 인물의 변화 양상을 살피는 것이야말로 이 텍스트의 함의를 제대로 파악하는 방법이 라 할 수 있다"[5]라고 전제한 김경민의 연구에서, 민도식에 대해

할애된 문장은 아예 없다. 또한 "이 소설은 권씨와 오선생이 세입자와 집주인으로 처지가 다르게 등장하지만, 두 인물 모두 집을 매개로 트라우마를 가지고 있기 때문에 동시대의 경험 속에서 이 둘의 차이와 공통분모를 살펴보아야 한다. [……] 오선생과 권씨를 동시에 봐야지만 당대의 역사성 속에서 인물의 변화를 드러낼 수 있게 된다"[6]는 박숙자의 주장 어디에도, 민도식에 대해 언급하지 않는 이유에 대한 해명은 없다. 요컨대 그간 이 연작에 대해 언급한 연구들에서 민도식은 체계적으로 부재자 취급을 받아온 셈이다. 말의 의미 그대로 그는 '공공연한 비밀'에 속한 인물이었는데, 네 편의 연작을 읽은 누구나 다 그의 존재를 알고 있었음에도 불구하고 그에 대해 언급한 이는 없었기 때문이다. 이 글이 1차적으로 민도식을 소환하는 이유는 여기에 있다.

2. 문학장과 가능성의 공간

1) '민도식'의 비가시성

「날개 또는 수갑」의 민도식이 텍스트 내에 부재했던 것은 아니다. 또한 네 편의 연작 중 한 편에서 주인공이자 초점 인물로 등장한다는 사실로 미루어볼 때, 그가 부차적인 인물이었던 것도 아니다. 오히려 연작을 모두 읽은 이라면 누구나 이 인물의 존

---

5 김경민, 「1970년대 소설에 형상화된 시민성 연구」, 『국어국문학』 169호, 국어국문학회, 2014, p. 149.

6 박숙자, 「1970년대 타자의 윤리학과 '공감'의 서사」, 『대중서사연구』 25호, 대중서사학회, 2011, pp. 187~88.

재를 알고 있었다고 가정하는 편이 합리적일 것이다. 그럼에도 민도식은 최소한 이 연작의 '해석들' 내에서는 그간 부재해왔다. 1980년대 이후 한국의 문학사는 이 인물에 대한 의미화를 거절했고, 따라서 그는 텍스트 안에 실재함에도 불구하고 해석들 내에서는 오랜 부재 상태를 겪어야 하는 운명을 감수해야만 했다. 이런 현상을 어떻게 이해해야 할까?

일견 기이해 보이는 민도식의 이 '해석 내 부재' 현상을 설명하기 위해서는 부르디외의 '문학장' 이론을 경유하는 편이 용이해 보인다. 『예술의 규칙』에서 부르디외는 문학장의 배타적 특성에 대해 다음과 같이 말한다.

> '……으로서 본다'는 것은, 이 경우에는 그것에 의해 장이 그러한 그대로 구성되고, 장 속으로 들어가는 권리를 정의하는 근본적인 관점 외에 다른 것이 아니다. 즉 장의 근본적인 관점과 일치하는 관점을 갖지 않는 자는 "누구나 이곳에 들어올 수 없다"[7]

인용문의 '……으로서 본다'라는 말을 '해석'이란 말로 치환할 경우, 부르디외가 말한 문학장은 '해석장'이기도 하다. 이때 해석의 기준, 즉 '……'에 해당하는 것은, 장을 구성하고 장내 입장권으로 작용하기도 하는 전제, 곧 '관점'(문학관)이다. 어떤 텍스트 혹은 작가가 특정 문학장 내로의 진입에 성공하고, 그럼으로써 정당한 의미화의 권리를 누릴 수 있게 되려면 '해당 장 내에서

---

7 피에르 부르디외, 『예술의 규칙』, 하태환 옮김, 동문선, 1999, pp. 295~96.

널리 통용되는 관점들'[부르디외는 이를 '일루지오(Illusio)'라고 부른다]을 의식적으로건 무의식적으로건 받아들여야만 한다. 그렇지 않을 경우 누구도, 그리고 어떤 텍스트도 장내 입장은 불가능하다고 부르디외는 강조한다.

따라서 문학장은 일종의 '(불)가능성의 공간(space of possibility)'을 열어놓는다. 한 작가 혹은 한 편의 텍스트가 의미화 가능한 것이 되기 위해서는(그리고 반대로 의미화 불가능한 무엇으로서 배제되기 위해서도) 문학장 내 진입이 관건이기 때문이다. 부르디외에 따르면 문학장은 다음과 같은 방식으로 작가와 텍스트에 대해 '가능성의 공간'이자 '불가능성의 공간'으로 작동한다.

> 이러한 가능성들의 공간은 장의 논리와 필연성을 일종의 '역사적 초월성'으로 내재화한 모든 사람들에게 부여된다. 장의 논리와 필연성은 인식과 평가의 사회적 카테고리들의 시스템, 가능성과 합법성의 사회적 조건들의 시스템으로서, 이것은 장르들·유파들·방식들·형식들의 개념들처럼 생각할 수 있는 것과 생각할 수 없는 것의 세계를 정의하고 제한한다. 다시 말해 이 세계는 고려된 순간에 생각되고 실현될 수 있는 잠재성들의 유한세계이며(자유) 동시에 그 속에서 해야 할 것과 생각해야 할 것이 결정되는 제약들의 시스템이다(필연).[8]

인용문에 따르면 장내에 진입한, 혹은 진입하려는 작가나 텍

---

8 피에르 부르디외, 같은 책, p. 311.

스트에 의해 장의 논리는 항상 초월적이고 필연적인 것으로 받아들여진다. 즉 실제에 있어서는 역사적으로나 공간적으로 특수하고 우연한 것임에도 불구하고, 장내 모든 구성원은 장의 논리를 마치 보편적이고 초역사적인 무엇으로 상상해야만 한다. 그리고 그 장에서 작동하는 논리에 따라 가능한 것들을 정의하고, 과제를 설정하고, 목표를 실현하게 되는데, 그런 의미에서 장은 가능성을 열어주는 동시에 나머지 잠재성을 생각 불가능한 것으로 배제함으로써 불가능성의 장이 되기도 한다. 문학장의 경우, "장르들·유파들·방식들·형식들"과 같이 우리가 일반적으로 '문학적인 것'이라고 부르는 요소들 대부분이 이 가능성의 공간 내에서 의미화되거나 되지 못하고, 실현되거나 실현되지 못한다. 이는 해석에 대해서도 마찬가지이다. 특정 문학장은 해석의 장이기도 해서, 장의 논리에 따라 가능한 해석은 제한되기 마련이다.

물론 윤흥길의 「구두」 연작을 두고 1970~80년대 이후의 한국문학장에 진입하지 못한 텍스트라고 말하는 것은 어불성설일 것이다. 앞서 살펴본 것처럼 대부분의 문학사가들은 이 연작을 1970년대 한국문학이 낳은 최고의 문제작 중 하나이자, 1980년대 민중적 리얼리즘을 예견한 가교적 작품으로 의미화하고 있기 때문이다. 한국의 문학장은 그런 의미에서 「구두」 연작에 대해 호의적이었다고 말하는 것이 옳다. 그러나 예의 그 인물, 즉 '해석 내 부재'로서의 민도식에 대해서도 그렇게 말할 수 있을지는 미지수다.

2) 목적론적 존재 이전의 서사

비유적으로 말해, 민도식은 「구두」 연작이 이후 한국의 문학장에 진입하기 위해 치러야만 했던 일종의 입장료였을 것이라고 가정해보자. 그렇지 않고서는 기이한 그의 해석 내 부재 상태를 설명하기 힘들기 때문이다. 그러나 이 민도식이라는 대가를 치름으로써만 「구두」 연작이 정전의 위치를 확보할 수 있었다고 말하기 위해서는, 이후 한국의 문학장이 이 작품들을 어떤 방식으로 해석하고 맥락화했는지를 살펴보는 것이 필수적이다. 아래는 대표적인 문학사가들이 「구두」 연작에 대해 언급한 내용들을 발췌한 것이다.

> 「아홉 켤레의 구두로 남은 사내」의 연작들은 실종된 권씨의 입장을 중심으로 전개되어 있어 독자의 궁금증을 풀어주면서 동시에 윤흥길의 새로운 현실 접근 방법을 환기시켜주고 있다. 다시 말해서 작가는 현실에서 패배하여 사라져버리는 연약한 주인공으로 하여금 현실과 정면 대결하는 단계로 변모시키고 있는데, [⋯⋯][9]

> 그러고 보면 「아홉 켤레」 연작에서 권기용의 계급 계층적 존재는 소시민-도시 빈민(노동자)이라는 이중적 존재이다. 그것은 전반부에서는 소시민이고 싶은 도시 빈민이고 후반부에서는 소시민이고 싶지 않은 도시 빈민(노동자)이라는 점에서 서로 다른

---

9 오생근, 같은 글, p. 305.

두 가지 양상으로 나타난다. 이 점에 주목하면 「창백한 중년」의 마지막 대목이야말로 이 연작의 담론적 중심이 된다.[10]

　어떤 소요 사건의 주모자로 지목되어 옥살이를 하고 나와서는 지식인으로서의 자부심 그것 하나에만 매달린 채 무능력자와 못 가진 자의 길을 걷는 어느 중년 사내의 경우를 그린 윤흥길의 「아홉 켤레의 구두로 남은 사내」는 1980년대에 와서 작가들로부터 온통 긍정적 시선을 받게 된 투쟁적 인물을 프로타고니스트로 한 소설의 한 원형이라고 할 수 있다.[11]

　이제는 도시빈민으로 떨어진 그가 보세 가공업체인 섬유공장의 노동자가 되는 것, 그리고 그런 그를 통해 공장 노동자의 현실이 비록 일면적일지라도 소설 속에 이끌려 들어오게 되었다는 것 등의 의미는 크다. 고향에서 막 이탈한 떠돌이 막노동자가 아니라 공장 노동자가 문제되는 단계로 나아온 한국 사회의 변화를 그 핵심에서 날카롭게 반영하고 있으며, 제복 착용 문제를 통해 사장의 전제적 사고방식을 폭로함으로써 70년대 공장현실의 중요한 한 속성을 드러내었던 것이다.[12]

　위 인용문들을 주의 깊게 읽을 경우, 필자들이 암묵적으로 공

10　성민엽, 같은 글, p. 312.

11　조남현, 「해방 50년, 한국 소설」, 『한국 현대 문학 50년』, 유종호 외, 민음사, 1995, p. 154.

12　김윤식·정호웅, 『한국소설사』, 예하, 1993, p. 396.

유하고 있는 몇 가지 전제들이 발견된다. 네 편의 연작 중 두 편에서만 주인공으로 등장하는 권기용을 특권적인 논의의 대상으로 삼고 있다는 점에 대해서는 이미 지적했으니 차치해두더라도, 필자들 공히 그의 의식 변모 과정을 두 단계로 나누고 있다는 사실은 눈여겨볼 필요가 있다. 성민엽은 이를 "소시민이고 싶은 도시 빈민(노동자)"이 "소시민이고 싶지 않은 도시 빈민(노동자)"으로 변모해가는 과정이라고 설명한다. 오생근 역시 이와 유사하게 「구두」 연작의 전체 서사를 "현실에서 패배하여 사라져버리는 연약한 주인공"이 "현실과 정면 대결하는 단계로 변모"해가는 구조로 이해한다. 이들의 논지에 따르면 권기용의 의식은 단계적으로 변모한다. 이를 간단하게 소시민 계급에서 민중(노동자)으로의 '계급적 존재 이전' 서사라 부를 수 있을 것이다.

한편 조남현과 김윤식·정호웅이 정치적으로는 서로 상반된 입장을 드러내면서도, 「구두」 연작을 문학사적 맥락 내에 위치시키는 방식에 있어서는 대동소이하다는 사실도 주목을 요한다. 다소 부정적인 어투에도 불구하고 조남현은 이 연작을 "1980년대에 와서 작가들로부터 온통 긍정적 시선을 받게 된 투쟁적 인물을 프로타고니스트로 한 소설의 한 원형"으로 맥락화한다. 한편 김윤식과 정호웅은 황석영의 「객지」와 이 연작을 비교하면서, 개별적 부랑 노동자가 집단적 산업 노동자로 이행해가던 당대 현실을 작품 해석과 결부시킨다. 논의의 구체성과 작품에 대한 호오에 있어 상당한 차이가 있다지만, 두 경우 모두 이 연작을 1980년대 민중문학과의 연관 속에서, 즉 일종의 '미래완료' 시제로 기록한다는 점에 있어서는 크게 다를 바 없다. 간단히 말해

「구두」 연작을 문학사적으로 맥락화하고자 할 때, 문학사가들이 대체로 전제하고 있는 것은 일종의 '목적론'적 역사관이다. 그리고 목적론적 서사는 항상 인과관계를 필요로 하는바, 1970년대 문학이 1980년대 문학의 선조적(線組的) 원인이 되는 것은 당연한 일이다. 그들의 시선 속에서 「구두」 연작은 훗날 '완성되어 있을' 1980년대 문학을 향해 있고, 따라서 민중성 확대 과정의 과도기적 일환으로 자리매김된다.

그런데 더 흥미로운 점은 인물의 '계급적 존재 이전' 서사와 문학사의 '목적론'적 서술 사이에 일종의 '구조적 상동성'이 발견된다는 점이다. 소시민적 문학이 지배적이었던 1970년대가 민중성이 압도하는 1980년대에 자리를 내주듯, 권기용은 아홉 켤레의 구두를 태운 후 스스로의 소시민 근성을 버리고 노동자로서의 자기정체성을 받아들인다는 것이 인용문들의 암묵적인 요지다. 성민엽이 "「창백한 중년」의 마지막 대목이야말로 이 연작의 담론적 중심이 된다"고 말했던 것도 이런 이유로 보이는데, 이 작품의 마지막 장면은 이렇다.

숨돌릴 겨를도 없이 쏟아져내리는 타격은 차라리 일종의 청량감 같은 것이었다. 그것은 안순덕과 박환청과 자기를 잇는 삼각의 끈을 확인하는 절차이기도 했다. 여태껏 그들과 자기 사이에 가로놓인 엄청난 허구의 공간이 주먹과 발길 끝에서 조금씩조금씩 무너져내리고 있었다. 내가 만약 이 자리에서 저 미치광이 젊은이한테 타살당하지 않고 살아날 수만 있다면, 하고 권씨는 가정을 해보았다. 살아난 값을 톡톡히 해야지. 그러기 위해서는 다른 무엇보다도 먼저 노조 간부들을 만나볼 필요가 있었다. 그리고 다음 순서로 본사에 가서 사장을 만나는 일도 당연히 고려에 넣으면서 권씨는 차츰 의식을 잃어갔다.[13]

작중 '안순덕'이란 여성 노동자를 사랑하는 '박환청'이 매질의 주인이다. 사측 프락치로 몰린 채 박환청에게 맞아 의식을 잃으면서, 권기용은 살아나면 노조에서 활동할 것임을 다짐한다.

그의 실신은 따라서 일종의 부활을 준비하는 계급적 존재 이전의 순간이자 1980년대 문학이 시작되는 순간이기도 하다. 그러나 다른 의미에서 이해할 때, 그 순간이야말로 민도식이 해석의 시야에서 사라지는 순간이기도 하다. 왜냐하면 민도식은 이와 같은 목적론적 존재 이전의 서사에 대해 완전히 이질적이고 예외적인 인물이기 때문이다.

그는 계급적 존재 이전을 감행하지 않는다. 뿐만 아니라 이제 살펴보게 되겠지만 1970년대 한국 사회의 권력에 대해 권기용과는 전혀 다른 질문을 던지는 인물이기도 하다. 그는 1980년대 이후 한국문학장의 일루지오, 즉 목적론적 존재 이전의 서사 바깥에 서 있던 인물이다. 따라서 「구두」 연작이 목적론과 계급 담론을 주축으로 형성된 1980년대 이후 한국문학장에 진입하기 위해서라면, 그는 어쩔 수 없이 '해석 내 부재'의 운명을 겪어야만 했다. 민도식이 장내 진입을 위한 입장료였다는 말은 그런 의미다.

---

13 윤흥길, 같은 책, p. 294.

3. 「날개 또는 수갑」과 '다른' 권력

1) 생존과 자유

문학사가들이 「구두」 연작을 문학장 내에 입장시키기 위해 민도식이란 인물을 입장료로 지불했다는 말을, 그들이 1970년대 한국의 문학사를 부정확하거나 편파적으로 기술했다는 의미로 이해해서는 곤란하다. 특정 문학장의 일루지오는 무의식적이어서 장내 구성원은 해당 장의 논리를 의식하지 않는다. 따라서 문학사가들이 민도식을 의도적으로 부재자 취급했다기보다는 이 인물이 당시의 문학장 내에서는 눈에 띌 수 없는 존재였다고 말하는 편이 옳다. 결국 질문은 문학사가들의 무능력을 향하기보다는 민도식이라는 인물의 특성을 향해야 한다. 그의 어떤 측면이, 목적론적 존재 이전의 서사가 일루지오로 작용하던 당시의 문학장 내에서 그를 비가시적인 인물로 만들었는지가 결국 관건이다. 이런 관점에서 읽을 때, 「날개 또는 수갑」에서 민도식 일행(장상태, 우기환)과 권기용 간에 벌어진 '자유와 생존' 논쟁은 대단히 의미심장하다.

> "[……] 한쪽에선 작업중에 팔이 뭉텅 잘려져나간 사람이 있고 그 팔값을 찾아주려고 투쟁하는 사람들이 있는 반면에 다른 한쪽에선 몸에 걸치는 옷 때문에 거기에 자기 인생을 걸려는 분들도 계시구나 하는 생각이 들어서 그냥 지나칠 수가 없었습니다."[14]

14 윤흥길, 같은 책, p. 269.

"팔도 중요하지만 그에 못지않게 옷도 중요해. 옷을 지키려는 건 다시 말해서 팔을 찾으려는 거나 마찬가지 일이야. 팔이 옷에 우선한다 생각하고 우릴 비웃었다면 당신은 분명히 덜 떨어진 사람이야."[15]

"반드시 그렇지만은 않을 거야. 다분히 허세가 섞인 것이 우리들 옷이고 허세 없이 그저 절실하기만 한 것이 권씨의 팔인지도 몰라."

"자유와 생존은 다 같이 중요하다는 제 신념엔 변함이 없습니다."

"그야 물론 그렇지. 내 얘긴 우리가 제복을 입음으로써 제약당하는 개인의 사생활을 저들이 팔을 잃음으로써 위협받는 생계만큼 그렇게 절박하게 느끼고 있느냐는, 일테면 치열도의 차이라는 거야."[16]

첫번째 인용문은 권기용이 민도식 일행을 향해 던진 말이다. 존재 이전을 감행한 후 진정한 의미에서의 '블루칼라'가 된 그는, 작업 중 팔이 잘려 나간 안순덕의 보상 문제로 사측과 투쟁 중이다. 그것은 생존권 투쟁이다. 반면 '화이트칼라' 계층에 속하는 민도식 일행은 사복(社服) 착용을 강행하려는 회사 방침에 맞서

15 같은 책, p. 269.
16 같은 책, p. 271.

경영자 측과 투쟁 중이다. 그것은 자유를 지키려는 투쟁이다. 두 번째 인용문은 민도식 일행 중 한 명인 사무직 '장상태'가 권기용에게 던진 말이다. 앞서 권기용의 말 속에는 일종의 조롱이 숨어 있었는데 그 요체는 자유가 생존에 우선할 수 있겠느냐는 점이었다. 이에 대해 장상태는 자유 또한 생존만큼이나 중요하다고 강변한다. 마지막 인용문은 민도식의 말이다. 그는 자유와 생존을 둘러싼 짧지 않은 논쟁을 마무리한다. '자유와 생존은 둘 다 중요하다, 그러나 치열도에 있어서 자유는 생존보다 앞설 수 없다'는 것이 그의 입장이다. 요약하자면 「날개 또는 수갑」 안에서 자유와 생존이 갈등한다.

굳이 승패를 가릴 경우, 논쟁은 권기용의 판정승으로 끝난 듯 보인다. '치열도'에 있어 자유보다는 생존이 우선함을, 자유를 위해 싸우고 있던 민도식마저 인정했기 때문이다. 아마도 민도식이란 인물이 이후 이 연작에 대한 해석의 역사에서 사라진 것도 이와 관련이 있을 것이다. 생존권, 곧 계급 문제가 자유의 문제를 압도하기 시작했던 것이 이 작품이 출간된 1970년대 말 이후 한국문학장의 변화 경향이었음을 고려할 때, 민도식은 부차적인 문제를 제기하고 있는 인물로 치부되기 쉬웠을 것이다. 바야흐로 민도식의 시대는 가고 권기용과 안순덕의 시대가 시작되고 있었던 것이라고 말할 수도 있겠는데, 그런 의미에서 다음과 같은 문장들이 문학사가들과 연구자들의 눈에 권기용의 존재 이전 장면보다 중요하게 읽히지 않았던 것도 크게 이상할 것은 없다.

동료들과 헤어져 버스 정류장을 향해 걷는 동안 민도식은 바삐

인도를 오가는 행인들 가운데 의외로 유니폼이 많이 섞여 있음을 발견하고 놀라지 않을 수 없었다. 어제까지만 해도 전혀 그런 내색을 안 보이던 거리가 갑자기 안면을 바꾸어 오늘부터는 유니폼으로 범람하기 시작하는 듯한 착각에 빠질 지경이었다. 처음부터 제복으로 출발했으니까 거리 곳곳에서 눈에 띄는 군인과 경찰은 그만두고라도, 각급 학교의 학생들은 그만두고라도, 자율 교통 지도원과 모범 운전기사들은 그만두고라도, 빌딩이나 호텔 입구의 수위 아저씨들은 그만두고라도, 새마을복에 새마을모의 공무원들과 오물 수거원들은 그만두고라도, 어서 옵쇼 하면서 허리를 경오지게 꺾어 난짝 길을 막는 각종 접객업소의 보이녀석들이나 남녀 종업원들은 그만두고라도, [……] 바야흐로 제복 지향의 빳빳한 시대가 열리고 있음을 알리는 나팔 신호를 민도식은 귀가 멍멍하도록 듣는 듯한 기분에 사로잡힌 채 역시 제복 차림의 안내양으로부터 빨리 오르라고 등을 떼밀리고 빨리 내리라고 등을 떼밀린 끝에 가까스로 집에까지 당도할 수 있었다.[17]

중략했음에도 불구하고 짧지 않은 저 인용문은 실은 거의 두 페이지에 걸쳐 "바야흐로 제복 지향의 빳빳한 시대가 열리고 있음을 알리는 나팔 신호"들을 민도식의 눈에 비친 방식으로 묘사하고 있다. 권기용이 존재 이전을 감행하면서 노동자의 시대를 알리던 시점, 민도식은 범람하는 제복들을 본다. 그리고 그로부터 곧 도래할 '빳빳한 시대'를 예감한다.

17 윤흥길, 같은 책, pp. 260~61.

권기용과 민도식이 1970년대 말 산업화가 한창이던 한국 사회를 보는 관점은 이처럼 상이하다. 전자가 개발독재 국가의 계급적 본질을 보고 있는 바로 그 시공에서, 후자는 '규격화하는 권력'의 대두를 본다. 전자가 계급적 존재 이전으로 권력에 저항하려 할 때, 후자는 제복 입기를 거부함으로써 권력에 저항하려 한다. 물론 한국의 문학장은 이후 권기용에게 호의적인 형태로 형성·강화되었고, 민도식은 그 문학장에서 해석 내 부재 상태를 겪어야만 했다. 장내에 진입하지 못했으므로 아직 적당한 개념과 체계를 마련하지 못한 민도식의 질문은, 그저 모호하게 '자유'라는 추상명사로 불리면서 점차 부차화된다.

그러나 작품 출간 후 거의 40년이 지난 지금의 시점에서, 한국의 지식장은 이제 그가 마주했던 권력의 실체를 지칭하는 정확한 명칭을 알고 있다. 푸코의 '규율권력' 개념이 그것이다.

2) 산업화와 규율권력

『감시와 처벌』에서 푸코는 중세의 형벌 제도와는 다른 근대적 규율권력의 성격에 대해 다음과 같이 설명한다.

교정 중심의 형벌 기구는 아주 다른 방식으로 작용하고 있다. 형벌의 적용 지점은 표상이 아닌 신체 그 자체이고, 시간이고, 매일매일의 동작과 행동이다. [……] 그것은 기호가 아니라 훈련이다. 예컨대 시간표, 일과시간 할당표, 의무적인 운동, 규칙적인 활동, 개별적 명상, 공동작업, 정숙, 근면, 존경심, 좋은 습관이 그렇다.[18]

푸코에 따르면, 근대적 규율권력은 전시적이고 사법적인 '처벌'의 형식를 취하던 전근대적 권력의 작동 방식과는 달라서, 법보다 '규율'을 선호하고 처벌보다 '교정'을 선호한다. 이때 교정되어야 할 대상은 물론 개인의 신체이고 그 신체의 동작과 행동, 습관 등이다.

1990년대 중반 이후 푸코의 권력론에 대한 논의는 충분히 진척된 바 있으므로 상세한 설명은 피하되,「날개 또는 수갑」의 민도식이 문제 삼았던 권력이 바로 그 '규율권력'이었다는 사실은 지적해둘 필요가 있어 보인다. 민도식이 대면하고 있는 권력은 권기용이 대면하고 있는 권력과 완전히 상이하다.

권기용이 저항하고자 했던 권력은 엄밀한 의미에서 전근대적 주권권력에 가까워 보인다. 왜냐하면 민중의 생존권을 억압하며 고도성장을 가속화하던 박정희 정권의 권력 행사 방식은, 온갖 '예외상태'(긴급조치, 위수령, 비상계엄, 간첩단 조작 등등)에 기반한 초법적 성격을 띠고 있었기 때문이다. 최소한의 법적 절차도 무시한 채 주권자의 무소불위적 권위에 의존하던 개발독재 국가의 권력은 오히려 전근대적 주권권력과 유사하다. 권기용은 그 권력에 저항한다.

물론 박정희 시절의 국가권력이 오로지 주권권력의 성격만을 가지고 있었다고 볼 수는 없다. 박정희는 초법적 주권자였을 '뿐만 아니라' 온 국민을 같은 시간에 깨우고 같은 시간에 귀가시키고 비슷한 노래를 듣게 하고 비슷한 영화를 보면서 비슷한 머리

---

18 미셸 푸코,『감시와 처벌』, 오생근 옮김, 나남, 1994, pp. 195~96.

길이와 치마 길이를 유지하게 하려고 시도했던, 아주 촘촘한 규율권력의 수립자이기도 했다. 이 점이 1960~70년대 한국 사회의 권력이 가진 복합적이고 특수한 성격이기도 한데, 민도식이 불안에 가득 찬 눈으로 목도하고 있는 것이 바로 그것이다.

그가 서울의 거리에서 마주친 유니폼들의 물결이야말로 개인의 신체에 입혀진 권력이자, 규격화하고 교정하는 권력이 등장하는 방식이다. 그런 의미에서 제복을 입히려는 작중 사측의 결정을 그저 군사문화의 잔재에 대한 우의(寓意) 정도로 축소해서 이해할 경우, 사태의 일면밖에 이해할 수 없다. 제복은 '인적 자원'을 규격화할 뿐만 아니라, 그것을 입는 순간 개인의 자세를 훈련하고, 움직여야 할 동선을 제한하고, 하루를 정해진 시간표에 따라 분절하며, 감시를 내면화하게 만든다. 최소한 노동자들이 제복을 입고 있는 동안, 공장은 벤담의 파놉티콘이 된다. 권기용과 민도식은 권력에 관한 한 서로 완전히 다른 곳을 응시하고 있었던 것이다. 「타임 레코더」나 「제식훈련 변천약사」 같은 윤흥길의 초기 작품들이 재조명되어야 하는 이유도 여기에 있다고 하겠다.

우선 「타임 레코더」[19]의 '오석태'가 눈엣가시처럼 여기는 '타임 레코더'는 개인의 하루 일과를 감시하고 분절하는 파놉티콘 중앙 감시탑의 감시원과 등가인 것으로 읽힌다. 그처럼 규율권력은 감시와 시간표를 통해 개인의 하루 동선을 규율하고 교정한다.[20] 그러나 「타임 레코더」보다 훨씬 정밀하고 예리한 규율권력

---

19 윤흥길, 「타임 레코더」, 『황혼의 집』, 문학과지성사, 1976.

관찰 기록이 등장하는 것은 작품 「제식훈련 변천약사」에서다.

이문택은 지겹도록 그놈의 제식훈련을 물고 죽살이를 쳐댔다. 그의 시종여일한 주장에 따를 것 같으면, 요컨대 그것은 대기 중의 산소 함량이 일정 수준 이하로 떨어지는 현상에 비견할 만한 변화였다. 그만한 얘기에도 뭔가 턱 심장에 와서 쩽그랑 하고 부딪치는 게 있다는 것이었다. 그리고 또한, 말하자면 그것은 해방 후 이 땅에 이식해 놓은 프래그머티즘이나 합리주의 사고의 효용 가치를 전면 재평가하려는 의미이며, 되도록 불필요한 형식이나 절차 따위를 매사에서 제거함으로써 우리들 인체에 가해지는 무

20 푸코는 규율권력에서 시간표가 담당하는 역할을 다음과 같이 지극히 세심하게 상술한다. "규율은 이어받은 이러한 시간 규제의 방식을 수정한다. 우선 정교하게 다듬어서 15분, 분·초의 단위로 시간을 계산하기 시작한다. [……] 또한 국민학교에서는 시간의 분할이 점점 더 세밀해져서, 모든 활동은 그것에 즉각적으로 따르는 여러 규율체계로 면밀히 규제된다. 예를 들면, "시간을 알리는 종소리가 끝나자마자 한 명의 학생이 종을 치고, 그 소리로 전체 학생은 무릎을 꿇고 팔짱을 낀 채 시선을 떨군다. 기도가 끝나면, 교사는 학생들을 일어서게 하는 신호를 보내고, 그 다음 그리스도 십자가상에 경의를 표하게 하는 두번째 신호를 보내며, 마지막으로 그들을 착석시키기 위한 세번째의 신호를 한다". [……] 그리고 또한 임금 제도의 점차적인 확산으로 시간에 대한 좀더 정밀한 분할이 이루어진다. 예를 들면, "노동자가 종이 울리고 나서 15분 이상 지각하는 일이 일어날 경우……"라든가, "정해진 시간에 작업장에 나오지 않는 자……" 같은 식으로 말이다. 그러나 또한 고용하는 시간의 질을 높이려는 경향도 있다. 즉, 끊임없는 통제, 감시자에 의한 압력, 작업을 방해하거나 산만하게 하는 모든 요소의 제거가 그렇다. 시간을 완전히 유익하게끔 구성하는 일이 중요해지는 것이다. [……] 더구나 작업이 중단되는 식사시간에도 "직공들에게 일에 대한 관심을 잊어버리게 하는 황당한 이야기나 연애담 그 밖의 화제에 관해서 어떤 말도 하지 않아야 한다. [……] 측정되고 임금이 지불되는 시간은 또한 불순함도 결함도 없는 시간이고, 계속 신체가 자신의 활동에만 주의를 집중하도록 한 우수한 질의 시간이어야 하는 것이다"(『감시와 처벌』, pp. 226~27).

리를 최소한으로 덜어주려는 인본 사상에 가해지는 일대 수정 작업이며, 동시에 그것은 오늘과는 달리 우리 모두의 내일이 오래 분해 소제 않은 시계처럼 빡빡이 돌아가게 될 것임을 타전해주는 일종의 모르스 부호라는 것이었다.[21]

작중 국어교사 '이문택'은 산업화시대의 변화된 제식훈련을 "인체에 가해지는 무리를 최소한으로 덜어주려는 인본 사상에 가해지는 일대 수정 작업"이자 "우리 모두의 내일이 오래 분해 소제 않은 시계처럼 빡빡이 돌아가게 될 것임을 타전해주는 일종의 모르스 부호"로 이해한다. 그가 이런 말을 할 때 염두에 두고 있었던 권력이 인간의 신체 동작에 가해지는 권력, 곧 '규율권력'이었을 것임은 자명해 보인다.

그런데 「구두」 연작을 '규율권력'과 관련해 읽을 때 좀더 흥미로운 점은, 흔히들 간과하고 말았지만, 민도식과 대척점에 서 있는 권기용 역시 이와 같은 권력의 양태 변화에 대해 적절한 문제의식을 가지고 있었다는 점이다. 달리 말해 권기용이란 인물을 단순히 계급과 주권권력의 문제틀 내에서만 이해할 경우 자칫 단순화의 오류를 범할 수 있다는 말인데, 「창백한 중년」의 다음 장면은 그 반증이 될 만하다.

08시부터 시작되는 오전 일과는 중식의 시작과 동시에 당연히 끝난다. 12시제로만 길이 든 그의 체질엔 24시제 또한 조직 사회

21   윤흥길, 「제식훈련 변천약사」, 같은 책, p. 198.

전용의 서먹서먹한 것으로 껄끄럽게 부딪쳐왔다. 중식과 점심의 차이만큼이나 08시는 8시하고는 전혀 다른 성질의 시간이었던 것이다.[22]

이 구절을 확대해석하자면 권기용에게는 이미 민도식이 품고 있던 권력에 대한 의문 또한 잠재해 있었던 것으로 보인다. 권기용은 1980년대 한국문학에서 주류를 점하게 될 노동자 주인공들의 계보뿐만 아니라, '오석태-이문택-민도식'으로 이어지는 규율권력 관찰자들의 계보에도 속하는 셈이다. 어쨌든 이처럼 민도식이란 인물이「구두」연작에 와서야 불쑥 윤흥길의 소설 세계에 나타난 것은 아니었다. 윤흥길의 소설 세계 속에서 민도식으로 대표되는 인물들에는 어떤 계보가 있었던 것인데, 작가의 초기 작품들을 면밀하게 독해할 경우 '규율권력'에 대한 그의 관심과 천착이 우연하거나 일시적인 현상은 아니었음이 확인된다. 윤흥길은 비교적 이른 시기에 산업화 시대 이후 한국의 권력 구조에서 분화한 두 종류의 권력을 분별해내고, 그 두 권력 간의 차이와 착종 관계를 작품화할 수 있었던 이례적인 작가였다.

4. 나오며―연작 이후

푸코는 권력을 주권권력과 규율권력 둘로만 이분하지는 않았

---

22 윤흥길,「창백한 중년」, 같은 책, p. 278.

다. 콜레주드프랑스에서 1977~78년에 행한 강연[23]에서 그는 또 하나의 권력 메커니즘에 대해 언급함으로써 권력 일반을 삼분한다. '생명권력'이 주권권력과 규율권력에 추가된다. 그리고 이 권력은 '안전'의 메커니즘에 따라 '인구'와 '환경'을 '조절'하는 방식으로 작동한다. 푸코는 이를 다음과 같이 간략하게 요약한다.

주권은 영토의 경계 내에서 행사되고, 규율은 개인의 신체에 행사되며, 안전은 인구 전체에 행사된다고 말입니다.[24]

주권이 통치[자]의 거처를 주요 문제로 제기하며 영토를 수도화한다면, 규율은 여러 요소의 위계적·기능적 분배를 핵심 문제로 제기하며 공간을 건축화합니다. 한편 안전은 다가치적이고 가변적인 틀 내에서 조정되어야 할 사건, 혹은 사건들이나 일어날 법한 여러 요소의 계열에 대응해 환경milieu을 정비하려고 합니다.[25]

「구두」연작 이후, 윤흥길의 문학적 행보를 일별해보면 그가 '규율권력'뿐만 아니라 1970년대 한국에 새롭게 등장한 '생명권력'에 대해서도 일종의 예지력을 지니고 있었다는 사실이 확인된다. 가령 『완장』(1984)이 그렇다. 작중 '임종술'이 6·25시절의

23 미셸 푸코, 『안전, 영토, 인구』, 오트르망 옮김, 난장, 2011.
24 같은 책, p. 31.
25 같은 책, p. 48.

완장을 떠올리며 불안해하는 어머니에게 던지는 다음의 질문은 자신이 두른 완장의 권력과 이전 시대 완장의 권력을 확연히 구분 짓는다.

"그 완장하고 이 완장은 엄연히 승질부터가 달르단 말이요!"[26]

임종술의 말 그대로, 그가 1980년대 초반에 차고 있는 완장은 어머니가 염두에 두고 있는 이데올로기적 완장과 성질이 다르다. 그의 완장에 권력을 부여하는 것은 국가나 이데올로기가 아니라 '공유수면관리법'이기 때문이다. 물론 공유수면관리법은 '안전'메커니즘에 따라 '환경'을 정비하고 '조절'하기 위해 마련된 법이다. 의도하지는 않았겠지만, 80년대 이후에도 윤흥길은 한국 권력의 변모 양상에 대해 이례적으로 민감하게 반응한 작가였던 것이다.

그러나 1980년대 이후 형성된 한국문학장의 '목적론적 존재 이전의 서사' 이면에서 '다른' 권력을 탐구했던 1960~70년대 작품들의 사례는 이보다 더 많아 보인다. 문학장의 관습에 따라 주로 '「분지」 필화사건'만 거론되고 말았지만, 남정현의 거의 모든 소설들이 '정신의학과 권력의 결탁' 현상에 대해 언급하고 있다는 사실은 주목을 요한다. 푸코가 규율권력의 기원을 본 것이 바로 그와 같은 양자의 결탁 현상이었다. 이청준의 등단작이 병원을 소재로 하고 있었고, 걸작 『당신들의 천국』이 나환자 수용소

26 윤흥길, 『완장』, 현대문학사, 2013, p. 22.

를 배경으로 하고 있다는 사실도 거론의 여지가 있다. 『안전, 영토, 인구』에서 푸코는 나병과 페스트가 다루어지는 각각의 방식상 차이를 통해 권력 메커니즘의 변화 양상을 설명한 적이 있다. 흔히 중간소설 작가들로 치부되곤 했던 최인호와 한수산의 소설 속 주인공들이 대체로 '예외상태'에 처해 있는 '호모 사케르'들이라는 점도 눈여겨볼 필요가 있을 것이다. 권력은 항상 예외상태를 선포하고 비식별역을 창출함으로써 초법적 폭력을 행사한다고 아감벤은 말한다. 푸코 또한 1차 세계대전 이후 대체로 전 세계가 '항상적 예외상태'에 들어서고 있다고 경고하기도 한다.

요컨대, 1980년대 이후 형성되어 목적론적 존재 이전의 서사를 일루지오로 삼은 한국의 문학장은 푸코 이론의 수입과 함께 어떤 위기에 봉착했던 것으로 보인다. 실제로 많은 논자들이 목적론적 서사로 선조화된 문학사적 관습을 비판하고 새로운 장의 논리를 수립하고자 시도해왔다. 그러나 대체로 그런 시도들은 작가론과 작품론의 범위를 넘지 못했다. 참신하고도 새로운 개념과 이론체계들이 1990년대 중반 이후 한국문학장 내에 유입되고 소개되었지만 '문학사' 서술에 있어서만큼은 1980년대적 장의 논리가 여전히 지배적이다. 이 글은 윤흥길의 「구두」 연작 이면에서 문학장 내에 진입하지 못한 채 부재 상태로 남아 있던 민도식이란 인물을 소환함으로써 그와 같은 문학사의 관습에 이의를 제기하고자 했다. 그럼으로써 '다른 문학사'의 가능성에 단초를 제공해보고자 했다.

난민들의 문학사
—'광주 대단지 사건'[1]과 생명정치 시대의 한국문학

1. 어떤 나체화—벌거벗은 생명(zoe)

윤흥길의 「아홉 켤레의 구두로 남은 사내」의 '권기용'은 화자인 '오 선생'에게 자신이 전과자가 된 사연을 이렇게 토로한다.

삼륜차 한 대가 어쩌다 길을 잘못 들어가지고는 그만 소용돌이 속에 파묻힌 거예요. 데몰 피해서 빠져나갈 방도를 찾느라고 요리조리 함부로 대가리를 디밀다가 그만 뒤집혀서 벌렁 나자빠져버렸어요. 누렇게 익은 참외가 와그르르 쏟아지더니 길바닥으로 구릅디다. 경찰을 상대하던 군중들이 돌멩이질을 딱 멈추더니 참외 쪽으로 벌떼처럼 달라붙습디다. 한 차분이나 되는 참외가 눈 깜짝할 새 동이 나버립디다. 진흙탕에 떨어진 것까지 주워서는

---

1   이 사건은 성남시의 조례에 따라 2021년 '8·10 성남(광주대단지) 민권운동'으로 공식 명명되었다. 그러나 이 글에서는 역사적 맥락과 사건성을 고려해 '광주 대단지 사건'이란 명칭을 잠정적으로 유지한다.

어적어적 깨물어 먹는 거예요. 먹는 그 자체는 결코 아름다운 장면이 못 되었어요. 다만 그런 속에서도 그걸 다투어 주워먹도록 밑에서 떠받치는 그 무엇이 그저 무시무시하게 절실할 뿐이었죠. 이건 정말 나체화구나 하는 느낌이 처음으로 가슴에 팍 부딪쳐옵디다. 나체를 확인한 이상 그 사람들하곤 종류가 다르다고 주장해나온 근거가 별안간 흐려지는 기분이 듭디다. 내가 맑은 정신으로 나를 의식할 수 있었던 것은 거기까지가 전부였습니다.[2]

저 사건 후 그는 폭주하고 일종의 광기 속에서 시위의 주동자가 되고 마는데, 그 시간은 특정할 수 있다. 많이들 알다시피 「아홉 켤레의 구두로 남은 사내」 연작은 1971년 8월 10일 오전 11시 경부터 오후 5시 20분경까지[3] 광주 대단지(지금의 성남시)에서

---

2 윤흥길, 「아홉 켤레의 구두로 남은 사내」, 『아홉 켤레의 구두로 남은 사내』, 문학과지성사, 1977, pp. 181~82.

3 한상진은 사건 당일의 봉기의 전개 과정을 시간대별로 다음과 같이 정리한다(한상진, 「서울 대도시권 신도시 개발의 성격—광주 대단지와 분당 신도시의 비교 연구」, 『사회와 역사』 37호, 한국 사회사학회, 1992, p. 89).

시간	내용
아침	투쟁위원회는 성남 출장소 뒷산 공터에서 열릴 주민궐기대회를 알리는 전단을 뿌림.
9시	"허울 좋은 선전 말고 실업 군중 구제하라"는 등의 플래카드와 피켓을 든 군중들이 몰려듦.
10시	성남 출장소 뒷산은 물론 간선도로까지 5만여 주민들로 가득 참.
11시	양 시장이 나타나지 않자 주민들은 "우리를 사람 취급 안 한다"면서 더욱 흥분하여 출장소와 150미터 떨어진 서울시 대단지 사업소에 몰려가 시설물을 부수고 서류 등을 불태움. 이 사이 성남지서 경찰관 30여 명은 모두 사라졌고 소방차 2대가 달려왔지만 접근도 못 함.

일어난 도시 봉기[4] 이후 몇 년이 경과한 시점의 성남을 무대로 하

11시 30분	광주 대단지에 도착한 양택식 시장이 제1공단 내 삼영전자 회의실에서 투쟁위원회 전성천 목사 등 간부 3명을 만나 가능한 데까지 요구 조건을 들어주겠으니 난동을 중지시켜줄 것을 당부.
12시 10분	양 시장이 서울로 돌아감. 청장년들은 서울시장과 간부들이 있다는 곳을 찾아 몰려다니면서 관용차, 경찰차 등을 불태움.
14시	서울시 경찰국 기동대 450여 명과 광주 경찰서 기동대 400여 명이 도착.
17시 20분	서울시가 모든 요구 조건을 무조건 들어주기로 했다는 소식이 전해지자 주민들이 흩어지기 시작함.

4 이른바 '광주 대단지 사건'의 배경은 이렇다. "60년대 중반 이후 산업화로 가속화된 농민층 분해와 그들의 도시 이주, 경기 불황으로 인해 도시 빈민이 늘어나자 서울시는 이에 대한 대책을 강구하기 시작했다. 67년 당시 무허가 건물은 23만 3천 가구였고 이 건물에 거주하는 도시 빈민은 127만 명에 달했는데, 68년 서울시는 이에 대한 해소책으로 광주군 중부면 관내에 50만 명 규모를 수용할 수 있는 위성도시를 건설하겠다고 발표했다. 그리고 69년 5월 2일부터 숭인동, 창신동, 옥수동, 금호동, 홍은동, 홍제동 등 고지대와 청계천, 중량천 등 하천변에 거주하는 빈민들을 이곳으로 이주시키기 시작했다. 하지만 이 정책은 신도시 건설사에서 유례를 찾기 힘든 '선입주 후건설' 방침에 따라 진행됨으로써 근본적인 한계를 지니고 있었다. 도로와 교통 편의 시설, 최소한의 상하수도 시설 등은 말할 것도 없고 이주민을 수용할 수 있는 시설조차 변변치 않은 상황에서 이주가 계속되어 71년 봄에는 그 인구가 무려 20만 명에 이르게 됐다. 즉, 최소한의 정지작업도 마무리되지 않은 상태에서 이들은 거의 아무런 생계 대책도 없이 마치 쓰레기처럼 야산, 밭이나 논 등에 마련한 천막에 가수용됐다. [……] 아무것도 없는 허허벌판에 이물질처럼 버려진 이주 철거민들은 더 이상 인간으로 취급되지 않았고 이 이주 정책을 추진한 정부 당국의 그 누구도 이들을 인간으로 바라보지 않았다. 거기에서는 인간과 동물의 경계가 허물어져 있었다고 해도 과언이 아니었다. [……] 바로 이 지점에서 8월 10일, 주민들로 하여금 그처럼 격렬한 저항을 촉발시켰던 원인이 무엇이었는지 생각해볼 필요가 있다. 그 주요 원인으로 첫째, 분양지의 불하 가격을 엄청나게 올려 책정했을 뿐 아니라, 그것을 7월 말까지 강제 징수하려 했다는 점, 둘째 생활고를 감안해 일정 기간 면세하고자 했던 지방세를 거둬들이려 했던 점 등이 지적된다. 즉, 서울시는 애초 불하 가격을 5백 원~2천 원 정도로 책정했고 경기도 또한 철거민들의 사정을 감안해 3년 동안 지방세를 면제하겠다고 약속했으나, 전매 과정을 경과하며 불하 가격은 8천 원~1만 6천 원 선으로 인상됐고, 설상가상 경기도 사무소에서도 원래의 약속과

고 있기 때문이다. 당시 『동아일보』 기자였던 이근무는 사건 당일 실제로 "지나가던 택시 승객들에 대한 폭언, 과일 트럭을 습격, 과일을 마구 나누어 먹고 공공기물을 파괴하는 등 과격한 행동"[5]들이 있었다고 기록한다. 그러나 저 장면의 실재 여부보다 흥미로운 것은 작중인물 '권기용'이 그 장면을 표현하는 방식이다. 그는 그 장면을 "나체화"라 부르고 "나체를 확인한 이상 그 사람들하곤 종류가 다르다고 주장해나온 근거가 별안간 흐려"지더라고 말한다.

나체의 사전적 의미는 물론 '벌거벗은 몸'이다. 그리고 벌거벗겨진 한, 시민과 소시민과 폭민(mob)의 경계 같은 것은 사라진다. 따라서 권기용이 사용한 "나체화"란 말로부터 아감벤의 '벌거벗은 생명(zoe)'이란 개념을 유추해내는 것은 그리 어렵지 않다. 인간이 생물학적 본능 수준으로 환원되어버린 '예외상태' 속에서 그들은 하나같이 난민, 혹은 '벌거벗은 생명'이 된다.

그러나 이와 같은 유비가 가능한 것은 단순히 두 어휘의 의미론적 유사성 때문만은 아니다. 윤흥길이 아감벤을 알았을 리는 만무하지만, 권기용과 당시 광주 대단지의 난민들이 처해 있던 상태는 전형적이라 해도 과언이 아닐 만큼 '예외상태 속의 벌거벗은 생명' 그 자체였다. 아노미 지대를 법 속에 도입함으로써 역

달리 지방세를 징수하기 시작해 주민들의 원성을 사고 있었던 것이다"(이광일, 「근대화의 일그러진 자화상—광주 대단지 '폭동 사건'」, 『기억과 전망』 1호, 민주화운동기념사업회 한국민주주의 연구소, 2002, pp. 174~76).

5 이근무, 「광주대단지주민소동」, 『기독교사상』 15집 11호, 대한기독교서회, 1971, p. 56.

설적으로 "법률-의-힘"(법률 없는 법의 힘)을 작동시키는 것이 '예외상태'의 기능이라면 당시 광주 대단지의 상태는 복합적으로 예외상태였다. 우선 영토상의 지리적 예외상태. 서울의 도시 미화와 과잉인구 조절을 위해 철거민을 집단 이주시키고자 조성된 이 단지는 엄밀한 의미에서 서울에도 경기도에도 속하지 않았다.

이런 지리적 예외상태는 행정적 예외상태로 이어져 결국 광주 대단지에는 두 개의 행정관서가 설치된다. 서울시 관할의 '광주 대단지 사업소'와 경기도 관할의 '성남지구 출장소'가 그것이다. 그러나 이렇게 설치된 두 행정관서의 역할은 서울시의 땅장사와 경기도의 세금 징수를 대신해주는 징세 기관 이상의 역할을 하지는 않았다.

당연히 광주 대단지는 치안에 있어서도 예외상태를 면하기 힘들었는데, 봉기 직후 한 신문의 보도에 따르면, 1971년 8월 10일 현재 단지 내 치안 인력은 성남지서와 경찰관 파견소 4곳을 통틀어 총 29명에 불과했다고 한다.[6]

말하자면 광주 대단지로 강제 이주당한(오로지 서울시 인구 과잉과 도시 미화 문제를 해결하기 위한 이유로) 철거민들은 삼중의 예외상태 속에서 주권 없는 난민의 신세를 면하지 못했다. 지리적으로 어디에도 속하지 않는 곳, '살리는 권력'으로서의 행정이 부재하는 곳, 치안 없는 법적 아노미 상태 속에서 그들은 '한국'이라는 영토 속에 존재하지만 실제로는 거주권을 박탈당한 난민의 처지에 있었던 셈이다.

6 「도시화의 사생아 광주단지」, 『경향신문』, 1971년 8월 11일자.

결정적으로 철거민들의 서울 재진입을 막기 위한 당국의 '주민 등록 말소' 조치가 그들의 난민됨을 증거한다. 생활고 탓에 입주를 포기하고 분양권을 팔아버린 후 서울에 재진입한 상당수의 철거민들에게 서울시가 주민등록상 주소지를 옮겨주지 않음으로써,[7] 그들은 주소지 없는 자 곧 '난민'이 된다. 만약 그들이 대한민국이라는 이름의 국민국가에서 영주권을 얻을 수 있다면 그것은 광주 대단지라는 예외상태의 범위를 벗어나지 않는 한에서이다.

게다가 예외적 영토에 속해야만 영주권이 주어진다는 이 기이한 역설에, "인구가 몇십만만 넘으면 서로가 주고받아 먹고 살 수 있는 자급자족의 도시가 된다"[8]는 주먹구구식 발상이 부른 생존상의 문제들이 겹친다. '선입주 후건설 방침'에 따른 주거지 부재, 생활의 터전을 잃어 발생하는 생계 문제, 환경 정비의 부재로 인한 질병 문제 등이 그것들이다. 일례로 당시의 한 신문 보도에 따르면, "특히 정지 작업도 끝나지 않은 상태에서 이주한 초기 철거민들이 가수용지 천막 생활에서 겪은 고통은 말로 형용하기 어려운 것이었다. 1969년 7월 현재 서울시는 일반 철거민 154명, 철도 철거민 5,996명을 천막 277개, 판잣집 215동에 가수용시켰다. 그런데도 위생 시설은 각각 12개의 공동우물과 공동변소뿐으로, 장마철에 여러 질병이 발생하는데도 경기도에서 보낸 의사 1명이 진찰을 담당하는 형편이었다"[9]고 한다.

---

7 한상진, 같은 글, p. 83.
8 박기정, 「르뽀, 광주 대단지」, 『신동아』 1971년 10월호, p. 174.
9 『서울신문』, 1969년 7월 22일자. 한상진, 같은 글, p. 84에서 재인용.

그러나, 그 어떤 수치나 통계도 광주 대단지 사건을 기록하거나 연구한 이들이 공히 인용하고 있는 예의 그 '이상한 소문'보다 충격적이지는 않다. 봉기 직후 광주 대단지에서 4박 5일을 머물며 르포를 쓴 박태순은 그 소문을 이렇게 기록했다.

이상한 소문에 대해서—김연수(57) 씨 談

"그런 소문이 퍼져 있습니다. 남편은 서울 다녀온다고 나간 지 일주일이 되어도 돌아오지 않고, 산모는 그동안 꼬박 굶었다 어린애를 낳았는데… 삶아서… 여러 가지 설이 있어요. 사실이다, '데마고그'다, 얘기도 있고… 수진리에서 일어났다는 얘기. 상대원리에서 있었던 일이라고도 하고… 신문사 지국에서 만 원 현상 걸고 '소스'를 캤는데 실패했다는 소리도 있고… 내 생각에는 사실이라 해도 비정상적인 일로서 관심을 둘 것은 없다고 보지만… 산모는 정신병원에 입원했다고도 하지만… 글쎄요 광주단지가 하도 비참하니까… 비참한 것은 사실입니다. 밤에 시장에 나가면 쓰레기통 뒤지는 사람 많습니다."[10]

요컨대 「아홉 켤레의 구두로 남은 사내」의 권기용이 봤던 것, 그것은 비유적으로만 나체화였던 것이 아니다. 그가 본 것은 이중 삼중의 예외상태 속에서 생물학적 본능으로 환원된 생명들, 엄밀하게 아감벤적인 의미에서 '생명정치'의 대상이 된 '벌거벗

---

10 박태순, 「르뽀 광주단지 4박 5일」, 『월간중앙』 1971년 10월호, p. 281.

은 생명' 그 자체였던 것이다.

광주 대단지 사건이 여러 가지 이유로 중요한 이유가 바로 여기에 있다. 한국전쟁 이후 최초의 도시 봉기이자 서발턴들의 봉기로 기록된 이 사건은 박정희 개발독재 권력의 성격을 해명하는 데 있어 중요한 준거가 된다. 1960~70년대 한국의 권력이 중세의 군주 권력과 같은 '주권권력'이었을 뿐만 아니라, 이른바 '규율권력'과 '생명권력'이 착종된 현대적 '통치성'의 권력이기도 했단 사실은 여러모로(문학사적으로도) 강조될 필요가 있다.

2. 십만이면 서로 뜯어먹고 산다—인구의 발견

'생명권력'이란 말이 나온 이상 푸코의 『안전, 영토, 인구』를 인용하지 않을 도리는 없을 듯하다. 푸코는 19세기 주권권력과 규율권력에 이어 19세기 유럽 사회에 등장한 새로운 권력을 이렇게 설명한다.

> 우리는 전혀 다른 문제가 등장함을 볼 수 있는 듯합니다. 영토를 고정한다거나 구획하는 것이 아니라 순환이 일어나도록 놔두는 문제, 즉 순환을 관리하고, 좋은 순환과 나쁜 순환을 가려내고, 항상 [그 순환 속에서] 이러저러한 것이 움직이고 계속 이동하면서 꾸준히 어느 점에서 다른 점으로 옮겨가도록 만드는 문제가 말입니다. 단, 이 순환에 내재하는 위험성은 없애는 식으로 말이죠. 이제는 군주와 그 영토의 안녕sûreté이 아니라 인구의 안전 sécurité, 따라서 인구를 통치하는 자들의 안전이 문제가 됩니다.[11]

푸코에게 '생명권력'은 (규율권력과 달리) 개인의 신체가 아니라 신체들의 집단적 덩어리로서의 '인구'에 작동한다. 그리고 효율과 비용 계산에 따라 바로 그 '인구'의 안전에 개입하고, 환경과 부의 계속적인 순환에 개입한다. 아감벤은 이와 같은 푸코의 사유를 이어받아 '생명정치'란 "본질적으로 정치적인 단위 집단을 본질적으로 생물학적인 단위 집단으로, 즉 출생과 죽음, 건강과 질병이 반드시 규제를 받아야만 하는 단위 집단으로 변형시키는 데 있"[12]다고 말하기도 한다. 물론 이때의 '생물학적 단위 집단'이란 벌거벗은 생명체들의 덩어리로 환원된 집단, 곧 '인구'이다. 그런 의미에서 고전주의 시대의 주권권력이 "죽이거나 살게 놔두는" 권력이라면 근대 생명정치의 권력은 "살리거나 죽게 놔두는"[13] 권력이다.

한국의 경우, "1961년 10월 18일, 군사쿠데타가 일어난 그해 가을", "정부가 경제부흥에 아무리 애쓰더라도 인구의 무궤도한 팽창은 경제계획의 성공을 곤란케 만들 것"임을 강조하면서 "가족계획이라는 새로운 국민운동안을 검토, 작성 중에 있다"고 밝힌[14] 국가재건최고회의 의장 박정희야말로 '생명권력'의 의식적 도입자라 할 만하다. 그리고 살릴 수도 있으나 '죽게 놔두는' 그 권력의 위력이 적나라하게 모습을 드러낸 사례가 바로 광주 대

11 미셸 푸코,『안전, 영토, 인구』, 오트르망 옮김, 난장, 2011, p. 103.
12 조르조 아감벤,『아우슈비츠의 남은 자들—문서고와 증인』, 정문영 옮김, 새물결, 2012, p. 128.
13 조르조 아감벤, 같은 책, pp. 125~26.
14 조은주,『가족과 통치』, 창비, 2018, p. 19.

단지 사건이었다.

'십만이면 자기들끼리 뜯어먹고 산다'는 기이한 발상 자체에 이미 '인구'라는 개념이 전제되어 있거니와, 애초에 광주 대단지 조성 계획 자체가 이른바 '수도권 인구 계획'의 일환이었단 사실은 강조할 필요가 있다. 박태순은 단편 「무너지는 산」에서 초점 인물 '조독수'의 입을 빌려 그 정황을 이렇게 설명한다.

지난 반년 동안 신문은 별촌동의 놀랍게 발전되어가는 모습을 대서특필로 보도하곤 하였는데, 실은 그것이 일종의 선전책이라는 것을 모를 수가 없는 일이었다. 그렇게 함으로써 전국 각지의 딱한 처지에 있는 사람들을 무리인 줄 알면서도 약간의 희망조차 품고 별촌동으로 몰리게 되는 것이었으며, 이른바 땅값을 가지고 별의별 사기 협잡 같은 짓들이 백주에 횡행하게 되는 것이었다. 대단지 조성이 이루어지고 도로 구획 정비가 세워지면 그것으로 영성한 예산밖에는 갖지 못한 시 당국은 마치 하나의 도시를 완성해주기라도 한 것처럼 선전하고 다음 단계로 이른바 유보지라 하여 도로변에 있는 목이 좋은 땅을 비싼 값에 입찰시킴으로써 투자한 자본을 회수하려고 하는 것이며, 이러한 기회를 이용하여 토지 브로커들이 난무하는 것이었다. 그것은 너무 비대해진 서울시가 자체의 모순을 해결하기 위하여 일종의 침략 정책 비슷한 것으로서 주변의 촌락을 자기의 식민지처럼 만들어버리는 그 방식을 닮았다.[15]

실제로 광주 대단지 조성 사업은 1967년 서울시가 마련한 철거민 집단 이주 계획의 일환이었다. 1967년 서울시 도시계획국 건축과의 자료에 의하면 "1966년 현재 서울시의 인구 약 380만 명 가운데 1/3인 127만 명은 13만 6,500동의 무허가 주택에 거주하고 있었다."[16] 13만 6,500동의 생물학적 단위 집단, 안전과 도시 미관상 서울이라는 특별한 도시에서 추방되어야 할 철거민들의 덩어리, 즉 '인구'가 통치의 대상으로서 등장한 것이다.

문제는 박정희 시대의 생명권력이 아직 미숙하거나 혹은 주권적 폭력성과 착종된 상태여서 새로 등장한 통치 대상으로서의 인구를 '살리기'보다는 '죽게 놔두는' 식으로 작동했다는 점이다. 생명권력은 쉽사리 죽음의 권력으로 전화할 수 있다는 푸코의 말마따나, 태어난 아이를 삶아 먹었다 해도 그리 놀랍지 않을 상황, 그것이 벌거벗은 생명들의 단위 집단인 '인구'로서의 철거 난민들이 내몰린 상황이었다. 봉기 직후 작성된 신상웅의 르포에 등장하는 한 여인의 발언은 그런 점에서 의미심장하다.

상대원리 언덕받이의 즐비한 복덕방들 사이에 천막을 치고 라면을 끓여 파는 최진숙(37) 여인은 "죽을 수 없으니 사는 거죠"라고 말했지만, 대다수 이곳 난민들의 생존은 이 한마디로 집약되는 것인지도 모른다.[17]

15 박태순, 「무너지는 산」, 『창작과비평』 1972년 가을호, p. 435.
16 한상진, 같은 글, p. 67.
17 신상웅, 「르뽀—광주대단지」, 『창조』 1971년 10월호, p. 120.

저 여인의 말처럼, 아마도 광주 대단지 사건은 '살릴 수 있지만 죽게 내버려두는' 개발독재 시기 한국의 생명권력에 맞서 '죽게 내버려졌으나 살아남아야 했던' 벌거벗은 생명들의 대항 폭력이었다고 말하는 것이 가장 정확할 것이다.

3. 정임과 곽 씨와 권기용—난민의 재난민화

벌거벗은 생명들의 대항 폭력으로서의 8·10 봉기는 단 여섯 시간여 만에 마무리된다. 양택식 서울시장의 무조건적 항복이 알려지면서이다. 5만여 군중이 폭도로 변할 기미가 보이자 시장은 제일교회 목사 전성천을 포함한 대책위 대표 3인과 만나 주민들의 요구사항 전체를 수용하기로 합의한다. 당시 주민들의 요구사항은 네 가지였다. 1) 철거민·전입자 할 것 없이 단지 내의 모든 대지 가격을 평당 2천 원 이하로 할 것, 2) 대지 불하 대금을 10년간 연부 상환토록 할 것, 3) 향후 5년간 각종 세금을 면제할 것, 4) 영세민 취로장 알선과 그들에 대한 구호 대책을 세울 것.[18]

그렇다면 봉기는 성공한 것일까? 그러나 속내를 들여다보면 저 네 가지 요구사항 중 4)를 제외한 세 개 항목은 오로지 전매입주자(철거민의 분양권을 사서 입주한 사람)와 분양권을 팔지 않고 소유하고 있던 소수 철거민, 그리고 소규모나마 환지를 불하받은 원주민의 이해관계와만 관련된다. 서울 변두리에서 철거

---

18 손정목,「광주대단지 사건」,『도시문제』38권 420호, 2003, p. 101.

시 집주인을 따라 단지에 들어왔으나 '근거'가 없단 이유로 분양권을 받지 못한 세입자들, 단지 조성 후 무허가로 입주한 이주민들, 극심한 생활고로 분양권을 팔고 무허가 천막촌에 기거하고 있는 철거민들에게 저 네 가지 조항의 수용은 별다른 의미가 없다. 이에 대해서는 이미 임미리의 예리한 지적이 있다.

전성천은 폭력 사태를 야기한 사람들은 처벌받아도 마땅하고, 폭력 사태에도 불구하고 데모는 성공적이었다고 생각했다. [⋯⋯] 전성천의 말대로 대책위 간부들의 수고와 옥고를 치른 젊은이들의 희생의 결과로 얻어낸 것은 '토지불하가격 인하'와 '취득세 면제'라는 재산권 보호였다. "(철거민과 전매입주자의) 불하가격에 차등을 두는 것을 시정해서 같게 해달라는 첫 번째 목적을 다 이룬 셈(전성천 2001, 226)"이었기 때문에 전성천에게 데모는 바로 '성공' 그 자체였다. 그러나 뒤에서 다시 거론하겠지만 나머지 생존권 관련 대책들은 실효가 적거나 공약에 그치는 것들이 대부분이었다.[19]

임미리의 말마따나 (크건 작건) 토지 소유자들(그들은 이제 영주권을 얻었으니 난민은 아니게 된 셈이다)이 아닌 난민들에게는 네번째 요구 사항이었던 "영세민 취로장 알선과 그들에 대한 구호 대책을 세울 것"만이 희망이었다. 그러나 기존에 이미 공

---

19 임미리, 「1971년 광주대단지 사건의 재해석—투쟁 주체와 결과를 중심으로」, 『기억과 전망』 26호, 2012, pp. 244~45.

사 중이었던 것 외에 사건 대책에 의해 신설된 학교는 단 하나도 없었고, 상수도 등 주민 생활과 직결되는 문제들도 사건 이후 큰 진전이 없어서, 1976년 봄에는 전염병이 만연하기조차 했다. 공장은 꾸준히 설립되었지만 이는 이미 대단지 조성 계획 내에 포함되어 있었던 것이다. 즉 봉기는 난민들의 삶에 "실질적인 변화를 가져오지는 못한 가운데 유지들의 당초 요구사항이었던 토지 불하 대금과 지방세 문제만이 전격적으로 수용된 것이다. 재산권 보호를 위한 유지들의 집단 민원이 대단지 빈민들의 봉기 과정을 거쳐 다시 유지들의 민원 해소 차원으로 귀착된 것이다."[20]

박태순의 르포에 등장하는 영광 출신 김동섭 씨의 진술은 사태가 실제로 그와 같았음을 보여준다. "지난번 소요사건을 어떻게 생각하시나요"라는 박태순의 질문에 그는 이렇게 답한다. "우리가 그런 데 관심 갖게 됐소? 탄리, 단대리에 사는 사람들이야 우리와는 사정이 다르거든. 그건 토지 불하가격 때문에 일어난 것이니 우리는 관심을 가질 필요도 없는 일이고……"[21]

그렇다면 봉기 후에도 난민의 지위를 벗어나지 못한 이들의 삶은 어떤 모습이었을까? 윤흥길의 「아홉 켤레의 구두로 남은 사내」 연작, 그리고 신상웅의 단편 「만가일 뿐이외다」[22]와 박태순의 단편 「무너지는 산」이 이 물음에 대한 답이 될 만하다. 윤흥길의 작품 속 권 씨는 봉기 후 구속되었다 실형을 살고 나와 남의

---

20 임미리, 같은 글, p. 254.
21 박태순, 「르뽀 광주단지 4박 5일」, p. 284.
22 신상웅, 「만가일 뿐이외다」, 『이 어두운 날의 미아』, 동서문화사, 2008, pp. 88~89.

집 셋방살이를 전전한다. 실제로 전성천이 '성공'이라고 말한 봉기가 끝나자마자 주동자 21명이 색출되어 고문과 재판을 받았는데 그중 실형을 산 두 사람 중 하나가 권기용 바로 그다.

「만가일 뿐이외다」의 정임(그녀는 거적때기 위에서 죽어가고 있다)은 분양권을 받지 못한 세입자다. 법적 '근거'가 없어서 땅을 분양받지 못한 그들은 여전히 난민이고 다시 한번 철거 대상인 '인구'가 된다. 그들은 스스로를 '인간쓰레기'라 부른다.

「무너지는 산」의 무대는 별촌동과 무촌동이다. 작중 별촌동은 광주 대단지로 읽히고, 무촌동은 예의 르포에서 박태순이 언급한 '모란 단지'로 보인다. 마치 콘래드의 주인공이 암흑의 핵심을 향해 거슬러 올라가듯, 그는 분양 사기를 당해 집도 땅도 없이 죽어가는 난민들의 민둥산 판자촌에 이른다. 별촌동도 무촌동도 여전히 난민들의 주검만이 '생명권력'과의 싸움에 쓰일 유일한 무기이긴 마찬가지다.

세 작품이 보여주고 있는 봉기 이후의 상황, 세입자들과 무허가 입주자들로 이루어진 주권 없는 난민들의 세계는 '생명권력'의 작동 원리에 대해 암시하는 바가 크다. 생명권력은 인구로서의 난민에 대해 행사될 뿐만 아니라 통치 대상으로서의 인구, 즉 난민을 재생산한다. 인구가 있는 곳에 생명정치가 있다. 그러나 역으로 생명정치가 있으려면 또한 인구가 있어야 한다. 따라서 봉기는 전성천 등의 유지들에게만 성공적이었던 것이 아니다. 여전히 난민이 존재하는 이상 생명권력에게도 봉기는 성공적이었다. 광주 대단지 사건을 소재로 한 저 세 편의 소설은, 난민이 항상 생명권력에 대해 구성적이란 사실을 적나라하게 보여준다.

4. 실어증―규율의 등장

　그러나 봉기가 생명권력의 입장에서도 '성공적'이었던 것은 단순히 난민의 재난민화가 가능했기 때문만은 아니다. 애초에 그런 의미의 성공은 되레 박정희 정권하 초창기 생명권력의 미숙성에 기인한 바 크다. 생명정치가 비용 계산과 효율의 합리성에 기반한 통치인 반면, 광주 대단지 조성 사업은 애초부터 주먹구구식이었다. 여기 손정목의 증언이 있다.

　　그렇다면 광주군 수진리·단대리 일대로 정해진 것은 무슨 이유에서였을까. 유감스럽게도 그에 관한 기록이 전혀 남아 있지 않다. 생각할 수 있는 것은 첫째 오늘날과 같은 자문위원회 같은 것이 있지 않았다는 점이다. 1960년대 후반기의 서울시정에는 아직 자문위원회 같은 것이 없었다. 김 시장은 자문위원회니 소위 전문가 집단이니 하는 것을 생리적으로 싫어하는 분이었다. 그는 속전속결형이었다. 외부 전문가 또는 기관에 용역을 줘서 적지를 선정케 했다는 등의 흔적도 전혀 남아 있지 않다. 아마도 김 시장 측근의 소수의 간부들만이 입지 선정에 관여했을 것이다.[23]

　그러나 광주 대단지 사건은 바로 그 주먹구구식 강행의 실패로 인해 이후 생명권력의 작동을 세련화한다. 가령 이 사건에 대

23　손정목, 같은 글, p. 91.

해 지극히 비판적이었던 박태순마저 자신의 르포를 이렇게 마무리한다. "광주 단지가 살 수 있는 길은 중앙정부의 직접 관할하에 놓여지는 길이며, 그것이 불가능할 경우의 차선책은 서울의 위성도시가 되는 길이다. 하지만 서울의 쓰레기통, 서울의 식민지가 되어서는 안 된다. 이를 위하여 행정력의 절대적인 증강이 무엇보다도 우선되어야 하는 것이다."[24]

푸코에 따를 때 사실상 생명권력의 탄생은 행정권력의 자율화 및 확대 강화와 동시적이다. 그런데 박태순이 요청하는 바가 바로 그것이다. 그리고 그 요청은 아이러니하게도 봉기를 '소동'으로 묘사하며 폭력성을 개탄하던 이근무 『동아일보』 기자의 요청과 전혀 다를 바가 없다. "이제 광주 단지는 다시 경기도로 편입되게 되어 자칫하다가는 경기도에서도 의붓자식 취급을 받게 될 염려도 있으므로 정상적인 도시로 발전할 때까지는 서울시 또는 국가의 경영하에 모범적인 도시로 만들도록 노력하는 것이 더 바람직스럽다고 하겠다."[25]

'이렇게는 통치당하지 않으려는 용기'(푸코)라기보다는 좀더 효율적인 통치를 요구한 셈이 되고 만 많은 이들의 우려에 따라, 실제로 봉기 후 중앙정부 혹은 국가가 행정력의 절대적인 증강을 통해 광주 대단지를 경영하기 시작한다. 치안의 부재 상태였던 광주 대단지에 치안권력과 규율권력이 자리를 잡아감으로써 생명권력의 작동을 안정화했던 것이다.

24 박태순, 같은 글, p. 285.
25 이근무, 같은 글, p. 57.

애초에 생명권력은 혼자서는 잘 작동되지 않는다. 푸코가 말한 근대 권력의 새로운 양상은 "개별화의 차원에서 규율권력, 전체화의 수준에서 생권력으로 이해해볼 수 있다. 통치성이란 개별화하면서 전체화하는 근대 권력의 이와 같은 성격을 국가 수준에서 포착하기 위한 것이다."[26] 즉 생명정치는 한편으로 개인을 (노동력을 가진) 인구로서 전체화한다. 그러나 각 개인은 동시에 노동자로서 규율되어야 한다. 규율권력에 의해 순종적인 신체로 길들여진 생명체들의 덩어리가 바로 '인구'다. 따라서 생명권력은 규율권력과 착종되었을 때에만 가장 효율적으로 작동한다. 광주 대단지 봉기 이후 미숙했던 한국의 생명권력이 학습한 것은 바로 그 점이었다.

"우리 다 나서지유, 못 나가겄다구."
"그것도 다 옛말예요. 지금은 어림없어요. 주모자 잡아낸다고 붙들려 가면 우선 즉사하게 두들겨 맞은 판인데? 어림없어요. 누가 나서요."[27]

도열해 섰는 경찰들은 그런데 무촌동으로 들어가는 행인들을 차단시키지 않은 채 내버려두고 있었다. 이로 보아서는 당장 무슨 사태가 벌어지고 있는 것이 아님은 확실했다. 그렇지만 경찰들이 도열해 서 있는 곳으로부터 왼쪽으로 십 미터쯤 떨어진 곳

---

26   조은주, 같은 책, p. 22.
27   신상웅, 「만가일 뿐이외다」, p. 85.

에 교통순경이 서 있었는데 지나다니는 차량이 많다고 할 수 없음에도 불구하고 행인들을 정지했다가 한 몫에 건너가게 하곤 하는 것이었다. 행인들은 잘 순종했고, 순경은 호각 소리를 좋아하는 사람인 것만 같았다.[28]

신상웅의 작품에서 "옛말"이란 말은 봉기의 날을 지시할 것이다. 그러나 봉기가 끝난 지금은 어림없다. 왜냐하면 그 많은 논자들이 요청했던 중앙 정부 차원의 치안 권력이 진주해 있기 때문이다. 박태순의 작품은 훨씬 더 명료하게 봉기 후 이른바 규율권력이 단지 내에서 작동하기 시작했음을 보여준다. "당장 무슨 사태가 벌어지고 있는 것이 아님"에도 불구하고 행인들은 교통순경의 호각 소리에 맞춰 정지하거나 길을 건넌다. 아마도 여기에 (위선적이게도) '근린애'의 가치를 남발하고 다니던 「아홉 켤레의 구두로 남은 사내」의 이 순경을 더할 수도 있겠다.

이런 사태가 소설 속에서만 일어났던 것은 아니다. 규율권력과의 착종 속에서만 효율적으로 관철되는 생명권력의 작동 원리, 봉기를 통해 박정희 정권은 그것을 학습했다. 실제로 그 사실을 증명하는 문서가 있다. 봉기 바로 다음 날인 1971년 8월 11일 작성된 대통령 보고서(「광주 대단지 현안 문제 해결 보고」) 네번째 항목은 다음과 같다.

    4. 치안 및 소방 대책

28 박태순, 「무너지는 산」, p. 441.

가. 성남 경찰서 신설

　　(1) 5개 과, 187명 정원

　　(2) 10개 파출소 설치, 정보 및 특수 수사요원 보강

　　(3) 집단적 행동에 대비하여 사전 동향을 파악하고 진압부
　　대 편성, 자체 진압부대 103명 365개의 장비 보유, 인접 5개
　　지역 190명 및 서울 경찰기동대 492명의 지원체제 확립[29]

　따라서 르포에서 신상웅이 봉기 후, 대단지 사람들에게서 공통적으로 나타나는 증상으로 실어증을 꼽고 있다는 사실은 의미심장하다. 박태순이 「무너지는 산」에서 봉기를 성공시킨 별촌동 마을 사람들의 우울하고 주눅 든 모습에 의아해하는 것도 마찬가지로 이해할 수 있다. 규율은 감시를 통해 내면화되는 법이고, 내면화된 감시는 흔히 실어증과 불안을 유발한다.

　그러나 아마도 가장 훌륭한 규율권력은 저렇듯 노골적인 국가의 모습으로 존재하는 치안 권력이 아니라 '시민 사회로 이양된' 규율권력일 것이다. 규율 장치가 반드시 국가 장치일 필요는 없다. 더 이상 국가가 개입하지 않아도 규율에 따라 순종적으로 작동하는 신체들의 덩어리를 양산하는 장치들, 푸코는 그중 중요한 것으로 종교단체나 자선단체를 든다. 광주 대단지에 교회가 50여 개나 있었다는 사실, 전성천이 그중 하나인 제일교회의 목사였다는 사실은 그런 점에서 흥미롭다. 봉기 후 몇 달이 지난 1972년 1월 기독교 계열 잡지 『새가정』에는 「광주대단지 제일

29　임미리, 같은 글, p. 260에서 재인용.

장로교회」라는 제하의 탐방 기사가 실린다. 그중 몇 군데를 추려 인용해본다.

> 그러나 이 광막한 불모지에 우뚝 서 외롭고 실의에 찬 주민들에게 하나의 빛이 되어 그들의 길을 인도해주는 친구가 있으니 이는 지역사회 문제에 앞장서며 교회가 사회에 비전을 줄 수 있어야 한다는 것을 모토로 세워진 광주대단지 제일교회이다. [······] 광주대단지불하가격시정대책위원회의 구성, 조직, 운영 및 협상 등이 모두 전성천 목사(대책위원회 고문)의 손으로 만들어졌고 제일교회의 박진하 장로가 위원장으로, 교회 전체가 완전히 하나로 뭉쳐 약한 주민들을 대변하는 데 앞장섰다 한다. [······] 제일교회는 당장 굶고 병들고 버림받아 고독한 주민들 속에 직접 들어가 복음을 전해주는 한편 예방 의술, 가족계획에 대한 적극적인 계몽, 영양실조 유아에 대한 우유 배급, 극빈 아동의 직접 보호 및 구호사업, 성실하고 근면한 생활 태도 등에 대한 장려와 권장을 주된 활동으로 전개하고 있다.[30]

박진하 장로가 최소한 수백여 장의 분양권을 가진 자산가였다는 소문이나, 전성천 목사가 자유당 시절 문화부장과 공보실장 및 정부 대변인을 지낸 인물이란 점은 차치하더라도, "가족계획에 대한 적극적인 계몽" "성실하고 근면한 생활 태도 등에 대한

---

30 편집부, 「교회순례—광주대단지 제일장로교회」, 『새가정』 1972년 1월호, pp. 46~49.

장려와 권장"같은 구절들을 대충 읽고 넘어가기는 쉽지가 않다. 어쨌든 그렇게 광주 대단지 사건은 초기 어설펐던 박정희식 생명권력의 학습장이 되었던 셈이다.

5. 나체들의 문학사

너무 멀리 에둘러 왔지만 이제 문학 이야기로 돌아와서, 문학사는 저 시기의 한국문학을 어떻게 기록해왔을까? 김윤식과 정호웅은 윤흥길의 연작을 이렇게 평가한다.

> 이제는 도시 빈민으로 떨어진 그가 보세 가공업체인 섬유공장의 노동자가 되는 것, 그리고 그런 그를 통해 공장 노동자의 현실이 비록 일면적일지라도 소설 속에 이끌려 들어오게 되었다는 것 등의 의미는 크다. 고향에서 막 이탈한 떠돌이 막노동자가 아니라 공장 노동자가 문제되는 단계로 나아온 한국 사회의 변화를 그 핵심에서 날카롭게 반영하고 있으며, 제복 착용 문제를 통해 사장의 전제적 사고방식을 폭로함으로써 70년대 공장 현실의 중요한 한 속성을 드러내었던 것이다.[31]

김윤식과 정호웅만 아니라 많은 문학사가들이 당시의 도시 빈민을 다룬 문학 작품을 두고 찾아내려 애쓰는 것, 그것은 '룸펜 프롤레타리아트의 산업 프롤레타리아트화' 현상이다. 물론 그런

---

31 김윤식·정호웅, 『한국소설사』, 예하, 1993, p. 396.

기대의 기원에는 룸펜 프롤레타리아트를 뿌리 없는 계급, 불안정한 노동 상황으로 인해 단일한 계급을 형성할 수 없는 '인구'로 단정한 마르크스의 견해가 있을 것이다. 그러나 그런 식의 목적론적 역사관이 지금에도 유효한지는 지극히 의문스럽다.

물론 한국적 특수성을 고려해 이와 관점을 달리하는 논자도 있다. 가령 백낙청은 유사한 작품들을 두고 이런 말을 남긴 적이 있다.

> 실업자와 막벌이꾼뿐 아니라 정규 공장노동자와 일부 소시민들, 때로는 농사꾼들까지 섞여 살고 있고 의식면에서도 소시민 생활에 대한 꿈과 무산자의 집단의식 가운데 그 어느 쪽으로도 쉽사리 기울 수 있는 상태에 있으며, 바로 그렇기 때문에 서울 같은 도시의 변두리 현실은 소시민과 조직노동자들과 '룸펜 프롤레타리아트'를 구별하는 서구의 고전적 사회이론에 대한 색다른 도전이 되고 있는 것이다.[32]

서울 변두리나 위성도시의 빈민 계층이 복잡한 층위로 구성되어 있음을 관찰하고 이를 서구의 고전적 사회이론에서 말하는 '룸펜 프롤레타리아트' 개념에 대한 색다른 도전으로 파악하는 백낙청의 말에는 일리가 있어 보인다. 그러나 또한 "엄연히 시민 계급의 일원이면서도 시민의 제반 지배적 결정에는 참여 못 하

---

32 백낙청, 「변두리 현실의 문학적 탐구」(1974), 『민족문학과 세계문학 1—인간해방의 논리를 찾아서』, 창비, 2011, p. 327.

고 그런데도 자신이 지배계급의 구성원이요 자립자족적인 시민이라는 환상을 끝내 고집하고 있으며, 바로 그러한 자가당착적 처지와 자기이해의 결핍 때문에 극도로 무책임한 개인주의와 극도로 감정적인 집단주의 사이를 무정견하게 방황하면서 해소할 길 없는 원한과 허무감과 피해망상증에 시달리고 있는 현대 사회의 수많은"[33] '소시민'들과 전성기의 영웅적 '시민'을 기어코 구분하려고 시도했던 이도 바로 그이다.

그러나 이제 우리는 푸코와 아감벤의 몇몇 개념에 빗겨가면서 오늘의 눈으로 1960~70년대 한국의 초창기 생명권력이 기지개를 켜던 순간을 되짚어왔으니, (『감시와 처벌』에서 푸코가 인용한 열세 살의 반규율적 주체 베아스의 사례[34]만큼) 재미있는 한 가지 에피소드와 함께 (저 오래된 선조적·목적론적 문학사의 도식을 반박하면서) 글을 마무리해도 되겠다.

그러나 소설과 달리 현실은 그렇지 않았다. 권 씨가 도시 빈민으로 전락한 것까지는 사실이지만 그 뒤에 참여적 지식인 노동자가 되었다는 얘기는 현실에서 확인하기 어렵다. 반면 사건 관련 구속자 대부분은 이후 참여적이라기보다 세상에 대한 울분을 키워가며 '운동권'을 적으로 간주했다. 송상복은 "80년 광주 시민들이야말로 방화와 파괴를 일삼은 진짜 폭도"이고 자기들은 너무 먹고살기 어려워서 별수 없이 나선 희생자들이며 폭도

33 백낙청, 「시민문학론」(1969), 같은 책, p. 23.
34 미셸 푸코, 『감시와 처벌』, 오생근 옮김, 나남, 2017, p. 442.

들인 80년 광주 관련자는 국가에서 보상을 해주었는데 자신들에 대한 보상과 명예 회복이 없는 데 대해 분노했다(송상복 구술, 2011/06/10). 면담을 거부한 2인도 비슷한 심정을 토로했다. 1972년 1월 구속된 21명 중 실형을 살게 된 2명을 제외한 17명 또는 19명이 출감하고 한 달쯤 지나 한 민주화운동 단체에서 이들을 모두 명동의 모처로 초청해 감사패를 주고 식사를 하였다. 이 자리에는 고 함석헌 옹도 있었다. 그러나 구속자들은 자신들과는 무관한 것으로 여겨 다시는 관계하지 않았다고 한다. (송상복 구술, 2011/06/10)[35]

아마도 이날, 함석헌 옹과 민주화운동 단체 인사들은 정치적 집합 단위인 '시민(bios)'의 자격으로, 박정희라는 무소불위의 주권권력자에 대항한 이들에게 감사패를 주려 했을 것이다. 그러나 정작 송상복 등은 광주 대단지라는 예외상태하에서 생물학적 집합단위인 '인구' 수준으로 환원된 벌거벗은 생명(zoe)의 자격으로 그 자리에 나갔을 것이다. 부지불식간 그들이 깨부수고 불태우려던 권력은 주권권력이 아니라 용산 참사가 터지고 세월호가 침몰할 때까지 앞으로도 주욱 '살릴 수 있으나 죽게 내버려둘' 난민을 창출하고 통치하게 될 생명권력이었던 것이다.

그렇다면 이제 그 누구도 '나는 벌거벗은 생명이 아니오'라고 말할 수 없을 만큼 생명정치가 완성되어가는 지금 시점에, 만약 문학사 같은 것이 쓰일 수 있고 쓰여야 한다면, 그것은 바로 저들

---

35 임미리, 같은 글, pp. 262~63.

로부터 시작되어야 하지 않을까? 선조적이고 목적론적인 역사가 '해석적 배제'로 인해 놓친 것들, 가령 규율권력에 유난히 민감했던 (윤흥길의 「구두」 연작 중 하나인) 「날개 또는 수갑」의 민도식, 「창백한 중년」의 타임 레코더와 노동자 건강검진, 이른바 '중간소설'의 단골손님들이었던 부랑아나 화류계 여성들, '위생 이데올로기'와 '인위적 피임 도구'를 그토록 싫어했던 남정현의 주인공들…… 말하자면 나체들, 난민들, 벌거벗은 생명들의 역사 같은 것 말이다.

긴급조치 시대의 호모 사케르
—최인호의 중·단편 소설 재론

1. 들어가며

　최인호가 작품 활동을 시작한 것은 한국일보 신춘문예에 단편 「벽구멍으로」가 당선되던 1963년이다. 당시 열아홉의 고등학생이었음을 감안한다면, 그가 소위 '천재'(낭만주의자들이 교육지책으로 고안해낸)까지는 아니더라도, 글쓰기에 관한 한 타고난 재능과 감각의 소유자였단 세간의 평에 이견을 제기하기는 힘들 듯하다. 실제로 그는 자신을 1970년대 한국의 가장 문제적인 작가 반열에 올려놓은 두 단편 「술꾼」과 「타인의 방」에 대해 중·단편 소설전집(문학동네, 2002) 「작가의 말」에서 이런 언급을 한 적이 있다. "내 기억이 정확하다면 「술꾼」은 두 시간에 걸쳐 단숨에 쓴 작품이다", "「타인의 방」 역시 『문학과지성』 창간호에 의뢰를 받고 하룻밤 사이에 완성했던 단편소설이었다".

　범인들이 들으면 시기와 질투를 부를 수도 있을 만큼 오만하고, 자신의 창작 과정을 숨기게 마련인 작가의 입장으로서는 지나치게 솔직한 말이다. 하지만 이후 그가 문단 안팎에서 보여준

놀랄 만한 생산력으로 미루어보건대 저 말은 과장이 아니다. 그는 작품 활동 초기에는 한국문학사에서 유례를 찾아보기 힘들 정도로 다작이었던, 그러나 동시에 가장 많은 수작들을 써낸 단편 작가였다. 그리고 이후로는 수많은 장편 베스트셀러들(『별들의 고향』『내 마음의 풍차』『적도의 꽃』『잃어버린 왕국』『왕도의 비밀』『상도』 등등)을 출간해 한국문학사상 독자들에게 가장 사랑받는 장편 작가들 중 하나가 되었다. 또한 그는 영화감독으로 활동한 적이 있을 뿐만 아니라 시나리오와 희곡 작가로도 활동했고, 그래서 그의 작품을 원작으로 한 영화나 TV드라마들 또한 쉽게 헤아리기 힘들 정도로 많다. 게다가 그가 관여한 영화나 드라마들은 대부분 상업적으로도 성공했다.

그러므로 그의 작가 경력 50년을 짧은 글 안에 일목요연하게 정리하기란 불가능하다. 다만 중·단편 소설(그리고 『별들의 고향』이나 『지구인』 같은 몇몇 장편들)에 국한할 경우, 도식적이나마 그의 문학 세계를 '한국적 모더니티의 탐구'라는 말로 정리하는 것은 가능하지 싶다. 그가 1970년대 한국의 가장 중요한 작가들 중 하나라는 평가를 받게 된 것도 이와 관련되는데, '도시화' '산업화' '소외' '물화' 같은 말들만큼 1970년대 한국을 적절하게 표현할 만한 단어들은 그다지 많지 않을 것이고, 또 바로 저 단어들이 줄곧 최인호를 따라다니던 키워드들이기도 했기 때문이다. 최인호는 1970년대 산업화 시기 한국의 도시 문화와 그 속에서 살아가는 인간 군상들의 '일상적이고 심리적인' 변화에 누구보다 민감했던 작가다.

그런데, 그가 주로 포착하고자 했던 것이 산업화 시대 한국인들의 '일상적이고 심리적인' 변화(집단적이고 사회적인 변화가 아니라)였다는 말에는 주의가 필요하다. 작가 최인호를 다른 1970년대 작가들과 구별하게 해주는 특징들이 바로 그것이기 때문이다. 1970년대는 카프(KAPF) 이후 그 맥이 끊겼던 소위 '민중문학'이 재등장한 시점으로 평가되는 것이 한국문학사의 일반적인 관습이다. 전태일의 죽음, 그리고 유신체제의 출범과 함께 시작되었던 이 시대를, 문학사는 황석영이『객지』를 쓰고, 윤흥길이『아홉 켤레의 구두로 남은 사내』를 쓰고, 조세희는『난장이가 쏘아올린 작은 공』을 썼던 시대로 기록한다. 이 작품들이 보여준 문학적 성취나 사회적 파장을 염두에 둘 때 그와 같은 평가가 딱히 과장되었다고는 말하기 힘들다. 1970년대는 아무래도 1980년대의 저항적이고 집단적인 주체들이 예비되는 시기였던 것이다. 최인호가 문학사에서 상대적으로 저평가되었다면 이런 이유가 컸다고 하겠다. 그의 소설들은 당시의 주류 소설들과는 달리, 한국적 모더니티를 개인 심리와 일상의 관점에서 다루고 있었던 것이다.

2. 중간소설

물론 그의 새로움을 일찍이 알아본 이들도 없지는 않았다. 초창기의 최인호는 김현 같은 염결한 문학주의자로부터도 많은 기대를 한 몸에 받았던(그러나 「황진이」 연작과『바보들의 행진』 이후, 이 기대는 그리 오래가지 않았던 것으로 보인다) 작가로 알려져 있다. 그리고 그 근거가 된 작품이 바로 1971년 작 「타인의 방」이다. 산업화 시대의 병폐로 흔히 거론되곤 하는 '소외' 혹은 '물화'를 감각적인 문체로 적절하게 형상화했다는 이유 때문이다.

일종의 변신담인 이 작품은, 카프카의 「변신」이 그렇듯이 그리 복잡하지 않은 줄거리로 이루어져 있다. 얼마 동안의 출장으로부터 돌아온 사내가 있다. 정황상 (당시의 한국 자본주의처럼) 탐욕스러운 것으로 보이는 아내는 거짓 메모를 남기고 외출 중이다. 그사이 그가 별다른 이유 없이 사물로 변해간다는 것이 이야기의 전부다. 그러나 이 작품에는 이야기가 없는 대신 많은 사물들이 있다. 욕조, 식탁, 수저, 소켓, 빵, 샤워기, 옷, 전등, 거울, 껌, 루주 등등. 분량에 비할 때 이처럼 많은 일상의 사물들이 나열된 작품도 흔치는 않을 것이다. 그런데 어느 순간 이 방의 모든 사물들이 살아나 사내에게 말을 걸어온다. 특이한 것은 더 많은 사물들이 활동할수록, 사내는 반대로 사물처럼 굳어간다는 점이다. 결국 소설 말미 그는 하나의 사물로 전락한다. 아내가 돌아오지만 그녀가 발견한 것은 남편이 아니라 얼마간 가지고 놀다 다락방에 처박아버리게 될 이상한 물건뿐이다. 아내는 다시 외출한다. 요약하자니 앙상해지고 말았지만, 최인호가 그 사물들이 뿜어내는 매혹과 공포, 그리고 사내가 겪는 심리적 불안을 묘사하는 데 사용한 언어들은 1970년대 한국 소설에서는 드물게 감각적이고 현대적이다.

한국의 1970년대는 거대한 국가 폭력을 추진력 삼아 급격한 현대화가 진행되던 시기였다. 따라서 「타인의 방」의 그 '아파트'를 당대 한국의 알레고리로 읽는 것은 충분히 타당한 독법이다. 방의 주인이 바뀌었다. 사물들은 활기차고, 대신 인간은 사물이 되어간다. 즉 이 방에서는 사물이 주인이고 인간이 그 타자이다. 게다가 아내의 반복되는 외출은 이러한 상태가 영원히 순환할 것임을 암시한다. 소위 '인간 소외'나 '물화'라고 불리는 현대 특유의 문제적 상황이 한국에서 중요한 문학적 테마로 여겨지기 시작한 것도 이즈음일 것이다. 「타인의 방」은 그런 방식으로 작가 최인호가 1970년대 한국 사회의 변화에 아주 민감한 작가임을 알린 작품이고, 한국문학사에 그를 1970년대 문학의 선두 주자들 중 하나로 자리매김하게 한 작품이다.

그러나 「타인의 방」 이전에 최인호가 「견습환자」(1967)로 (재)등단했고, 「타인의 방」 이후에도 「즐거운 우리들의 천국」 「위대한 유산」 「깊고 푸른 밤」 같은 문제작을 썼다는 사실에 대해 문학사는 그리 큰 비중을 두어 기록하지 않는다. 이런 사정 이면에는 크게 두 가지 이유가 있었던 것으로 보인다. 첫째로, 그의 문학에 대한 어떤 광범위한 편견이 존재하고 있었던 듯싶다. 그의 장편소설들이 누린 대중적 인기(대중적 인기라는 기준이 작품의 낮은 질을 즉각 반영하는 것은 아니다) 탓에, 『별들의 고향』 이후의 최인호는 소위 '중간소설'을 즐겨 쓰는 작가로 분류됨으로써 정전들의 문학사에서는 자주 배제되곤 했던 것이다(그러나 이제 와 생각해보면 '중간소설'이라는 장르 명칭은 얼마나 엉뚱하고 모호한가). 둘째로, 당시 한국의 문학장은 그의 작품들이 선구적으로 제기하고 있는 문제들에 대해 적절히 대응할 만한 개념적 도구나 패러다임을 가지고 있지 못했던 것 같기도 하다. 즉, 주로 집단적 주체의 형성과 거대 권력에 대한 저항에 초점을 맞춘 비평 행위가 주류를 점하고 있는 상황에서 황석영, 윤흥길, 조세희 등에 비해 상대적으로 최인호 특유의 심리주의적이고 미시적인 고현학은 어딘가 가치중립적이고 트리비얼리즘적인 데가 있어 보였던 것이다.

아마도 후자의 이유가 더 본질적이었을 텐데, 한국 사회가 산업화 시대를 훌쩍 지나 전 지구적 신자유주의 체제에 거의 완전히 포섭되어버린 지금 시점에서 돌이켜보면, 그의 문학은 이채롭기 그지없다. 그는 너무 일찍 미시적이었고 유머러스했으며, 감각적인 데다 염세적이었다. 그런 의미에서 그는 채 그 의미를 다 인정받지 못했던 어떤 문학적 변이의 시작이었다. 그 변이의 의미에 대해 묻는 것은 때늦기는 했으나 필요한 일일 것이다.

3. 조에(zoe)와 웃음

그가 누린 대중적 인기 탓에 종종 간과되곤 했지만, 우선은 최인호의 소설 세계가 한국문학사에서는 이례적일 정도로 어둡고 절망적이었단 사실(마치 IMF 이후의 한국문학처럼)은 재삼 강조할 필요가 있다. 가령 초기작인 「위대한 유산」의 화자가 어떤 방식으로 현실을 인식하는지 보자.

아아, 어린 시절은 정말 좋았어.
그러나 나는 누구나 갖고 있는 닭털 침낭 같은 어린 시절을 떠올릴 재주가 없다. 나는 마치 어느 순간 기억상실증에 빠져버려 한 부분의 기억을 송두리째 잊어버린 환자처럼 어린 날의 추억을 전혀 기억하지 못하고 있다.

　나는 어린 날을 회상하려면, 전쟁과 폭격과 거리에서 죽은 즐비한 시체와, 피와 아우성 소리, 그런 것부터 떠올리고, 굶주리고 헐벗고 증오와 적의에 차 있는 어린 시절이 부서진 파편처럼 떠올라 아직까지 그 처절하던 기억들이 내 영혼을 이리저리 난도질하고 상처를 입히는 끔찍한 상상을 우선 하곤 한다.[1]

　인용문으로 미루어보건대 화자가 강조하는 현실의 비극성은 철두철미하다. 그에게 현실은 시체, 피, 아우성, 굶주림, 헐벗음, 증오, 적의, 파편, 처절함, 난도질, 끔찍함 같은 어휘들로만 표현될 수 있다. 게다가 이 화자는 심지어 그와 같은 현실에서 벗어나기 위해 우리가 종종 상상해내곤 하는 '아름다웠던 유년'이라는 신화마저도 부인하는데, 그 부인은 자못 악의적이어서 '상실된 것은 상실감의 결과일 뿐 그 역은 아니다'라는 지적의 잔인한 전언을 연상하게 할 정도다. 그에게 삶이란 기원에서부터 종말까지, 유년에서 노년까지, "지옥과 같은 곳"이다.

　극도로 비극적인 현실 인식은 이 작품에서만 도드라지는 것이 아니다. 우찬제는 최인호 소설의 이와 같은 특징을 간략하게 "소망의 양태와 체험한 사태 사이의 극명한 대조"[2]라고 요약하기도 하는데, 그와 같은 대조는 전체 작품에 두루 걸쳐 있다. 그가 무

1　최인호, 「위대한 유산」, 『견습환자』, 문학동네, 2014, p. 302. 이하 인용은 모두 이 책.

2　우찬제, 「자전거 타고 바다 건너기」, 『달콤한 인생』, 문학동네, 2002, p. 312.

슨 말을 떠들고 다니건, 「술꾼」의 어린 주인공이 처한 절망적인 상황에 나은 미래가 있다고 말하기는 힘들다. 게다가 이 녀석은 그 어떠한 자구의 노력이나 의지도 없이 이른 나이에 알코올 중독자가 되어 있다. 우리가 잃어버린 낙원으로 상상하곤 하는 유년기라도 결코 동화처럼 아름다운 적이 없었다는 사실은, 위악적이라고 할 수밖에 없는 성장소설 「처세술 개론」에서도 거듭 변주되어 강조된다. 노숙자 주인공의 그보다 더 비참하려야 할 수 없는 죽음을 다룬 작품 「달콤한 인생」의 제목은 '결코 달콤해질 수 없는 인생'의 반어임에 틀림없고, 「깊고 푸른 밤」의 두 주인공이 제아무리 80마일의 속력으로 차를 달려도 캘리포니아는 그들 앞에 모습을 드러내지 않을 것이라는 사실 또한 독자들은 이미 알고 있다. 최인호의 주인공들은 하나같이 (작가가 누린 인기와는 무관하게) 빠져나갈 수 없는 어떤 악무한의 극악한 현실 속에 내던져진 존재들이다. 그들은 모두 선험적인 지옥을 산다. 무슨 연유일까?

물론 그와 같은 비극적 현실 인식이 최인호의 것만은 아니다. 동시대 작가들이었던 조세희나 황석영, 혹은 윤흥길의 세계가 최인호의 세계보다 견딜 만하다고 말하기는 힘들기 때문이다. 그들의 세계도 지옥이긴 마찬가지다. 그러나 다른 작가들과 당대 현실 인식에 있어서의 비극성을 공유함에도 불구하고, 그 비극성의 연원을 밝히는 방식에 있어 최인호는 1970년대의 주류 작가들과 사뭇 달랐다. 실은 독자들과 평자들이 간과했달 뿐 이미 「견습환자」에서부터 그 차이는 드러나고 있었던 것으로 보인다.

「견습환자」는 어떤 의미에서 「타인의 방」보다 훨씬 문제적으로 읽히는 작품이다. 무엇보다도 이 작품이 그리고 있는 지옥이 '노동의 지옥'이나 '가난의 지옥'이라기보다는 '일상의 지옥'이 자 '신체의 지옥'이기 때문이다. 다른 작가들과 달리 최인호는 이 작품에서 '정치권력'이나 '계급권력'이 아니라 '생명권력'의 작 동 방식을 문제 삼는다.

> 입원한 다음 날, 한 떼의 의사들이 병실로 몰려와, 겁에 질려 있 는 나를 전범(戰犯) 다루듯 사납게 벽 쪽을 향하게 한 다음, 주삿 바늘로 옆구리를 찔러 굉장한 양의 노르께한 액체를 빼내었고, 나는 집행을 기다리는 죄수처럼 유난히 하얀 병실 벽을 마주 바 라보며 그들의 작업이 끝날 때까지 약간 울고 있었다.
> 그리고 작업을 끝마치고 사라져가는 그 집행인들의 흰 가운에 서 병실 벽처럼 차디찬 체온을 절감했다.
> 나는 이렇게 입원생활을 시작했으며, 어느 틈엔가 아침이면 체 온계를 입에 물고 사탕을 깨물세라 조심스럽게 녹이는 유아처럼 체온을 재는 모범환자가 되고 말았다.[3]

이 작품의 무대는 병원이다. 화자는 습성 늑막염으로 입원하 게 되었는데, 인용문에서 벌어지는 저 일을 겪기 전까지 일상에 그다지 곤란을 느끼지는 않았던 상태다. 그렇다면 그가 병 때문 에 병원을 찾았다기보다는 차라리 병원이 그를 환자로서 호출했 다고 하는 편이 맞는 말이겠다. 이제 그가 의사들의 시선에 노출

---

3 「견습환자」, p. 8.

되면 사태는 급변한다. 의학적 시선 앞에서 그는 아감벤이 말한 소위 '벌거벗은 생명'의 지위로 전락하는데, 의학권력은 그를 죄수나 전범 대하듯 취급하고, 지켜야 할 여러 규칙들에 순응해야만 하는 '모범환자'로 만든다. 아감벤의 어법을 빌리자면, 그는 이제 '비오스(bios)'로서가 아니라 '조에(zoe)'로서 다루어진다.

병에 걸린 신체라는 사실 자체만으로 관찰과 구금의 대상이 되어야 하는 사태는, 푸코가 『임상의학의 탄생』과 『감시와 처벌』에서 밝힌 그대로 근대적 생명권력 출범 이후의 일이다. 아감벤은 푸코를 따라 권력이 작동하는 방식상의 그러한 변화가 1914년 1차 세계대전 이후 서구세계에서부터 급격히 일반화되었으며, 이후로 근대 권력의 축도는 감옥이 아니라 병원이나 수용소가 되었다고 말한다. 물론 이때의 생명권력은 정치권력이나 계급권력과는 달리 공적인 영역과 사적인 영역을 구분하지 않는다(생명권력에 관한 한 이른 시기에 중요한 언급을 남긴 아렌트는 이 구분이 사라지는 것을 무척이나 염려했다). 고래로부터 사적인 영역에 속해 있던 양육과 번식과 삶과 죽음이 이제 일상적인 수준에서 관리와 규율의 대상이 된다. 즉 정치의 대상이 된다. 그런 의미에서 최인호는 작품 활동 초입부터 한국의 모더니티를 다른 방식으로 이해하고 있었던 것으로 보이는데, 그에게 문제는 거시 권력이 아니라, 일상의 미세한 부분에서까지 촘촘하게 작동하는 규율권력이자 생명권력이었던 것이다.

1990년대에 이르러 한국 지성계에 푸코가 소개되고, 최근에는 아감벤의 저작들도 번역되어 생명권력에 대한 관심이 증폭되기 전까지(다른 말로 한국의 문학장이 생명권력의 문제를 다룰 만한 개념적 도구들을 충분히 갖추게 되기 전까지), 한국에서 권력의 문제는 항상 계급이나 정치와 연관되어 있었단 사실을 감안할 때, 「견습환자」는 선구적이고 문제적인 데가 있는 작품임에 틀림없다. 게다가 저 작품이 발표되고 얼마 되지 않아 유신헌법이 선포되었고, 이후 박정희가 죽기 전까지(실은 이후로도 오랫동안) 한국 사회는 줄곧 '긴급조치'와 '비상계엄' 상태를 유지했다는 사실은 충분히 강조되어야 한다. 긴급조치와 계엄이란 항상 주권권력이 창출하는 '예외상태'와 관련이 있고, 예외상태 속에서 주체들은 법의 바깥에서 법에 매여 있는 존재, 그래서 '죽여도 죄가 되지 않는' 호모 사케르의 지위로 전락하기 때문이다.

　푸코와 아감벤의 관점에서 볼 때, 한국의 1970년대는 그야말로 항상적인 예외상태를 유지함으로써 생명권력이 그 지배를 철저하게 관철시킨 전형적인 사례로 거론될 만하다. 그리고 최인호의 「견습환자」가 예견하고 경고한 것이 바로 그와 같은 사태였다. 그의 비극적 세계 인식은 이제 권력이 공적인 영역만이 아니라 사적인 영역까지 관리하기 시작했다는 사실, 그리하여 권력의 바깥 같은 것은 그 어디에도 없다는 사실, 그로부터 비롯된다. 따라서 병원에 웃음을 도입하고, 그 견고한 시스템에 파열을 내려던 '나'의 시도가 실패로 돌아가는 것은 당연한 일이다. 생명권력의 바깥은 존재하지 않기 때문이다. 최인호의 비극적인 세계 인식의 기원이 바로 여기다.

4. 비식별역의 사람들

최인호가 이른 시기부터 '생명권력'의 문제를 직관적으로 문제시하고 있었다는 사실은 그가 즐겨 등장시키는 인물들의 유형을 통해서도 확인이 가능하다. 이와 관련해서 눈여겨볼 작품이 바로 「즐거운 우리들의 천국」이다. 이 작품의 주인공이 전전한 직업들은 대략 이렇다. 종이봉투 만들기, 벽보 붙이기, 암표 팔이, 불붙은 구공탄 장사, 음화(포르노) 밀매, 이발소 보조, 세차장 차 닦이, 이삿짐센터 직원, 고층빌딩 유리창 청소부. 여기에 장편 『지구인』의 차력사, 서커스 단원, 동성애자, 상이군인 등과 『바보들의 행진』의 호스티스나 「술꾼」의 알코올 중독자들, 「달콤한 인생」의 소매치기나 「깊고 푸른 밤」의 대마초에 중독된 전직 가수를 더할 수도 있을 것이다. 그러나 너무 다양해서 그 종류를 다 나열하기 힘든 저 인물군에게도 공통점은 있다. 그들이 하나같이 비정규적이고 비정상적인 직업이나 취향을 가진 인물들이라는 점이다. 이 말을 마르크스식으로 번역해서 그들은 모두 '룸펜 프롤레타리아트'에 속한다고 말할 수도 있겠지만(이 이상한 계급 범주는 이제 어딘가 지나치게 체계적이고 철 지난 듯한 인상을 풍긴다), 여기서는 달리 아감벤식으로 번역해서 그들 모두가 '비식별역'에 속해 있다고 말해도 무방하다. 그들은 정상적인 사회에서 배제되어 있을 뿐만 아니라, 전통적인 계급 구분에서마저도 변두리나 경계에 속해 있다. 라캉의 '실재'가 그렇듯 그들은 상징적 질서에 난 구멍과 같아서, 어떤 경우 '남/여' 구분을 통해서도 식별되지 않고, '직업/범죄'의 구분을 통해서도 식별

되지 않는다. 그런 의미에서라면 그들은 이 사회 안에 있지 않다. 그러나 또한 여전히 이 사회 안에 포함되어 있기도 한데, 그들의 비정상적인 추방 상태가 사회의 정상성에 대한 반증이 되기 때문이다.

아니나 다를까, 단편 「즐거운 우리들의 천국」에는 거대한 유리로 된 장벽의 형상이 등장한다.

유리 저편의 사람들은 아무도 나의 처절한 유리 닦기를 주의하지 않았다. 나는 그들을 들여다보고 있었지만 그들은 아무도 나를 의식하지 않았다.

나는 단지 창 밖의 풍경에 불과했다. 마치 내가 한때 세차장에서 닦던 윈도 브러시처럼, 버튼을 누르면 자동적으로 빗물을 반원 부채꼴로 밀어대는 윈도 브러시를 차 속의 사람들은 아무도 의식하지 않듯이 내가 닦아내는 유리창의 세척을 그들은 하나의 풍경으로서, 단순한 기계 동작처럼 느끼고 있을 뿐이었다.

그때 나는 내가 해왔던 모든 일이 그들에게는 단순한 풍경처럼 무관한 일에 불과하다는 사실을 발견했다.

[……]

그래. 나는 찔끔거리며 창 밖에서 울었다. 그들이 볼 때는 창 밖에서. 거리에서 보면 하늘 위에서. 아, 아, 하늘 위에서 본다면 허공에 매달려서.[4]

4 「즐거운 우리들의 천국」, pp. 285~86.

식별역에 대해 비식별역은 구성적이다. 그렇다면 비식별역의 창출이야말로 생명권력이 끊임없이 자신을 재생산하는 무대가 된다. 비식별역에서 주체는 벌거벗은 생명이 되고, 생명정치의 대상이 되며, 그럼으로써 정상적인 '노모스'의 경계를 설립하고 생명정치를 영속시키는 역설적 존재가 된다. 실은 배제되는 방식으로 포함되는 그들이 있음으로 인해, 법은 유지되고 정상성은 강화된다. 그들의 추방 상태가 항상적으로 유지되는 것, 그것이야말로 생명정치에 있어서는 관건인 셈이다. 인용문에서 최인호가 묘사하고 있는 저 풍경이 드러내는 진실이 바로 그와 같다.

안에서 보면 창 밖이고, 거리에서 보면 하늘 위이고, 하늘 위에서 보면 허공인 곳의 다른 이름은 비식별역이다. 유리창은 그와 정상적인 세계를 가로막는 거대한 장벽이지만, 그 장벽은 또한 투명해서 유리창 밖에 매달려 있는 그를 두고 우리는 장벽 밖에 있다고 말하기 힘들다. 그가 판 암표를 샀고, 그가 건네준 음화를 훔쳐보았고, 그가 닦은 차에 탄 적이 있으므로, 정상인들은 분명 그를 이 세계 내부에서 만난 적이 있다. 하지만 화자 자신은 결코 그런 것들을 누려보지 못했으므로 그는 또한 외부에 있다. 그런 방식으로 유리벽 밖의 저 인물은 포함되면서 동시에 배제되는, 벌거벗은 생명에 대한 아주 적절한 상징이 된다.

이처럼 최인호의 인물들이 비식별역에 속해 있음을 특별히 강조하는 것은, 우선 이른 시기에 최인호가 한국적 모더니티의 이면을 다른 방식으로 관찰하고 있었음을 다시 한번 강조하기 위해서다. 그는 개발독재가 실은 생명정치의 다른 이름임을 일찌감치 알아차린 명민한 작가였던 것이다. 그러나 반드시 그 이유만은 아니기도 한데, 더 중요한 것은 이런 인물들이 20년 정도 세월을 격한 후에나(생명정치적 현상이 지배적이게 되는 1990년대 이후에나) 우리 문학에서 각광받게 될 존재들의 선배 격이라는 사실이다. 그들이 의식했건 의식하지 않았건, 김영하의 양아치들, 성석제의 삼마이들, 백민석의 하위문화적 아나키스트들은 그런 의미에서 최인호가 이른 시기에 그려낸 인물들의 형제이자 후배들이다. 다만 우리가 그 사실을 이제 알아보고 있을 뿐……

게다가 이와 같은 절망적 현실을 돌파하(려)는 방식에 있어서도 최인호의 인물들은 동시대 작가들보다는 이즈음의 작가들과 더 많은 친연성을 보여준다. 「즐거운 우리들의 천국」마지막 장면은 다음과 같다.

그의 몸이 돌연 창문 아래로 굴러떨어졌다. 그러고는 우리 시야에서 사라져버렸다. 우리는 모두 황급히 창가로 뛰어가서 밖을 내다보았다.

밧줄에 녀석은 위태롭게 매달려 있었다. 그러고는 우리들을 올려다보았다. 그의 얼굴은 새파랗게 질려 있었다. 하지만 얼굴 전체에는 가득히 넘쳐흐르는 듯한 웃음이 충만되고 있었다.

"이봐. 이 자식들아. 핫하하. 네놈들은 왜 웃지 않니? 핫하하. 내가 이렇게 한다면 재미있을 거라고 하더니 왜 웃지 않니? 핫하하."

우리들은 그러나 아무도 웃지 않았다.

나는 황급히 밧줄을 끌어올리려고 손을 내밀어 밧줄을 쥐었다. 그리고 힘을 모아 그것을 끌어올리려는 순간 밧줄 저 끝에 가득

했던 둔중한 무게가 홀연 사라진 느낌을 받았다.[5]

  우리는 이미 「견습환자」의 주인공이 생명정치의 장으로서의 병원에 무엇으로 저항하려 했는지에 대해 알고 있다. 그것은 '웃음'이었다. 그가 이해하지 못했던 것은 의학권력은 왜 웃지 않는가 하는 점이었고, 그래서 그는 해괴한 행동들로 병원에 웃음을 퍼뜨리려고 시도했던 적이 있다. 인용문의 '녀석'도 마찬가지다. 그는 (틀림없이 자발적으로) 죽는 순간 만면에 웃음을 지어 보인다. 그럼으로써 유머 없는 세계에 죽음으로 저항한다. 물론 그의 시도는 우습기보다는 그로테스크하고 비극적이며 한없이 허무하다. 비식별역과 노모스를 가르는 견고한 벽이 한 인간의 자발적 죽음으로 무너질 리도 없고, 고작 웃음 따위가 그 정교한 시스템에 균열을 가져올 리도 만무하기 때문이다.

  그러나 1976년의 저 '녀석'이 죽어가면서도 몰랐던 것은, 그로부터 한 세대가 지나고 나면, 한국문학에 자신과 동일한 방식으로 체계에 저항하는 주인공들(나는 지금 박민규와 윤성희와 김애란 같은 작가들의 그 철없고, 놀이에 능하고, 잘 웃는 주인공들을 염두에 두고 있다)이 즐비하게 될 것이라는 사실, 그래서 자신이 일으키고 있는 것이 일종의 문학적 변이의 기점에 해당한다는 사실이었다.

---

5 「즐거운 우리들의 천국」, pp. 299~300.

5. 그가 남긴 것

어쩌면 작가 최인호가 끝내 몰랐던 것도 그와 같았을 것이다.
그는 자신도 모르는 채로, 한국문학에 아주 많은 유산들을 남기
고 갔다. 작가들에게는 훌륭한 문체와 수많은 인물과 참조해야
할 많은 주제를 남겼고, 문학사가들에게는 수많은 스캔들과 다
시 배치해야 할 정전들을 남겼으며, 비평가들에게는 다시, 혹은
새롭게 해명해야 할 많은 난제를 남겼다. 게다가 독자들에게는
많은 읽을거리를 남겼을 뿐만 아니라, 심지어 대중문화계 인사
들에게마저 엄청난 양의 문화 콘텐츠를 남겼다. 그런 의미에서
라면 모든 문제적인 작가들이 다 그렇듯이, 그 또한 생물학적 나
이와 무관하게 너무 일찍, 요절한 작가다.

3부
팬데믹 이후

다시 포스트모더니즘을 찾아서
─포스트모더니즘과 신자유주의 통치성

1. 두 권의 책

오래된 서고를 뒤져보니 제목에 '포스트모더니즘'이란 단어가 들어간 책만 십수 권이다. 고전적 마르크스주의 관련 서적들과 알튀세르의 저작들 사이에 꽂혀 있었는데, (현실사회주의가 무너져가던 즈음에, 나는 그 순서로 책들을 읽었다. 그리고 그 순서에는 나름의 필연성과 정합성이 있었다고 믿는 편이다) 다들 때가 탔고 바랬다. 오랫동안 뒤적여보지 않은 탓이다. 1990년대 초반에는 나를 그토록 매혹시켰고 그래서 눈에 띄기만 하면 읽지 않고는 못 배겼던 그 단어에 대한 나의 긴 무관심, 그 이유에 대해 써볼 참이다.

이 책 저 책 뒤적이다가, 지금의 시점에서 보자면 어리석다 싶을 만큼 초보적인 개관서에 불과하거나, 바다를 처음 본 산골 소년이라도 되는 듯 그 단어에 과도하게 열광하고 있는 책들,[1] 그

---

1 이런 책들은 주로 윤호병, 김욱동, 권택영, 김성곤 등이 엮었거나 저술했거나 주

리고 나로서는 이름 정도나 외고 있는 이러저러한 영미권 작가들을 모두 포스트모더니스트로 분류해놓고 그들의 작품 세계를 나열해놓은 책 정도를 제외하고 나니, 두 권의 책이 남는다. 정정호와 강내희가 엮은 『포스트모더니즘론』(도서출판 터, 1990)과 역시 두 사람이 엮은 『포스트모더니즘의 쟁점』(도서출판 터, 1991)이다. 전자는 당시 레슬리 피들러, 제럴드 그라프, 위르겐 하버마스, 장 프랑수아 리오타르, 프레드릭 제임슨, 테리 이글턴, 이합 핫산, 안드레아스 후이센 등 이른바 '포스트모더니즘 논쟁'의 주요 논객들이 쓴 글들을 번역하여 수록하고 있다. 1년 후에 출간된 후자의 책 1부에는 반성완, 도정일, 정정호, 강내희, 김성기 등이 나눈 좌담('포스트모더니즘의 이해를 위하여')이 실려 있고, 2부와 3부에는 '포스트모던이라는 문제상황'에 대해 각각 입장을 달리하는 국내 필자들의 글이 실려 있다.

2. 문제상황으로서의 포스트모더니즘

우선 후자의 책 좌담에 실린 이런 구절들이 눈에 들어온다. 사

요 필자로 참여한 단행본 혹은 잡지들이다. 가령 『포스트모더니즘과 포스트구조주의』(김욱동 엮음, 현암사, 1991), 『포스트모더니즘과 문화』(권택영 엮음, 문예출판사, 1991), 『포스트모더니즘이란 무엇인가―자연주의에서 미니멀리즘까지』(권택영 엮음, 민음사, 1990), 『포스트모던 시대의 작가들―미로 속의 언어』(김성곤, 민음사, 1986), 계간 『현대시사상』 1~5(고려원, 1988~1990) 등이 그런 책들이다. 그들이 이 모호하고도 논란 많은 개념을 이른 시기 한국에 소개한 공로는 인정되어야 마땅할 테지만, 이 개념을 지나치게 단순화하거나 과도하게 사용함으로써 생겨난 오해들에 대해서는 따로 논의가 필요할 것이다.

회자인 반성완이 "포스트모더니즘이 어떻게 중요한 논의 거리로 등장했는지 말해보는 게 좋지 않을까 합니다"[2]라고 운을 떼자, 정 정호가 답한다.

> 철학에서도 계몽주의에 대한 회의, 로고스의 해체, 즉 논리와 합리주의의 해체 등이 거론되고 사회, 정치 분야에서도 지배담론 의 거부, 국제적 분권화, 미시정치학, 주변부 의식의 확산, 생태학 에 대한 관심 등이 논의되고 기술과학 분야에서도 상대성 원리, 불확정성의 원리, 양자역학 등의 개념이 나오고 경제적으로 후기 자본주의, 소비자본주의, 다국적 기업, 신식민지국가독점자본주 의 등의 시대로 규정되고 있습니다. 특히 국제 정치면에서도 양 극제가 무너지고 동구 사회주의체제가 흔들리고 있습니다. 문화 사적으로 이런 새로운 시대를 포스트모던 시대라 규정할 수 있을 것 같습니다.[3]

향후 정정호의 병렬적인 저 어법은 (이제는 상식에 속하게 되 었지만) 모던과 단절된 시대로서의 포스트모던의 등장을 거론 할 때, 여러 논자들의 글에서 자주 발견하게 된다. 그리고 이에 대해서는 도정일 역시 별 이견이 있어 보이지 않는다. 다만 그가 "근자에 들어서 국제 정치상황이 급격하게 변화되고 특히 사회 주의의 몰락이랄까 하는 사건들이 발생했습니다. 이런 큰 변화

---

2 정정호·강내희 엮음, 『포스트모더니즘의 쟁점』, 도서출판 터, 1991, p. 11.
3 정정호·강내희 엮음, 같은 책, pp. 11~12.

의 시기일수록 사람들은 현실을 어떻게 정리해야 할지를 잘 모르게 됩니다. 이런 상황에서 포스트모더니즘이라는 용어가 등장하게 되니까 이것이 우리의 현실을 정리하고 새롭게 인식하는 데 길잡이가 되지 않을까 하는 생각을 하게 되는 것 같습니다"[4]라며 '동구 사회주의권의 몰락'을 다시 한번 강조한다는 점은 의미심장하다.

그가 당시 라캉을 읽었다면 아마도 '대타자가 사라진 자리에서 실재가 불러일으키는 불안' 같은 표현을 썼을지도 모를 일이다. 요지는 마르크스주의라는 대타자의 붕괴가 실재와의 대면에 대한 불안을 불러일으키고, 그 자리에 새로 들어선(혹은 들어서게 될 수도 있는) 대타자가 바로 포스트모더니즘이란 말이겠다. 오직 강내희만이 "사회구성체론의 시각에서 포스트모더니즘을 이해하는 것이 중요하다고 봅니다"[5]라고 말하면서 프레드릭 제임슨의 포스트모더니즘 비판을 옹호하지만(즉 대타자의 붕괴를 부인하지만) 그 역시 현대 자본주의에 단절적인 변화(국가독점 자본주의의 등장)가 일어났고 그로부터 파생된 문화가 포스트모더니즘이라는 견해에는 이견이 없다.

그렇다면 실제로 포스트모더니즘을 둘러싸고 벌어졌던 과도하게 열띤 관심과 논쟁들은 사회주의라는 이름의 대타자가 소멸해가는 시점에, 그것을 오래 애도하는 이들과(그들은 곧바로 마치 생명을 다해가는 마르크스주의의 생명 유지 장치라도 된다는

---

4 같은 책, p. 12.
5 같은 책, p. 15.

듯 알튀세르를 읽었다), 이르게 애도를 종결한 이들(그들은 빠른 속도로 들뢰즈, 가타리, 데리다, 푸코, 라캉 같은 다른 대타자를 찾았다), 그리고 애초에 애도의 필요성을 느끼지 못한 이들(이들은 대책 없는 자유주의자 레슬리 피들러에게 책을 헌정하거나 스스로 새로운 구미 이론의 선구적 도입자임을 자처했으나, 오래가지는 못했다)이 공히 처해 있었던 '문제상황'의 소산이었다고 보는 것이 옳은 독법일 것이다. 포스트모더니즘에 관한 한 가장 정밀하고 사려 깊은 저작 『모던/포스트모던』에서 페터 지마는 "'물자체'로서의 포스트모더니즘이란 없다"라고 전제한 후, '문제상황'에 대해 이렇게 정의한다.

> 이들은 오히려 사회적이고 역사적인 문제상황으로, 즉 일정한 문제들을 제기하고 이에 대한 일정한 해답을 찾기 위한 노력을 촉발하는 사회언어학적 상황으로 파악되어야 한다. 이때 하나의 상황 속에서 중요한 것으로 간주되어 중점적인 논의의 대상이 되고 시급하게 해결되어야 할 것처럼 보이던 문제 설정이 이후의 상황 속에서는 지적 현장의 주변부로 밀려나거나 심지어 망각에 빠지는 경우도 발생한다.[6]

그러니까 1990년대 초반의 한국, 마르크스주의가 현실적 위력을 상실해가고 있던 시점에, 포스트모더니즘은 일정한 문제들(거대서사의 불가능성, 언어적 전회, 모더니즘의 쇠퇴, 새로운

---

6 페터 V. 지마, 『모던/포스트모던』, 김태환 옮김, 문학과지성사, 2010, p. 42.

자본주의의 등장, 소비사회로의 이행 등등)을 제기하고 이에 대한 해답을 찾기 위한 노력을 촉발했던 '문제상황'이었다고 하는 편이 정확해 보인다. 많은 문제를 제기해놓았으나, 마치 헤겔의 '사라지는 매개자'처럼, '포스트모더니즘'이란 이름으로 두루뭉술하게 불리던 이 문제상황에 대한 기록 중 상당수는 그 후로 오랫동안 서고 속에서 잊혀진 채 낡아가게 된다.

3. 이모티콘 속의 포스트모더니즘

앞서 거론한 두 권의 책 중 나머지 한 권 『포스트모더니즘론』에 실린 글들은 두루두루 여전히 읽을 만하다. 처음 읽던 당시에도 그랬지만 여전히 현재적인 문제상황에 맞닿아 있는 글들도 있고, 역사적 효력은 다했으나 사상사적으로 중요한 글들도 있다. 그중 유독 되새겨볼 만한 글은 물론 프레드릭 제임슨의 「포스트모더니즘―후기자본주의 문화논리」[7]이다. 여러 차례 읽었지만 1984년에 쓰인(39년 전이라니!) 이 글을 다시 읽을 때마다 나는 이상한 역설에 빠지곤 한다. 글이 쓰인 시기와 읽는 시기 간의 시간적 거리가 멀어지는 것이 아니라 오히려 가까워진다는 역설이 그것이다. 요컨대 1991년에 읽을 때보다 지금 읽을 때, 이

---

7 프레드릭 제임슨, 「포스트모더니즘―후기자본주의 문화논리」, 강내희 옮김, 정정호·강내희 엮음, 『포스트모더니즘론』, 터, 1990. 최근 제임슨의 이 글이 실려 있던 『포스트모더니즘 혹은 후기자본주의 문화 논리』(임경규 옮김, 문학과지성사, 2022)가 실로 오랜만에 완역되었다. 그러나 이 글이 다루고 있는 역사적 맥락을 고려해 새로 번역된 글은 참조하지 않는다.

글은 더 현실적이다.

에른스트 만델의 구분에 따라 자본주의를 시장자본주의, 독점자본주의, 후기자본주의(다국적 자본주의)의 3단계로 구분한 뒤, 제임슨은 시장자본주의 단계에 리얼리즘을, 독점자본주의 단계에 모더니즘을, 다국적 자본주의의 단계에 포스트모더니즘을 각각 대응시킨다. 그리고 그가 파악한 바에 따르면 포스트모던한 현상은 대체로 다음과 같다. 미학적 대중주의, 깊이 없음, 역사성의 빈곤, 의미의 해체, 행복감의 만연, 비판적 거리의 말소, 반영 혹은 재현 이데올로기의 약화……

그런데 정작 내가 그의 글을 처음 읽던 1991년이 아니라 바로 지금, 나는 그런 현상들이 완전히 실현된 세계를 보는 듯하다. 저항예술가(?) 뱅크시의 작품은 스스로를 파괴하는 퍼포먼스를 통해 오히려 그 가격을 천문학적인 수준으로 올려놓고(최근 소더비 경매에서 「풍선과 소녀」의 파쇄. 그러나 반만 절단 내 그 상품으로서의 물질성은 남겨둔 그 영리한 파쇄), 마블은 유구한 지구의 역사 위에 가공된 범우주적 초역사를 '세계관'이란 이름으로 덮어쓰기 하고 있고(타노스는 이제 우주를 어찌할 작정일까?), 역사는 사실과 허구를 구분하기 힘든 퓨전 사극 혹은 팩션이 되고(정조의 근육질 몸이라니!), 이른바 '소확행'이 스노비즘이 아니라 너도나도 찬양하는 삶의 윤리가 되며(예쁜 카페 찾아서 맛있는 음식 먹고 헬조선 잠시 잊기 놀이가 아닌가), 디지털 TV 화면은 먹방과 여행 상품 광고와 다이어트용 식품 홍보가 동시적으로 도배해버리고(먹고 운동하고 여행하라!), 오래된 한옥 골목들은 거대한 포스트모던 유리 건물들 아래에서 '젠트리피케이

션'되어 향수 산업 시장을 형성하는 바로 지금의 이 세계(예술가는 집값을 올린다)······

제임슨이 지적한 현상들 전체가 실은 지금 우리가 살고 있는 현실의 모습 그대로가 아니라고 말하기는 이제 힘들어 보인다. 이제야 우리는 완전히 실현된 포스트모더니즘을 목도하고 있는 셈이다. 그런데 정작 완전히 포스트모던한 세계가 도래하자, 아무도 낙관적이거나 긍정적인 의미로는 '포스트모더니즘'을 말하지 않고, 스스로가 간단히 포스트모더니스트라고 불리길 바라지도 않게 된 이 기이한 현상은 어떻게 해명되어야 할지······

최근 나는 '포스트모더니즘'이란 말의 의미심장한 용례를 많아야 두 군데서만 발견할 수 있었을 뿐이다. 역사의 종말 이후 인류는 동물(미국인이 그 모델인) 아니면 속물(일본인이 그 모델인)이 될 거라는 코제브의 예언을 변주한 아즈마 히로키의 책 『동물화하는 포스트모던』이 그 하나이고, 나머지 하나는 모 SNS의 깜찍한 이모티콘(게슴츠레한 눈으로 분명 어떤 여성에게 날리는 이런 멘트, '참 포스트모던하기도 하지!')에서다. 완전히 포스트모던해진 세계에서 포스트모더니즘은 역사의 종언을 지시하는 말이 되거나, 아니면 '버터남의 작업 멘트' 정도로 희화화된다. 참 포스트모던하기도 하지.

4. 내가 뭘 잘못하지 않았는데?

지마의 분류에 따라, 부르주아 모더니티에 대한 반발을 예술적 태도로서 견지하는 '후기근대'[8]의 작가들을 모더니스트라고 부를 수 있다면 김춘수, 황지우, 박남철, 이인성, 심지어 이상마저 포스트모더니스트의 범주에 넣으려던 초창기 이론 수입자들의 야망(그들은 한국에서 포스트모더니즘적 문학의 시작을 1970년대까지 소급한다)은 과도했다. 그러나 1990년대 이후에도 한국문학에 포스트모더니스트로 분류할 만한 작가들이 없었다고 단정하는 것 역시 과도하긴 마찬가지일 것이다. 특히 현실사회주의의 몰락에 대한 애도 작업이 거의 끝나가던 2000년대 초중반에 등장한 작가들은 스스로가 원했건 원하지 않았건 포스트모더니스트로 분류될 만했다. 이기호(『최순덕 성령충만기』), 박형서(『자정의 픽션』), 김연수(『가면을 가리키며 걷기』, 『나는 유령작가입니다』. 신형철은 어딘가에서 다소 회고적인 어조로 그를 가장 성공한 포스트모더니스트라고 말하기도 했다), 천명관(『고래』), 조하형(『키메라의 아침』), 서준환(『파란 비닐 인형 외계인』), 김중혁(『펭귄 뉴스』) 등등. 이들의 작품에서 이른바 패스티시, 가짜 인용, 팩션, 상호 텍스트성, 기호화된 역사 같은 포스트모던 기법들을 발견해내는 것은 어렵지 않다. 그리고 그런 흐름은 아직도 최제훈, 정지돈, 오한기 같은 작가들에 의해 이어지고 있기도 하다. 그러나 그들 스스로가 포스트모더니스트라는 분류표에 의해 일반화되는 것을 달가워할지는 미지수인 데다, 그들이 현재 한국문학장의 (제임슨적인 의미에서) '우점종'

---

8 김태환의 번역이다. 지마에 따르면 모더니즘은 근대에 대한 자기비판을 감행했던 후기근대의 소산이다. 반면 비판의 의지를 포기한 포스트모더니즘은 '후근대'로 번역된다. 그런 의미라면 포스트구조주의자들로 분류되었던 라캉, 푸코, 데리다 등은 차라리 모더니스트에 가까워 보인다.

은 아닌 듯하다. 현재 한국문학장의 우점종은 '윤리', 정확히는 '자기(반성적) 윤리'로 보인다.

글이라는 게 그렇게 대단한 건지 모르겠어. 정말 그런가…… 내가 여기서 언니들이랑 밥하고 청소하고 애들 보는 일보다 글 쓰는 게 더 숭고한 일인가, 그렇게 대단한 일인가, 누가 내게 물으면 난 잘 모르겠다고 답할 것 같아.[9]

이 대목을 쓸 때 우에노역 개찰구에서 나를 배웅하던 리사의 모습이 생각났다. 리사에게 미안한 마음이 들었다. 실제의 리사를 빼닮은 모습이든 아니든, 나는 리사를 핍진하게 그려내고 싶었다. 그러나 그러려면 언제나 리사에게 미안해진다. 왜냐하면 내가 리사에 대해 쓰려고 할 때, 그렇게밖에 쓸 수 없다는 사실을 몹시 견디기 힘들기 때문이다.[10]

의심을 해라. 결국 내가 말하고 싶은 것도 바로 그 점이니까. 인간은 본래 이기적이고 그러므로 노력해야 한단다. 자신의 행동을 돌아보고 끊임없이 반성해야 하지. 의지를 가지고 아주 의식적으로 행동하지 않으면 그냥 생긴 대로 살게 되거든.[11]

9 최은영, 「몫」, 『소설 보다─가을 2018』, 문학과지성사, p. 152.
10 박민정, 「나의 사촌 리사」, 『소설 보다─겨울 2018』, 문학과지성사, p. 32.
11 임현, 「고두」, 『그 개와 같은 말』, 현대문학, 2017, p. 33.

작가가 자신의 글쓰기에 대해 반성한다는 의미에서 저 문장들은 분명히 '자기 지시적'이지만, 이때의 자기 지시성은 포스트모던한 글쓰기의 유희라고 하기에는 확연히 '윤리적'이다. 타인의 고통에 내가 연루되어 있었다는, 그리고 타인의 고통을 글로 쓰는 일이 결국엔 불가능하거나 자기 위안에 불과하다는 사실 앞에서의 자기 성찰적 윤리, 실로 너무 착해서 안쓰러울 지경인 저 화자들의 태도를 간단히 요약하자면 "내가 뭘 잘못하지 않았는데?"[12](임현의 이 문장은 쉽게 잊히지 않는다)쯤 될 듯싶다. 이들 외에도 최근의 이기호, 윤성희, 김애란, 황정은, 그리고 손보미, 백수린, 김금희 등의 작품들이 모두 얼마간 결을 달리함에도 불구하고 일종의 자기 윤리를 모색하느라 여념이 없어 보인다는 점에서는 유사하다. 바야흐로 자기반성의 시대다.

5. 나 자신이 다 거짓말 같은데

　그중에서도, 한때 포스트모더니스트라 불러도 별다른 이견을 달기 힘들었던 이기호의 변화는 의미심장하다. 이즈음 한국문학장의 우점종 자리를 점하고 있는 '자기 윤리'가 돌연변이라기보다는 직전 시기의 '타자 윤리'에 대한 지양이자 형질 변화라는 점을 그는 알고 있는 듯하다.

　내겐 환대,라는 단어도 마찬가지였다. 나는 어느 책을 읽다가

12　임현,「외」, 같은 책, p. 220.

'절대적 환대'라는 구절에서 멈춰 섰는데, 머리로는 그 말이 충분히 이해되었지만, 마음 저편에선 정말 그게 가능한가, 가능한 일을 말하는가, 계속 묻고 또 묻지 않을 수가 없었다. 신원을 묻지 않고, 보답을 요구하지 않고, 복수를 생각하지 않는 환대라는 것이 정말 가능한가, 정말 죄는 미워하되 사람은 미워하지 않는 일이 가능한 것인가, 그렇다면 죄와 사람은 어떻게 분리될 수 있는가, 우리의 내면은 늘 불안과 절망과 갈등 같은 것들이 함께 모여 있는 법인데, 자기 자신조차 낯설게 다가올 때가 많은데, 어떻게 그 상태에서 타인을 이해하고 받아들일 수가 있는가…… 나는 그게 잘 이해가 되질 않았다. 나 자신이 다 거짓말 같은데……[13]

작가가 '절대적 환대'란 구절을 발견했다는 그 "어느 책"은 아마도 데리다의 『환대에 대하여』였으리라. 그 시기에 나도 그 책을 읽었고 절대적 환대의 윤리에 대해 자주 쓰곤 했다. 나뿐만 아니라 2000년대 후반 한국의 문학장은 레비나스와 데리다와 라캉과 지젝을 환대하느라 여념이 없었다. '타자의 절대적 외부성' '무조건적 환대' 같은 정언명령들이 실은 과도하고 추상적이어서 현실적으로는 실현 불가능한 윤리적 알리바이에 불과하다는 비판들도 적지 않았으나, 어쨌든 오늘날의 '자기 윤리' 이전에 '타자 윤리'가 있었다는 점은 사실에 부합한다.

물론 그사이 '문학의 윤리'가 아닌 '문학과 정치' 논쟁이 없었

---

13 이기호, 「한정희와 나」, 『누구에게나 친절한 교회 오빠 강민호』, 문학동네, 2018, pp. 265~66.

던 것은 아니다. 그러나 이 논쟁은 주로 랑시에르라는 프랑스 이론가를 둘러싸고 전개되었고, 나로서는 랑시에르를 정치철학자인지 윤리학자인지 구별하기 힘들다고 보는 편이다. 왜냐하면 이른바 '치안'에 맞서 '몫이 없는 자들'의 '소리'를 '목소리(음성)'로 만드는 일이 '정치'라고 말할 때, 나는 거기서 타자성에 대한 그의 윤리적 고려를 읽지 않을 도리가 없기 때문이다. 랑시에르와 함께 많이 읽혔던 알랭 바디우의 '사건의 철학'에 대해서도 나는 비슷한 생각을 가지고 있다. 혹자는 바디우가 타자성이나 차이보다는 진리의 보편성을 강조한 철학자라고 항변하기도 하지만, 그의 논리 체계에서 어떤 진리가 산출되는 공정의 시작에는 항상 '사건'이 있다. 그리고 사건은 상식이나 의견 너머, 말하자면 절대적 외부에서 '도래한다'.[14] 그것에 대한 충실성이 윤리적 주체를 낳고 진리의 보편성을 낳는다. 그렇다면 그 '사건'이 '타자'가 아니고 무엇인지 나로서는 이해하기 힘들다.

요컨대 저 구절들을 통해 이기호가 우리에게 암시하는 것은, 이즈음의 '자기 윤리'가 직전 시기의 '타자 윤리'의 지양이자 논리적 귀결[15]이라는 점이다. 따지고 보면 '탈정체화'(랑시에르)하

---

14 이즈음 나는 이 단어를 많이 싫어하게 되었다. '도래하는' '이미 도래한' '임박한' 같은 말들은 최근 정치신학과 윤리학의 광범위한 수용과 더불어 일종의 유행어가 되어버렸다. 저 말들은 구원이나 해방의 불가능성을 이론적으로 유예하거나 이미 이루어진 무엇으로 상정함으로써 정치의 소멸이 가져다준 절망과 실의를 보상해준다.

15 논리적 귀결일 뿐만 아니라 정치적 귀결이기도 했으리라는 점은 부연해둔다. 한국문학이 촛불 시위와, 용산 참사와, 세월호 참사를 겪으면서 어떤 방식으로 '자기 윤리' 쪽으로 선회하게 되었는가에 대해서는 따로 논의가 필요해 보인다.

는 자기반성적 윤리 없이 타자를 절대적으로 환대하기는 불가능하다. 왜냐하면 "자아임(자아로 존재함, être moi)은 자기에게 결부되어 있음을 함축하며, 자기를 처치해 버리는 일이 불가능하다는 점을 내포"하기 때문이다. "자기와의 결부, 그것은 자기 자신을 처치할 수 없다는 불가능성이다."[16] 모든 생명 있는 것들과 마찬가지로 (아니 그보다 더) 인간은 자기보존 본능의 노예다. 그럴 때 절대적 외부에서 들이닥치는 타자(사건, 이방인, 몫이 없는 자)를 환대하는 일은 바로 그 '자기임'을 유지하지 못할 수도 있는 일에 내기를 거는 행위이다. 혹자는 이즈음의 한국 소설이 고통을 과장함으로써 타인의 고통에 대해 알리바이를 고안한다고 비판하기도 하지만, 실은 타자 윤리는 그런 식으로 자기 윤리를 동반한다. 타자를 환대할 수 없음의 고통이 자기 윤리의 기반이다.

어쨌거나 나는 지금 타자 윤리가 인구에 회자되던 2000년대 중후반 즈음에도, '이미' 포스트모더니즘은 없었다는 점에 대해 말하고 있다.

6. 예서는 멘탈이 약한 아이입니다

이기호, 박형서, 김중혁, 김경욱, 서준환, 김연수 같은 작가들이 가장 포스트모던했던 시절은 1990년대 후반 혹은 2000년대 초반이다. 그렇다면 이런 말도 가능하겠다. 2000년대 초반 이후

16 에마뉘엘 레비나스, 『존재에서 존재자로』, 서동욱 옮김, 민음사, 2003, p. 148.

한국의 포스트모더니즘은 '윤리'에 자리를 내주었다.

이렇게 말하자니 몇 가지 의문이 이어진다. 그렇다면 포스트모더니즘과 윤리는 양립 불가능한 것인가? 포스트모더니즘의 귀결은 윤리인가? 윤리는 포스트모더니즘의 극복이자 대안인가? 도대체 포스트모더니즘의 어떤 특성이 결국엔 윤리를 요청하는가? 윤리는 어떤 경우에 문화적 우세종으로 등장하는가? 포스트모더니즘과 관련해 중요한 발언들을 남긴 논자들은 그것이 등장하게 된 배경을 이렇게 설명한다.

나는 이미 만델이 후기산업주의에 대하여 가한 언급에는 후기-다국적-소비자본주의가 마르크스의 위대한 19세기적 분석과 위배되는 것이 아니라 오히려 그것이 여태껏 출현한 자본의 가장 순수한 형태를 형성하고 자본이 아직 상품화되지 않은 지역에까지 엄청난 확장을 했음을 보여준다는 가정이 내포되어 있다고 지적하였다. 우리 시대의 보다 순수한 자본주의는 그리하여 전 자본주의 조직 가운데서 지금까지 그 존재를 묵인해 주고 조공을 받는 식으로만 착취해 왔던 고립지역들을 없애 버린다. 이런 맥락에서 자연과 무의식에 대하여 역사적으로 새롭고 독창적인 침투와 식민지화가 일어난다고 말하고 싶어진다.[17]

도덕적, 미학적, 정치적 가치들, 심지어 이데올로기 자체가(예를 들어 파시즘과 공산주의) 교환 가능한 것으로 나타나는 상황

---

17 프레드릭 제임슨, 같은 글, p. 179.

에서, 가치들의 보편타당성과 일반화 가능성은 근본적으로 의문시되기에 이른다. 이제 논란의 여지 없이 합의할 만한 기독교적, 자유주의적, 사회주의적, 민족주의적 가치 규정은 없다.[18]

이처럼 제임슨과 지마가 공유하고 있는 포스트모더니즘의 등장 배경에는 현대 자본주의의 단절적 변화가 놓여 있다. 만델의 '산업자본주의/독점자본주의/후기자본주의' 도식이 제임슨에게서는 '리얼리즘/모더니즘/포스트모더니즘'에 대응한다면, 지마에게서는 '애매성/양가성/무차별성'에 대응한다. 요컨대 가장 순수한 자본주의인 다국적 자본주의에 이르면 모든 가치들이 무차별적으로 교환 가능해지는바, 그 문화적 산물이 바로 포스트모더니즘이라는 것이다. 포스트모더니즘이 주로 미국적 현상이었다는 점, 그리고 레슬리 피들러 같은 포스트모더니즘 이데올로그가 주창한 것이 '모든 경계를 넘어서, 간극을 메우며'였다는 점을 상기한다면 이들의 지적은 일견 정확해 보인다.

다만 아쉬운 점은 각각 마르크스주의자이자 비판이론가인 두 사람 모두 자본주의의 단계적 발전이라는 거대서사를 포기하지 않음으로써 쉽사리 '헤겔주의적'이라는 비판을 받을 여지를 남겨둔다는 점이다. 이런 식의 단계론에는 '점점 더 극악해져가는 자본주의'라는 묵시론적이고 목적론적인 서사가 암암리에 개입하게 마련이고, 그럴 때 이 묵시록적 목적론에 따라 '바로 지금' 자본주의 체제에서 일어나는 구체적인 통치성의 변화를 분석하

---

18 페터 V. 지마, 같은 책, p. 49.

는 일에는 소홀해질 수밖에 없게 된다. 가령 지마의 책에는 '가치
들의 무차별적 교환가능성'이 포스트모던 시대의 특징이라는 지
적은 있지만, 그와 같은 사태가 어떤 방식으로 일어났는지에 대
한 분석은 보이질 않는다.

만약 그들이 읽었다면 틀림없이 '가치의 무차별화'와 '더욱 순
수해진 자본주의'의 가장 적절한 묘사로 인용했을 법한 구절, 그
러나 마르크스주의 특유의 자본주의 단계론에 침윤되지 않은 구
절은 (느닷없지만) 콜레주드프랑스에서 1978~79년간에 행한
푸코의 강연록에서 발견된다.

훌륭한 유전적 장비는 당연히 희소한 어떤 것이 될 것이고, 또
그것이 희소한 어떤 것이기 때문에 그것은 경제적 유통 또는 계
산, 요컨대 양자택일적 선택 내에 전적으로 (들어가게) 되며, 또
그렇게 되는 것은 완전히 정상적인 일이라는 것입니다. 명확하게
말하자면, 이것이 의미하는 바는 제 유전적 장비가 제게 속해 있
기 때문에 만일 그 유전적 장비가 제 것만큼 좋거나 또는 가능한
한 가장 훌륭한 자손을 갖기를 원한다면 저는 좋은 유전학적 장
비를 갖춘 어떤 사람과 결혼을 해야만 합니다. 그리고 여기에서
어떻게 개인들의 생산메커니즘, 자녀들의 생산메커니즘이 좋은
유전적 장비의 희소성이라는 이 문제로부터 출발해서 모든 경제
적이고 사회적인 문제계를 찾아낼 수 있는지를 아주 잘 볼 수 있
습니다.[19]

부모가 자녀에게 할애하는 단순한 양육의 시간, 단순한 애정의 시간은 인적자본을 구성할 수 있는 투자로서 분석될 수 있어야만 한다는 것입니다. 같이 지낸 시간, 주어진 보살핌, 부모의 문화 수준, 자녀에 대한 부모의 문화적 자극 등 이 모든 것들이 인적자본을 형성할 수 있는 요소들을 구성하게 된다는 것이죠. 가령 동일한 시간 동안 교양 있는 부모는 그 정도의 교양 수준을 갖지 못한 경우보다 자녀에게 훨씬 더 높은 인적자본을 형성시키게 될 것임을 우리는 잘 알고 있습니다.[20]

유전적 장비(신체적 특징과 능력)마저 등가교환의 대상이 되는 세계, 교육과 문화와 양육이 모두 '인적 자본'(인간이 아니라)에 대한 '투자'로 환원되는 세계, 그러나 푸코는 지금 어떤 SF소설 텍스트를 분석하고 있는 것이 아니다. 그는 지금 게리 베커로 대변되는 미국산 신자유주의자들의 '인적 자본론'에 대해 설명하고 있다. 게다가 그는 이와 같은 분석을 '신자유주의 통치성'이라는 새로운 개념틀 아래에서 수행하고 있다. 1970년대 미국의 자본주의를 지금의 무정부적 자본주의 상태로 구상해낸 신자유주의의 통치성이야말로 모든 가치를 무차별적으로 등가교환 가능하게 하는 '후기자본주의' 혹은 '순수한 자본주의'의 다른 말임을 푸코는 전혀 목적론적이거나 단계론적이지 않은 방식으로 해

19 미셸 푸코, 『생명관리정치의 탄생』, 오트르망 옮김, 난장, 2012, p. 323.
20 미셸 푸코, 같은 책, p. 326.

석해낸다.

　이른바 포스트모더니즘의 프랑스적 분파 중 한 사람으로 취급되곤 했던 푸코에게서 포스트모더니즘의 등장 배경에 대한 가장 정치한 분석이 준비되었다는 사실은 아이러니하다. 그러나 그보다 더 아이러니한 것은, 푸코야말로 신자유주의 통치술에 따라 모든 가치가 무차별적으로 교환 가능해진 사회(포스트모던한 사회)에서는 필연적으로 '윤리'가 일종의 대항 통치술로 등장할 수밖에 없음을 선구적으로 보여주었다는 점이다. 죽기 직전인 1980년대의 푸코는 통치성에 대한 연구에서 '자기의 테크놀로지'에 대한 연구 쪽으로 방향을 튼다. 이해할 만한 일이다. 그가 『안전, 영토, 인구』에서 설파한 것처럼 '안전메커니즘'에 따라, '세월호 특별법을 제정하라' '4대강 사업을 전면 폐지하라'라고 아무리 외쳐도 그 구호들이 결국엔 '우리들을 보다 안전하게 잘 통치하라'라는 말로 번역되고 마는 시대에 (통치 밖의 집단적 주체를 상정하기 마련인) 고전적 의미의 '정치'는 불가능하기 때문이다. 통치성 바깥은 없다. 푸코가 말년에 결국 고대로 회귀해 그로부터 자기 통치로서의 '윤리'의 단초를 얻으려 했던 것은 그런 이유가 커 보인다.

　요컨대 푸코의 사례에서 보듯, 윤리는 (랑시에르적 의미에서의) 정치가 사라진 곳에서 등장한다. 그리고 정치는 신자유주의적 통치술이 포스트모더니티를 완성한 곳에서 사라진다. 포스트모던한 사회에서는 (어쩔 수 없이) 윤리가 정치를 대신한다.

7. 동시대성이란

한국 정부가 교육부를 '교육인적자원부'로 고쳐 부른 것은 2001년의 일이다. 그리고 1997년 IMF 직후부터 한국 정부는 과도하게, 그리고 자발적으로, 신자유주의적 경제개혁을 주도[21]한다. 포스트모더니즘이란 용어가 뭔가 촌스럽고 내포 없는 말이 되면서 사라져가고, 그 빈 우점종의 자리를 '윤리'가 차지할 채비를 하게 된 시점도 아마 그즈음이었을 것이다. 정치는 사라졌고 사람이 자원이 되어가는 시대, 모든 가치가 무차별적으로 교환 가능해진 시대, 윤리야말로 '동시대적'인 어떤 것이 된다. 조르조 아감벤은 '동시대성'에 대해 이렇게 말한다.

> 참으로 자신의 시대에 속하는 자, 참으로 동시대인이란 자신의 시대와 완벽히 어울리지 않는 자, 자기 시대의 요구에 순응하지 않는 자, 그래서 이런 뜻에서 비시대적인/비현실적인 자이다. 그러나 바로 이런 까닭에, 바로 이 간극과 시대착오 때문에 동시대인은 다른 이들보다 더 그의 시대를 지각하고 포착할 수 있다.[22]

그렇다면 이미 포스트모던하게 되어버린 사회에서 포스트모더니즘은 더 이상 동시대적일 수 없다. 포스트모던한 세계 안에

---

[21] 이에 대해서는 지주형, 『한국 신자유주의의 기원과 형성』, 책세상, 2011, 6장 참조.

[22] 조르조 아감벤, 『장치란 무엇인가?―장치학을 위한 서론』, 양창렬 옮김, 난장, 2010, p. 71.

서 이 세계는 포스트모던하다고 말하는 것에 어떤 의미가 있겠는가. 그것은 마치 모래로 가득한 사막에서 모래 한 움큼을 쥐어들고 이것은 모래라고 말하는 것과 크게 다르지 않다. 그러나 그 모래사막 바깥은 없다는 사실 또한 기정사실이 되었다면, 동시대인은 무엇을 말해야 했을까? 한 알의 동일한 모래로 화하지 않고 사막을 견뎌내는 법, 그처럼 가혹한 모래사막에서도 뭔가 교환 불가능한 가치 같은 것을 지켜내는 법, 그것이 아마도 '윤리'였으리라.

그러니 이제 한국의 포스트모더니즘에 대해서라면 이렇게 말해도 좋을 듯하다. 그것은 '잠깐' 있었다. 현실이 포스트모던해질 때까지. 그리고 대타자의 돌연한 자연사 앞에서 얼마간 당황하고 애도하고 그럼으로써 실은 그 대타자의 부재에 열광할 수 있었던 시기 동안만.

마스크 쓴 사회[1]

—'코로나19' 시대에 대한 메모들

걱정스러운 것은 현재뿐만 아니라 그 이후의 일이다.

—조르조 아감벤

1. 자발적 예외상태

실현된 예언이라도 되는 양, 조르조 아감벤의 '예외상태'란 말
을 자주 곱씹어보게 되는 이즈음이다. 팬데믹 시대, 세계 전체
가 예외적인 상태에 처해 있음은 분명해 보인다. 아감벤의 정의
에 따를 때, 정상 시에는 법률보다 그 강제성에서 우선할 수 없는
'행정명령'이 개인의 신체를 격리·구금하거나 이동을 제한하고,
(평소에는 법률 바깥의 사생활에 속하는) 감염 의심자의 며칠간

---

[1] 이 글은 코로나19 상황이 급속히 진행되기 시작하던 2020년에 쓴 글이다. 따라
서 현재 시점에서 보면 얼마간의 정보상 오류와 사실 관계의 불일치가 있을 수
있다.

동선을 샅샅이 조사·재구성하고, 단순히 의학적 '권고'를 무시하는 행위만으로도 법적이거나 도덕적인 '감시와 처벌'의 대상이던 사태는 확실히 예외적이었다. 이 초법적인 '법률-의-힘'은 심지어 국가권력에만 속하는 것이 아니라, '안전메커니즘'의 원리에 따라 시민들이 자발적으로 요구한 아노미(사회가 혼란스러워졌다는 의미가 아니라 정상 시의 법이 효력 정지되었다는 의미에서) 상태의 결과이기도 하다. '정부는 안이하다, 우리를 더 안전하게(현행법을 무시하고서라도) 통치해달라!'

2. 독감 아님

자신의 이론이 현실에서 증명되는 일에 자긍심을 느끼는 것은 이론가로서는 당연한 일이다. 그래서였을까? 아감벤은 재빠르게도(득의양양하게) 이탈리아에서 아직 코로나19 감염이 대유행 상태로 진행하기 전인 2020년 2월 26일, "이탈리아에 SARS-CoV2 유행은 없다" "감염자의 80~90% 사례에서 독감 이상의 증상은 나타나지 않는다"라는 '이탈리아 국가연구위원회 (NRC)'의 공식 견해를 인용하면서, 다음과 같은 질문이 포함된 글 한 편[2]을 온라인상("*Position*")에 올린다. "이것이 실제 상황이

---

2 http://positionswebsite.org/giorgio-agamben-the-state-of-exception-provoked-
   by-an-unmotivated-emergency/?fbclid=IwAR25scqFN7BFEHyQF2k6GjeTQoje
   1C8k-z7Y6fXYQMr694sTQFNYEdfY3mM 참조. 이 글의 제목은 "동기 없는 비
   상사태에 의해 촉발된 예외상태"("*The state of exception provoked by an unmotivated
   emergency*")이다.

라면, 언론과 당국이 공황의 분위기를 조성하기 위해 최선을 다하는 이유는 무엇일까?"총 여덟 항목에 이르는 예외상태하 자유의 제한 조치(이동의 금지, 모든 공적 행사 금지, 교육 서비스 중지, 개인에 대한 검역과 감시 등등)를 나열한 후, 그가 이 질문에 대해 내린 대답은 이렇다. "테러가 예외적인 조치에 대한 정당화 기능을 소진하게 되면 전염병의 발명이 그러한 조치를 제한 없이 확장하는 데 이상적인 구실을 제공할 수 있다." "정부에 의해 부과된 자유의 한계는 안전에 대한 요청의 이름으로 받아들여지"지만, 그것은 실상 테러의 위협을 대신한 예외상태의 근거(실은 무근거)로서 '발명'된 것이다. 푸코가 말한 생명권력 개념과 달리[3] 주권권력이 고대로부터 지금까지 항상 '벌거벗은 생명'들의 비식별역을 창출함으로써 법의 영역을 재창출해왔음을 강조해온("주권권력은 항상 벌거벗은 생명을 정치의 대상으로 삼는다") 아감벤은 이 시기 국가가 전염병의 위험을 '발명'함으로써 초법적인 법률의 행사를 수행하고 있다고 주장한다. 그래서 득의양양했고, 그러다 보니 그는 코로나19 바이러스가 이후 이탈리아에서 어떤 상황을 불러일으킬지 세심하게 고려하지 못했고, 결국 이 바이러스와 독감과의 차이를 경미한 것이라고 말하는(그것은 바로 그가 그토록 경멸해 마지않는 국가의 판단이기

---

3 푸코는 콜레주드프랑스 강연에서 주권-국가권력과 생명권력 간에는 역사적이고 기술적인 단절이 있음을 시사한다. 이에 대해서는 『사회를 보호해야 한다』(박정자 옮김, 동문선, 1997), 『안전, 영토, 인구』(오트르망 옮김, 난장, 2011), 『생명관리정치의 탄생』(오트르망 옮김, 난장, 2012) 참조. 푸코의 '생명정치' 개념과 그것에 연동된 '통치성' 개념은 1976~79년 사이에 행한 강연록을 묶은 이 세 권의 책에서 주로 논의된다.

도 했다) 실수를 저지르고 만다.

3. 바이러스성 예외

아마도 아감벤은 예상하지 못했을 텐데, 그의 글이 발표된 바로 다음 날, 세계적으로 그만큼 영향력이 있는 철학자 장-뤽 낭시의 정중한 반박문[4]이 역시 온라인상("*ANTINOMIE*")에 게재된다. 그의 글은 대체로 이렇게 요약된다. 오랜 친구인 조르조는 정부가 고작 독감 정도에 불과한 전염병을 구실로 국가 전체를 예외상태로 몰아간다고 주장한다. 그러나 백신이 있는 독감과 백신이 없는 코로나19 바이러스 감염증은 마땅히 구분되어야 하며, 게다가 지금처럼 "모든 종류의 (생물학적이고) 기술적인 상호 연결"의 강도가 증가하고 있는 전 지구적 상황, 그리고 증가하는 노령 인구와 일반적으로 항상적인 위험에 처해 있는 인구들까지 고려할 때, 우리 시대는 (컴퓨터, 문화, 생물학적 조건 등을 포함한) '바이러스성 예외'가 상례가 된 상태이다. 그럴 때 친구 조르조가 주장하는 것과 달리 국가와 정부는 이 항상적인 예외상태의 "슬픈 이행자"일 뿐이고, 단순히 그런 정부를 공격하는 것은 "정치적 성찰보다 기분전환"에 가깝다…… 말하자면 낭시는 이미 총체적으로 연결된 채 '바이러스성 예외상태'에 처해 있는 세계에서 코로나19 바이러스가 얼마나 위험하게 전체 문명의

---

4 https://antinomie.it/index.php/2020/02/27/eccezione-virale/ 참조. 글의 제목은 "바이러스성 예외(*Eccezione virale*)"다.

위기와 연관될 수 있는지를 강조한다. 게다가 그런 예외상태는 아감벤이 생각하는 바와는 달리 하나의 정부 단위에서 기획될 수 있는 수준을 넘어섰다고 주장한다. 짧은 글이지만 그의 반박은 '예외상태' 개념을 둘러싼 핵심적인 논점들에 대한 생산적 논쟁을 가능하게 할 만큼의 통찰력을 보여준다. 전 지구적 예외상태와 국가권력의 문제, 즉 예외상태는 국가권력의 기획인가 국가 단위를 넘어선 문명 전체의 위기인가?

4. 내 인공심장

생산적인 반박이었으니 낭시는 그쯤에서 그 짧고 효율적인 글을 마무리했어야 했다. 그러나 그도 실수를 범하는데, 그것은 논리학에서 흔히 말하는 '감정에 호소하기'의 오류였다. 그는 글의 나머지를 이렇게 마무리한다. "약 30년 전에 의사는 내가 심장을 이식해야 한다는 결정을 내렸다. 조르조는 내게 그 말을 듣지 말라고 조언한 극소수 중 한 사람이었다. 내가 그의 조언을 따랐다면 아마 곧 죽었을 것이다. 우리는 틀릴 수 있다." 생물학적·의학적 판단을 '생명권력'(의학의 전문화와 산업화는 이 권력 메커니즘에서 결정적인 역할을 한다)의 일이라고 무시했더라면 나는 죽었을 것이라는 말인데, 알다시피 푸코적 의미에서(아감벤적인 의미에서도) 생명권력은 '개인의 신체'를 관리하는 규율권력과는 다르다. 생명권력은 생물학적 수준으로 환원된 인류, 곧 '인구 단위'에 작용한다. 아감벤식으로 말하자면 '벌거벗은 생명'에 작용한다. 물론 통계치와 효율성과 비용을 고려한 권력의 테크놀로지를 통해서 그렇게 한다. 그럴 때 낭시의 저와 같은 발언은 사실상 논점에서 벗어나 있는데, 생명권력은 한 개인의 삶과 죽음에는 그다지 관심이 없고, 또 한 개인의 죽음을 통해 실수하거나 반성하지 않기 때문이다. 개별적인 죽음은 통계상 있을 수 있는 일이고 어쩔 수 없는 일이다. 생명권력(의학권력)은 그에게 확률에 따라 인공심장 이식을 권했고, 아감벤은 반대했으나 그는 수락했다. 그래서 그는 살았고 그의 생환은 통계와 확률에 다시 숫자로서 기입되었을 것이다. 따라서 그 에피소드는 특별히 생명권력에 대한 비판이나 수긍과 무관한 사례다.

5. 창궐 이후

그러나 독자들은 달리 느꼈을 텐데, 대체로 우리는 생명이란 (특히 친구의 생명!) 고귀한 것이어서 반드시 유지되거나 연장되어야 한다는 통념 속에서(이것은 아마도 살아 있는 모든 것들에게 선험적으로 주어진 어떤 '지속하고자 하는 경향'에서 비롯되었을 것이다. 그럼에도 그런 통념이 지배하지 않는 시대들은 있었으리라) 저 문장들을 읽었을 것이기 때문이다. 이론적 엄밀함과 무관하게 이제 아감벤은 비난받는 처지에 놓인다. 게다가 이후로 이탈리아에는 국가연구위원회의 발표와 달리 코로나19 바이러스 감염증이 창궐했다. 아감벤의 글 제목과 달리 예외상태에는 '동기'가 있었던 것이다. 그런 상황에서(그러니까 이탈리아에서 살아가는 인구가 총체적으로 다소 과장된 생명의 위협을 느끼게 된 상황에서) 이 예외상태는 국가의 기획이니 속지 말라는 아감벤의 주장이 받아들여지기는 불가능했으리라. 우리 모두 죽지 않는 것이 가장 큰 목표인(그러나 결국 그 목표를 이루지는 못하게 될) 생명체들이니까……

6. 분해되는 공권력

낭시가 아감벤의 주장을 반박하는 글을 게재한 날, 그 글을 읽은 로베르토 에스포지토 역시 동일한 논제와 관련된 글[5]을 온라인상("*ANTINOMIE*")에 게재한다. 요점은 이렇다. 우선 그는 최근의 세계 상황이 아감벤이 주장하듯 "생명정치의 완전한 전개"로 특징지어진다는 점을 인정한다. 그 근거는 "출생과 사망과 같은 자연적 영역에 대한 생명 공학의 개입, 생물학적 테러, 이민 관리 및 다소 심각한 전염병에 이르기까지, 현재의 모든 정치적 갈등이 정치와 생물학적 삶의 관계를 중심으로" 전개되고 있기 때문이다. 나아가 그는 아감벤의 주권적 예외상태 담론도 얼마간 인정하는데 그가 보기에 "확실히 법적인 관점에서 볼 때 긴급한 법령이 필요하지 않은 경우에도 오랫동안 적용되어 왔"음을 관찰할 수 있기 때문이다. 그러나 아감벤에 대한 에스포지토

---

5 https://antinomie.it/index.php/2020/02/28/curati-a-oltranza 참조. 이탈리아어로 쓰인 이 글의 제목은 모호하나마 "과장되게 다루어지다(Curati a oltranza)" 정도로 의역할 수 있을 듯하다. 왜냐하면 이 글에서 에스포지토는 아감벤의 주장에 일견 동의하면서도 이데올로기적 의도와 무관한 의학적 치료 또한 존재한다는 사실을 강조하고 있기 때문이다. 그런 의미에서 아감벤은 생명권력의 일면만을 과장한 셈이다. 이탈리아어 'oltranza'는 축자적으로 '쓰라린 끝'이란 의미지만 흔히 쓰라린 끝에 대한 회고나 예감이 그렇듯 '과장되다'라는 의미도 가지고 있다.

의 동의는 여기까지다. 그는 그렇다고 해서 작금의 전염병에 의한 예외상태를 "민주주의의 위험"으로 보는 것에는 반대한다. 그는 최근 상황과 장기적 변화과정을 분리해서 사고해야 한다고 말하면서 지난 "3세기 동안 정치와 의학은 두 가지 모두를 변화시키는 상호 영향에 관련되었다"고 주장한다. 즉 "시민의 치료에 전념"하면서 이데올로기적 제약을 해소해온 흐름과 "사회 통제업무"를 자임한 "의학의 정치화" 과정을 다 같이 고려해야 한다는 것이다. 그러고는 역시나 낭시와 아감벤 사이의 쟁점에 대한 언급으로 글을 마무리한다. 그가 보기에 작금의 생명정치적 상황은 "극적인 전체주의적 압박보다 공공 권력의 분해 특성이 더 많"다. 말하자면 예외상태는 아감벤이 주장하듯 국가권력의 전체주의화로 흐르기보다는 공공 영역을 정부가 더 이상 통제하지 못하게 되는 방향으로 흐를 가능성이 크다는 것이다. 결국 논점은 다시 예외상태와 국가(주권)권력의 문제로 돌아온 셈이다.

7. 수용소 모델

이 글에서 어떤 결론을 내릴 수는 없겠으나, 아감벤의 예외상태 이론이 국가 범주에 지나치게 집착한다는 비판은 에스포지토의 저와 같은 발언 이전에도 이미 있었다. 가령 토마스 렘케는 이렇게 말한다.

자연적인 것이 점점 더 정치화된다는 아감벤의 주장에는 어느 정도 타당한 측면이 존재한다. 왜냐하면 생명공학과 의학의 혁신 덕분에 오늘날 생명 과정의 시작·지속·종료가 정책 결정 과정에 보다 쉽게 영향받기 때문이다. 그럼에도 불구하고 나치 인종 정치에 대한 아감벤의 강조는 현재 상황에 대한 왜곡된 시각으로 귀결된다. 아감벤은 생명정치가 정부 규제의 영역일 뿐만 아니라 '자율적인' 주체의 영역이기도 하다는 사실을 명확히 인식하지 못한다. 합리적 환자, 기업가적 개인, 책임감 있는 부모로서 자율적인 주체는 생명공학적 옵션을 요구한다(또한 요구해야 한다). 여전히 국가는 '인민의 신체'와 건강에 관심을 갖고 있지만, 누가 살 만한 가치가 있는지에 관한 결정에는 점점 더 관여하지 않는다. 이러한 결정은 갈수록 더 개인에게 넘어가고 있다. '삶의 질'에 관한 결정은 개인의 효용과 선호, 적절한 자원 할당과 관련된 문제가 된다. 오늘날 근본적인 위험은 신체나 장기가 국가 통제에 종속될 것이라는 사실이 아니다. 정반대로 위험한 것은 국가가 '탈규제'라는 명분으로 한때 자신이 책임지던 사회적 영역에서 철수하고 있는 현실이다. 국가는 생명의 가치에 관한 결정 및 생명의 시작과 끝에 관한 결정을 윤리 위원회, 전문가 위원회, 시민 패널의 협의에 위임하고, 또한 과학적 영역과 상업적 이해관계에 넘겨 버린다.[6]

의료의 민영화, 의학적·생명공학적 지식의 전문화, 건강 담론의 이데올로기화, 안전에 대한 시민사회의 자발적 법령 제정 요구, 의학권력의 국가 정책 개입 등등 최근 일반화되고 있는 사회

---

6 토마스 렘케, 『생명정치란 무엇인가』, 심성보 옮김, 그린비, 2015, pp. 104~05.

적 흐름은 아감벤에 대한 렘케의 비판에 설득력을 더한다. 에스포지토가 지적한 것도 아마 저와 같은 상황이었을 텐데, 아감벤이 번번이 '주권적 예외상태'론을 고수하는 것은 그의 이론적 모델이 2차 세계대전 당시의 '수용소'란 사실과 무관하지 않아 보인다. 말하자면 그의 예외상태 이론은 좀 낡았다.

8. 코로나19 이후

얼마 지나지 않아 궁지에서 벗어나기라도 하겠다는 듯 아감벤이 다시 글[7]을 게재한다. 이제 이탈리아에서도 감염자가 급속도로 증가하던 시점(2020년 3월 17일)이다. 그는 아마도 전염병의 상황이 악화된 데다, 낭시와 에스포지토의 글을 읽었으므로 그에 대한 해명이 필요하다고 느꼈던 듯하다. 그러나 제목과 달리 이 글은 '해명'이라기보다는 '강조점의 이동'에 가깝다. 글은 이렇게 시작된다. "문제는 질병의 위험성에 대한 의견을 제시하는 것이 아니라 전염병의 윤리적, 정치적 결과에 대해 질문해보는 것이다. 국가를 마비시킨 공황의 물결이 명백히 보여주는 첫 번째 현상은 우리 사회가 더 이상 맨살을 믿지 않게 되었다는 것이다." 그러니까 코로나19 바이러스 감염증이 독감 이상의 '위험'은 아니라고 말하던 그가 이제 그 병의 위험성에 대해 말할 것

---

7 https://itself.blog/2020/03/17/giorgio-agamben-clarifications/?fbclid=IwAR079 vYMlEhnBZLvFx432kN08vMXuszn SfkuzlTlsa48Dx4EzF7WRLf3-yw 참조. 글의 제목은 "설명(해명, *Clarifications*)"이다.

이 아니라 그 병이 가져올 '윤리적·정치적 결과'에 대해 말하자고 제안한다. 그것을 논점 이탈의 오류라고 부르건 말건, 그가 제시하는 것이 향후 사회에 흔적으로 남게 될 "맨살에 대한 공포"란 점은 이해가 간다. 그러니까 이름을 달리하자면 '접촉 공포'인데(이것은 고도로 개인주의화되고 안전메커니즘에 완전히, 그것도 자발적으로 결박당한 사회에 대한 은유임에 틀림없다), 그가 보기에 코로나19 사태 이후 사회가 감수해야 할 가장 큰 위험은 우정도 애정도 신념도 최소 1미터의 간격 속에서만 나눌 수 있게 되는 사태라는 점이다.

9. 마스크 쓴 사회

그의 글 마지막 문단 첫 문장은 이렇다. "걱정스러운 것은 현재뿐만 아니라 그 이후의 일이다." 논점 이탈의 오류에 대한 혐의를 지울 수는 없다고 하나, 이 걱정은 (의료 선진국이라는) 한국인의 입장에서 판단할 때 충분히 타당해 보인다. 비슷한 시기 한국에서 바로 우리가 겪었던 사태이니까…… 예를 들어 우리는 이태원 클럽에 다녀온 후 확진 판정을 받은 환자에게 퍼부어지는 도덕적 비난과, 유흥업소 출입 시 반드시 신분을 기록하도록 하는 법령을 만들자는 여론과, 클럽에 출입한 사람들의 인적사항을 통신업체 기지국을 통해 확보했다는 보도들을 들은 적이 있다. 마스크를 쓰지 않은 사람들을 두고(그들이 잘했다는 말은 아니지만) 마치 공동체에 대한 배려심이 전혀 없는 몰지각한 사람으로 지목하는 목소리들도 많이 들었다. '자유를 제한하고 사생활을 침범하는 한이 있더라도 안전을 위해 우리를 보다 더 철저하게 관리하고 통치해달라'는 말로 간단히 요약될 수 있는 이런 현상들은 코로나19 사태 이후에 대한 아감벤의 우려를 정당한 것으로 여기게 만든다. 전염병이 물러간 이후 우리를 기다리고 있는 것은 비유적으로 말해 영원히 마스크를 쓴 사회일지도 모른다.

10. 이웃과 이방인

반드시 다가올 것만 같은 그런 사태에 대한 근거로 아감벤은 알레산드로 만초니(Alessandro Manzoni)의 소설을 거론한다. "알레산드로 만초니의 소설에서 묘사된 전염병에서와 같이 다른 인간들은 이제 전적으로 모든 비용을 피하고 최소한 그로부터 1미터 거리를 유지해야 하는 전염병의 가능한 확산자로만 여겨진다. 죽은 자들(우리 죽은 자들)은 장례식에 대한 권리가 없으며, 사랑하는 사람의 몸에 어떤 일이 일어날지도 분명하지 않다." 이탈리아 문헌에 대한 해박함을 자주(어떤 경우 필요 이상으로) 과시하곤 하는 아감벤이 인용한 알레산드로 만초니의 소설은 틀림없이 『약혼자들』(1840)일 텐데, 페스트가 만연하게 되는 것은 이 소설의 후반부다. 길게 묘사된 페스트의 참상은 압도적이다. 증상에서 죽음까지 감염에서 주검들의 처리 과정까지, 역사소설의 실증성을 가장 중요하게 여겼던 만초니답게 자료에 기반해 읽어내기 힘들 만큼 세심한 묘사를 이어간다. 고대부터 전염병이 돌 때마다 인간 군상들이 벌여온 어리석은 행태들에 대한 묘사도 압권인데, '그 병이 가져올 윤리적·정치적 결과'에 대해 강조할 때 아마도 아감벤은 이런 구절을 염두에 둔 듯하다.

> 불행히도 당시에는 관습적으로 준비된 원인이 있었는데, 밀라노뿐만 아니라 전 유럽이 마찬가지였다. 해로운 기술과 악마적인 효과와 전염성이 강한 독이나 마법을 통해 페스트를 확산시키는 사람들이 있다는 것이었다. 예전에 페스트가 발발했을 때에도 사람들은 그와 유사한 이유를 제기했고 또한 믿었으며, 특히 반세기 전에 페스트가 창궐했을 때에도 그러했다. 덧붙여 말하자면, 1년 전에 펠리페 4세가 서명한 공문서가 통치자에게 전달되었다. 마드리드에서 4명의 프랑스인들이 도망쳤는데, 유독하고 전염성이 강한 기름을 유포한다는 의심을 받아 추적당하고 있으며, 밀라노로 그들이 도망쳤는지 주의하라는 내용이었다.[8]

서술자가 사건시를 "당시에는"이라고 말하는 것은 이 소설이 다루고 있는 시대는 17세기이지만, 소설이 쓰이고 있는 시점은 1840년 즈음이기 때문이다. 그러나 코로나19 사태로 인해 발생하고 있는 현재의 사회적 분위기로 미루어보자면 저 "당시에는"이라는 말은 그다지 필요해 보이지 않는다. 똑같이 어리석은 일들이 당시에만 아니라 지금도 발생하고 있기 때문이다. 신천지 교회 사례를 보라. 그리고 확진자에 대한 일반화된 사회적 혐오를 보라. 유럽인들이 이방인을 병원체 취급하는 새로운 형태

---

8 알레산드로 만초니, 『약혼자들 2』, 김효정 옮김, 문학과지성사, 2004, p. 240.

의 인종주의를 보라. 무엇보다 어떤 이웃도 잠재적 전염병균으로 취급하게 만드는(비록 그것이 전염병 확산 방지에 기여했다고는 하지만) 그 많던 마스크들을 보라. 우리와 이방인의 경계가 완고하게 구획되고 이웃도 병원체로 돌변한다. 만인은 만인에 대해 병원체다.

11. 징벌과 한계상황

이어지는 소설의 전개는 예상할 수 있는 그대로다. 온갖 루머와 망상, 광적인 종교의식, 광란의 무도, 희생양 찾기, 이방인 살해 등등. 말하자면 극단적인 예외상태가 묘사된다. 그러나 이 예외상태는 아감벤이 주장하듯이 국가권력의 기획으로는 보이지 않는다. 포고령은 거의 매일 반포되지만 지켜지는 것은 하나도 없고, 무엇보다도 권력자가 먼저(최소한 평등하게 나란히) 죽는다. 국가(국가라고 해야 여러 공국들을 지칭하는 것에 불과하지만)는 전염병에 맞서 그 어떤 생명정치도 실행하지 못한다. 병이 물러가는 것은 의학의 힘에 의해서가 아니라 (성스러운) '비'의 힘에 의해서다. 물론 이유 없는 비는 아니다. 19세기 작가인 데다 합리적 신앙을 가진 만초니는 그에 대해 직접적으로 언급하지 않지만, 비는 당연히 (노아의 방주나 제우스의 단죄 때부터 이미) 신의 징벌이자 선물이다. 모든 종교에서 과도한 물은 정죄의 상징이니까. 그러다 보니 소설은 아감벤의 인용 의도와는 달리 맨살에 대한 공포(사회적 거리두기)에 대한 이야기가 아니라 '사회적 거리두기'를 포기한 성자들의 위대한 희생담이 된다. 가령 환자들이 격리된 옛 나병원에서 헌신적으로 봉사하다 그 자신도 페스트에 걸려 죽어간 크리스토포로 수사, 회개하여 전재민들을 온 힘을 다해 돌본 무명인, 그리고 전쟁과 전염병을 관통해 끝까지 타자에 대한 이해와 보살핌의 마음을 포기하지 않았던 성자 페데리고 추기경, 그런 이들이 이 작품의 진정한 주인공들이다. 말하자면 '사회적 거리를 두지 않기'의 모범적 사례가 만초니의 『약혼자들』이다. 그런 이유로 전염병과 관련해서라면 오히려 아감벤은 다른 텍스트를 거론하는 편이 나았을 듯하다. 많이들 그렇게 예상하겠지만, 알베르 카뮈의 『페스트』를 염두에 두고 한 말은 아니다. 아감벤이 그 책을 읽지 않았을 리 만무하고 또 말할 수 없이 훌륭한 작품이지만 『페스트』의 관심은 질병이나 생명정치에 있지 않기 때문이다. 페스트는 한계상황의 알레고리이고 리외와 그랑과 코타르와 타루와 파늘루는 그 한계상황을 각각의 방식으로 돌파하려는 '인간형'들이다. 생명정치가 완전히 관철되는 세계를 묘사하려는 작가는 철학적이거나 실존적이기 힘들다. 휴머니즘적이기는 더더욱 힘들다. 왜냐하면 생명권력의 작동 동력은 통계와 확률에서 나오고, 통계와 확률은 리외나 그랑처럼 개성 있는 인물들을 통치하는 것이 아니라 '인구'를 통치하기 때문이다. 그러나 카뮈는 위대한 휴머니스트였다.

12. '모델 1'

코로나19 사태를 수용소 모델에 따라 국가가 기획한 예외상태로 규정한 첫번째 글(2020. 2. 26)을 쓸 때의 아감벤이었다면 차라리 (그가 읽지 않았을 것임에 틀림없는, 왜냐하면 그는 아무리 생각해도 고문서 강박증자 같으므로) 다른 텍스트를 인용하는 편이 나았을 것이다. 이론은 설명하되 문학은 이론이 설명하려는 바를 생생하게 보여주므로, 여기 그 텍스트의 한 부분을 길게 인용해본다.

위원장 의견으로는 그 건물들 가운데 어느 것이 목적에 가장 합당할 것 같소. 막사가 보안에는 최고죠. 물론이지. 하지만 한 가지 결점이 있는데, 그것은 시설 규모로 볼 때 재소자들을 감시하는 것이 어렵기도 하고 비용도 많이 들 것이라는 점입니다. 그래, 그럴 것 같군. 슈퍼마켓을 이용하자면 여러 가지 법적 장애에 부딪힐 수도 있습니다, 따라서 법적인 문제를 고려하지 않을 수 없습니다. 그럼 산업박람회 건물은 어떻소. 그곳이야말로 고려 대상에서 제외해야 할 곳입니다, 장관님. 왜. 재계에서 좋아하지 않을 것이기 때문입니다, 박람회장 건설에는 막대한 돈이 투자되었습니다. 그럼 정신병원밖에 안 남는군. 네, 장관님, 정신병원만 남습니다. 그럼 정신병원으로 하도록 하지. 사실 그곳은 어느 모로 보나 최적의 시설이라고 할 수 있습니다. 바깥에 담이 있을 뿐 아니라, 두 개의 병동이 구분되어 있습니다, 따라서 눈이 먼 사람들을 한쪽 병동에 가두고, 보균자들은 다른 병동에 가두면 될 것입니다. 그리고 중앙 지역은, 말하자면 무인 지대로 삼아서, 보균자들 가운데 눈이 머는 사람은 이 지역을 통과해 이미 눈이 먼 사람들에게로 가게 하면 될 것입니다.[9]

두 대화자는 '보건부 장관'과(그는 국방부 장관과 자주 내왕한다) '보급 시설 지원 및 보안 위원회의 위원장'이다(예외적으로 급조되었음이 분명한 우스꽝스러운 직책이다). 사실상 행정부에 속한 두 사람이 시민들의 감금과 격리에 대해 논하는 사태 자체가 일단 예외적이다. 그들이 (갑자기 눈이 멀어버리는) 전염병에 걸렸거나 걸렸을 것으로 추정된 사람들을 관리하는 방식은 감금이다. 건물은 파놉티콘처럼 구획되어 있는데(푸코는 나환자들을 추방하던 고전시대와 달리 근대 권력은 페스트 환자들을 격자화된 건물에 분류·감금했단 사실을 중요하게 다룬 적이 있다), 감시의 효율성, 비용의 적절성, 정치적 공학, 법적 제한 등을 고려해 결정된다. 정문에는 언제든지 이탈자를 사살할 수 있는 권한을 부여받은 군대가 진주하고, 이제 수감자들이 들어온다. 그들에게는 이런 규칙이 (스피커를 통해) 부과된다. 눈먼 수용자들에게 주어진 이 규칙들은 아주 불쾌하게 읽히므로 길게 인용하기보다 요약하면 이렇다. 1) 전등은 항상 점등, 2) 허가 없는 이탈 금지, 3) 전화는 공적 요구 시에만 사용, 4) 의류는 자기 손으로 세탁, 5) 병실 대표 선임(명령이 아닌 권고), 6) 식량은 하루 세 번, 7) 남은 음식 소각, 8) 소각은 운동장에서, 9) 화재 피해는 재소자들 책임, 10) 소방대 투입 없음, 11) 무질서와 폭력도 재소자 소관…… 등등. 강조하자면 저 규칙들이 앞을 전혀 볼 수 없는 맹인들에게 주어졌다. 그랬으니 수용 인원을 초과한 저 정신

---

9   주제 사라마구, 『눈먼 자들의 도시』, 정영목 옮김, 해냄, 1998, p. 62.

병원 안에서 어떤 일들이 일어났을지를 상상해보자. 차마 읽을 수 없는 풍경이 그 안에서 일어나는데, 아마도 아감벤이라면 그들을 일러 '호모 사케르' 혹은 '벌거벗은 생명'이라 불렀을 것이다. 그리고 저 정신병원은 (수용소 모델에 따라) 이른바 법이 효력 정지됨으로써 오히려 법 특유의 힘을 확보하게 되는 '비식별역'(그가 자신의 모든 저서에서 찾아 헤매거나 기어이 찾아내고야 마는)이라 불렀을 것이고, 그 전체 메커니즘을 '주권적 예외상태에 기반한 생명정치'라 불렀을 것이다. 물론 종종 당대보다 고대(의 문헌)에 관심이 더 많아 보이는 아감벤이 이 소설을 읽었을 경우를 가정했을 때의 이야기다.

13. '모델 2'

아감벤의 생명정치 이론에 가장 적합해 보이고(푸코의 경우 규율권력과 주권권력과 생명권력의 착종 상태라 불렀겠지만), 사라마구가 우리 눈앞에 실현시킨 저 병동(수용소)을 편의상 '모델 1'이라고 불러보자. 그러나 에스포지토와 낭시, 그리고 강조점을 이동해 코로나19 사태 이후를 걱정하는 두번째 글을 쓸 때의 아감벤에게 저 모델은 적합해 보이지 않는다. 사실 우리가 지금 겪고 있는, 결코 생명정치의 일환이 아니라고 말할 수 없는 여러 상황들에도 저 모델은 어딘지 적합하지 않다. 우리들은 모두 쾌적하게 격리되어 있고(사라마구의 책에서는 마치 실제로 오물 냄새가 나는 듯하다), 자발적으로 감금되어 있으며(사라마구의 책에서 이탈자는 사살당한다), 전염병에 맞서 국가는 헌신적이고(헌신적이라고 해서 권력이 아닌 것은 아니다. 생명권력은 살릴 수 있을 만큼은 살리는 권력이니까), 통계는 정확하기 때문이다. 그러나 여기 다른 모델이 있다. 아감벤으로서는 결코 읽었을 리가 없고, 앞으로도 읽을 수 없게 될 것임에 틀림없는 그 텍스트는 한국 작가의 것이다.

물론 전염병은 일상의 세세한 부분에 변화를 가져왔다. 사람들은 가급적 약속을 잡지 않았고 피치 못해 만나더라도 악수와 명함을 주고받지 않았으며 마스크를 쓴 채 비즈니스 회의를 진행했고 최고의 인사를 나눴으며 조문을 드렸다. 누구나 양해할 만한 일이었다. 다른 사람의 물건을 만지지 않았고 부득이하게 공중시설을 이용할 때면 일회용 위생장갑을 착용했다. 감염자가 손을 댔을지도 모르는 버스와 지하철 손잡이를 만질 수 없어서 대중교통을 이용하지 않았다. 계단의 난간, 엘리베이터 버튼 같은 것은 손을 대지 않았다. 언제나 방진마스크를 착용했으며 사람이 많이 모인 자리에 가게 될 경우에는 정장을 갖춰입듯 방역복을 꺼내 입었다. 쓰레기로 가득 찬 거리를 걸어다니지 않았고 집앞에 방치된 쓰레기를 건드리지 않았다. 전염병이 사람들에게 미친 가장 큰 영향은 질병을 옮겨 사망에 이르게 한 것이 아니라 그것에 대한 두려움으로 다른 사람을 의심하게 한 것이었다. 자신을 제외한 사람들은 잠정적인 병균이었으며 집밖은 바이러스가 부유하는 더럽기 짝이 없는 공간이었다.

전염병이 대유행 단계에 들어섰다는 당국의 발표가 거리 여기저기에 붙어 있었다. 거리 곳곳에 설치된 스피커를 통해 전염병에 대처하기 위해 방역을 강화하고 있으니 시민들은 개인위생에 만전을 기해달라는 당부가 시보처럼 일정한 간격으로 들려왔다.

[……]

전염병에 대해 여러 가지 이야기가 떠돌았으나 모두 전해들은 것에 불과했다. 진상을 제대로 알고 있는 사람은 없었다. 과장된 정보일수록 정통한 소식인 경우가 많았다. 그나마 위안이 되는 것은 유행중인 전염병으로 인한 사망자보다 교통사고나 지병, 노령으로 인한 사망자가 여전히 더 많다는 사실이었다.[10]

인용문 중 방역복은 제외해도 좋겠다. 한국의 경우 코로나19 사태로 그 옷을 입어야 했던 일반 시민들은 거의 없었으니까. 그리고 스피커에서 울리는 시보에 대해서라면 기술적인 업그레이드가 좀 필요하겠다. 초등학생 이상 대한민국 대부분의 국민이 가지고 있는 휴대폰을 통해 날마다 확진자 수와 발생 지역과 생활 수칙이 꼬박꼬박 도착하고, 심지어 확진자의 동선도 마음만 먹으면 폐쇄회로 사진과 통신사 기지국과 신용카드 사용 조회를 통해 얼마든지 밝혀낼 수 있는 나라가 지금의 대한민국이니까. 그러나 그 나머지 문장들을 지금 우리가 살아가고 있는 일상에 대한 (어떤 허구적 가공도 없는) 기록으로 읽는 데에는 하등의 이의도 제기하기 힘들다. 우리가 꼭 저렇게 살고 있다.

---

10 편혜영, 『재와 빨강』, 창비, 2010, pp. 180~81.

14. 선진국에서

혹자들은 유엔이나 세계보건기구에서 한국의 전염병 대처 능력에 찬사를 보냈다는 소식을 듣고 자랑스러워한다. 물론 부끄러워할 일은 아니다. (인류라는 종이 왜 가급적 오래 유지되어야 하고, 왜 생명은 가능한 한 보존되는 것이 좋은지는 과학적으로나 철학적으로 입증되지 않았지만) 사람을 덜 죽게 했으니, 얼마간의 자부심은 가져도 좋으리라. 그렇다고 굳이 '한국' 작가 편혜영의 소설 한 구절을 저기 여러 명성 높은 이론가들의 논의 아래 나란히 놓은 것이 그런 자부심 때문인 것도 아니다. 실은 좀 무서워서다. 어떤 작품이 미래를 거의 완벽하게 예측하고 있다면 그것은 작가의 천재성 덕분만이 아니다. 작가의 예민함이 한 사회의 미래를 미리 발견하는 것은 바로 그 당대 사회에 미래가 비교적 정확하게 각인되어 있기 때문이다. 게다가 저기 적힌 문장들이 묘사하고 있는 풍경은 10여 년이 지난 지금 완전히 실현되었다. 한국은 최소한 10여 년 전부터(정확히는 박정희가 대통령이 되자마자 '가족계획'이란 이름으로 '인구'에 대한 통치를 시작하던 1961년부터) 생명정치에 관한 한 선진국이었던 것이다. 저 문장들이 묘사하고 있는 세계는 물론 아주 위생적인 세계다. 안전한 세계이고, 장수하는 세계일 것이다. 그러나 또한 오로지 살아 있는 것이 목적일 뿐(무미건조하게 오래 사는 것과 의미 있게 일찍 죽는 것 중 어떤 것이 나은 것인지도 의학이나 다른 학문에 의해 증명되지 않았다. 물론 삶의 '의미'란 것의 정체도 마찬가지다), 충동적인 모험도, 격렬한 사랑도, 얼마간의 부주의도 비난의 대상이 되는 세계일 것이다. 전염병이 물러간 뒤에도, 혹은 "교통사고나 노령으로 인한 사망자가 여전히 더 많다는 사실"을 우리가 인지하면서도 저렇게 살아가야 하는 세계가 그대로 고착되고 만다면, 그것은 차라리 사라마구의 수용소보다 더 비인간적인 세계가 될지도 모를 일이다. 낭시나 에스포지토의 말마따나 생명정치가 국가 단위의 범위를 넘어 전 지구적 현상이 되어버린 시대, 선진국이란 그리 좋은 것이 아닐 수도 있다는 말이다. 비록 난적의 비판에 몰려 발화된 문장처럼 읽히지만, 아감벤의 이 말은 그래서 깊이 새겨둘 만하다. "걱정스러운 것은 현재뿐만 아니라 그 이후의 일이다."

PTSD와 ICD

1

프로이트의 '승화' 이론에 따를 때, 문학은 일종의 증상이다. 꿈과 증상이 그렇듯 문학 작품도 일종의 '타협 형성물'이기 때문이다. 욕망과 그것의 실현 불가능성 사이에서, 리비도는 대상으로부터 내면으로 옮겨지고 증상 형성 직전, 힘들지만 운 좋게 '탈성화'된다. 그 과정을 프로이트는 '승화'라고 불렀고 바로 그 승화의 결과물이 작품이다. 피그말리온 신화나 오르페우스 신화는 그 가장 고전적인 사례다. 애도의 끝없는 지연, 우울과 도착, 그로부터 전례 없이 아름다운 노래와 살아 숨 쉬는 조각 작품이 탄생한다.

사실 세계 문학사상 가장 탁월했던 소설 이론가들도 이 점에 대해서는 (자신들도 모르는 채로) 동의했던 듯하다. 루카치가 소설이란 장르를 "삶의 외연적 총체성이 더 이상 구체적으로 주어지지 않고 있고, 또 삶에 있어서의 의미 내재성은 문제가 되고 있지만 그럼에도 총체성을 지향하고자 하는 시대의 서사시"[1]라고 정의할 때, 그 말은 '소설은 우울의 결과다'란 말로 번안 가능해 보인다. 우울증이란 프로이트에게는 '애도의 지연'(찬란했던 그리스 문명이여 오늘날에도!)이고, 라캉이나 지젝에게는 '잃어버렸다고 가정된 대상(그리스, 대상 a)에 대한 중단 없는 욕망'(이미 끊겨버린 길 위에서 벌어지는 문제적 개인의 가망 없는 탐색담)이기 때문이다.

지라르의 경우도 마찬가지다. '욕망의 모방적 성격을 드러내주는 진실'[2]이라는 그의 소설 정의에서 모방 욕망은 타인이 가지고 있을 것이라고 가정된 '무엇'(대상 a)을 향해 있다(라캉의 '소외'). 그리고 그 욕망의 헛됨에 대한 깨달음(분리)이 모든 위대한 소설의 결말이다. 그에게 소설이란 장르는 라캉이 그렸던 '환상'의 공식($\$◇a$)에 정확히 부합한다.

한편 프로이트로부터 직접 영향을 받은 로베르의 정의에 따를 때, 소설과 증상의 관계는 훨씬 더 노골적이다. 그는 소설을 두고 '가족 로망스의 승화된 판본'이라고 정의한다.[3] 일정한 시기, 어머니로부터 분리되어야 하는 상황에 처한 아이는 그 가혹한 불안에서 벗어나기 위해 일종의 타협 형성물로서의 이야기 하나를 고안해낸다. 그것이 가족 로망스이고 이 최초의 이야기가 소설의 기원이다. 요컨대, 두루두루 살펴도 소설은 분명 승화된 증

1   게오르그 루카치, 『소설의 이론』, 반성완 옮김, 심설당, 1985, p. 70.

2   르네 지라르, 『낭만적 거짓과 소설적 진실』, 김치수·송의경 옮김, 한길사, 2001, p. 56.

3   마르트 로베르, 『기원의 소설, 소설의 기원』, 김치수·이윤옥 옮김, 문학과지성사, 1999, p. 70.

상이다. 그렇다면 이언 해킹의 다음과 같은 질문을 문학, 특히 소설을 향해 돌려놓는다고 해서 크게 문제 될 것은 없어 보인다. 그질문은 이렇다.

"어떻게 한 유형의 정신질환이 출현하고, 자리 잡고, 특정 지역과 시대를 장악한 다음, 사라지는 것일까?"[4]

2

의학사적인 (그리고 이 글에서는 이제 문학사적으로 변형된) 저 질문에 대해 해킹은 '생태학적 틈새(ecological niche)'라는 은유로 답한다. 그가 말한 '정신질환의 환경'으로서의 틈새는 다음의 네 가지 벡터에 의해 만들어진다.

첫 번째는 당연히 의학이다. 정신적 '질환'이 되기 위해서는 ① 질병분류법이라는 진단명 체계 안에 들어와야 한다. 가장 흥미로운 두 번째 벡터는 ② 문화의 양극성으로, 정신질환은 동시대 문화의 두 가지 요소의 중간에 위치해야 한다는 것이다. 양극의 한쪽 끝에는 당대에 낭만이자 도덕이라고 불리는 요소들이 있고, 다른 한쪽 끝에는 범죄이자 패덕의 요소들이 있다. [……] 세번째로 필요한 벡터는 ③ 식별 가능성이다. 고통이 뚜렷이 보여야 하고, 환자는 고통에서 벗어나고자 애써야 한다. 즉 '질환'으로

4 이언 해킹, 『미치광이 여행자—그는 왜 미친 듯이 세상을 돌아다녔는가?』, 최보문 옮김, 바다출판사, 2021, p. 79.

서의 가시성이 있어야 한다. 마지막 벡터는 지금 우리에게도 익숙한 현상인데, 질환으로 인한 고통에도 불구하고, 당시의 문화에서는 도저히 불가능했던 어떤 ④해방구로의 기능도 해야 한다는 점이다.[5] (번호는 인용자)

이언 해킹은 19세기 후반 프랑스에서 유행했던 둔주병(遁走病)을 모델로 삼아 위와 같은 결론을 도출하는데, 한국의 경우 1960~70년대 이른바 '노이로제'의 대유행이 적합한 사례가 될 듯하다. 이 시기 국가의 이해관계와(건강한 노동력 재생산을 위한 위생과 보건!) 의료 권력의 이해관계가(현대적 정신의학 의료 시스템의 정착) 맞물려 진행된 대규모 의료 캠페인과 광고, 그리고 의학적 담론의 폭증과 진단 및 처방의 중심에 있었던 것, 그것이 바로 '노이로제'였다.

우선 노이로제는 "해부학적, 병리학적, 생리학적인 변화 없이 심인성으로 오는 병으로서 마음의 병을 일컫는 용어"였다. "즉 심화병, 울화병, 지나친 걱정병 등으로 표현되는 일종의 신경쇠약을 가리키는 증상"[6]으로 분류된다. 당시 약국에서 판매되는 약의 5분의 1이 노이로제 치료를 위한 신경안정제였을 만큼, 이 병을 앓는(앓고 있다고 여기는, 앓고 있는 것으로 집계된, 혹은 의학적 담론에 따라 앓고 있는 것으로 밝혀진) 환자들의 수는 많았

---

5   이언 해킹, 같은 책, p. 17.
6   임지연, 「1960~70년대 한국 정신의학 담론 연구─정신위생학에서 현대 정신의학으로」, 『의사학』 제26권 제2호, 대한의사학회, 2017, pp. 201~02.

다고 한다(① 질병분류법). 그런데 흥미로운 점은 이 병이 치료의 대상이기도 했지만 향유의 대상이기도 했다는 점이다. 가령이 시기 노이로제는 "현대인의 액세서리"라고 불렸고, 많은 제약 회사의 치료제 광고는 "현대인이라면 노이로제를 액세서리처럼 달고 다녀도 무방하다는 대중적 감각을 드러냈"으며, 그래서 "광고 일러스트도 밝은 표정의 인물로"[7] 그려졌다고 한다. 즉 급속 근대화 시절, 현대인이자 도시인으로서의 자격 요건, 그것이 노이로제였던 셈이다(② 문화의 양극성). 그럼에도 불구하고 엄청난 양의 치료제가 팔리고 광고되고 처방되었던 것은 그 증상으로 인해 고통받는다고 느끼는 이들이 다수 존재했다는 사실의 방증이다(③ 식별 가능성). 게다가 노이로제는 억압적이었던 당시 사회 분위기 속에서 일종의 해방구 구실도 했는데, 의학사 연구자 임지연은 『사상계』에 실린 한 좌담(「한국인의 정신상태를 진단한다」) 내용을 이렇게 보고한다.

> 좌담자들은 과거 '이 정권의 수장이었던 대통령'의 정신 상태는 "돌은 것 같"다는 진단을 내리고, "4·19 의거"를 '억압된 불안'에 "양심의 명령으로 잠재되었던 공격성이 발동"된 구조로 설명한다. 정치적 문제를 정신의학적으로 해명하는 이러한 입장은 4·19 이후 지식인들의 고무된 정치의식을 반영하고 있다.[8]

---

7 임지연, 같은 글, p. 202.

8 임지연, 같은 글, pp. 202~03.

말하자면 정신질환이 억압적인 국가권력에 대한 일종의 수동적 저항이자 공격성의 발동으로 해석되는 셈이다(④ 해방구로서의 기능). 바로 이와 같은 '생태학적 틈새' 속에서 노이로제는 창궐했다. 이로써 해킹이 던진 의학사적인 질문은 상당 부분 푸코의 생명정치론에 입각한 질문임이 드러나는데, 의학 담론과 의료 제도, 그리고 보건과 위생에 대한 국가적 기획, 도시화와 산업화의 부수 현상 등이 복잡하게 맞물려 '노이로제'라는 정신질환을 발명하거나 발견하고 분류하고 심지어 유행시킨 셈이 되기 때문이다.

3

소설도 증상이라고 했거니와 그런 일이 소설사에서도 일어났는지 시론적으로나마 살펴보는 일은 유의미해 보인다. 다만 문학장이 가지는 특수성과 자율성을 고려할 필요는 있겠다. 예를 들어 의학장에서 의학자나 의사들이 하는 역할을 문학장에서는 비평가가 한다. 의학자가 질병을 발견하고 분류하고 진단하고 처방하는 일을 하듯 비평가는 작품을 발견하고 분류하고 비판하고 전망한다. 그럼에도 서로 영향을 주고받을 수는 있을지언정, 상대적으로 자율적인 두 장 사이에는 실천상의 상이함(임상과 텍스트 해석)과 시차가 수반될 수밖에 없다.

그렇게 볼 때, 1980년대와 1990년대 한국 소설을 증상의 관점에서 재고찰하는 것은 얼마간 '사후적'이다. 왜냐하면 1970년대 의학장에서 '정신질환 분류체계'가 했던 역할을 하게 될 '정신분석 비평'의 개념적 도구들이 한국문학장에서 일정한 체계를 갖춘 것은 1990년대 후반에 이르러서였기 때문이다. 1980년대의 한국문학을 개념의 엄밀한 의미에서 '편집증적' 혹은 '망상적(구세주-박해)'이라고 진단할 수 있었던 1980년대 비평가는 존재하지 않았고 존재할 수도 없었다. 왜냐하면 해킹이 말한 생태학적 틈새의 첫번째 벡터, '질병분류법' 자체가, 일부 전문가들 외에는 문학장에 소개된 바 없기 때문이다. 만약 어떤 비평가가 한 시대의 문학을 '증상'으로서 고찰하기 위해서라면 꼭 필요한 개념들의 체계 말이다. 그러나 1990년대 후반 이후 사정은 달라진다.

현실사회주의권의 몰락, 마르크스주의의 퇴조, 억압되었다가 회귀하거나 새로 등장한 사조들의 유입 같은 복잡한 역사적 맥락들을 감안해야 하겠지만, 1997년 프로이트 전집의 번역 출간은 그런 의미에서 의학장 내 DSM(미국 정신의학협회 발행 정신병리 질병분류표)의 등장과 맞먹는 사건이었다. 이후 지젝을 포함한 슬라보예 학파의 저작들이 속속 번역되었고, 라캉의 저작과 그에 관한 2차 문헌들도 속속 소개되었다. 프랑스에서 유학한 정신분석가들이 문학장에 드나들었고, 많은 비평가가 그들의 개념으로 무장했다. 게다가 생명정치와 신자유주의의 세계적인 확장 추세와 함께 바야흐로 인구 전체가 상담과 치유 담론에 노출되는 형국이 연출되었다. 누구나 수면장애를 말했고 트라우마를 호소했고 우울과 불안으로 신경정신과를 찾았다. 말하자면 2023년 현재, 이제 한국의 문학장은 지난 문학사를 '증상'들의 교체사로 해석해볼 수 있는 '질병분류법'을 갖춘 셈이다. '사후적'이란 말은 그런 의미이다.

4

사후적으로 말해 1990년대 한국 소설을 '우울증의 문학적 승화 형식'이라 명명하는 것은 타당해 보인다. 프로이트(「슬픔과 우울」)에 따를 때 우울증이란 신경증과 구분되는 정신증의 일종으로 그 메커니즘은 '나르시시즘적 동일시'이다. 리비도 집중 대상의 상실(가령 연인, 부모 형제, 민주주의, 사회주의) 이후, 자아는 스스로를 그 대상과 동일시하는 방식으로 내면을 향해 리비도를 퇴행시킨다. 말하자면 대상에 대한 애도를 종결하는 대신 자신을 대상으로 삼아 애도 상태를 끝없이 유지하는 셈이다. 그렇게 종결하지 못한 애도가 우울증을 낳는다.

공지영의 『고등어』로 대표되는 1990년대 초반의 이른바 '후일담' 소설들이 그 증상을 공유한다. 후일담이라는 형식 자체가 애도의 형식일 뿐만 아니라, 그 유형의 소설에 등장하는 인물들이 1980년대와의 애도 관계를 청산하지 못했다는 점, 그럼으로써 (실은 한 번도 가져보지 못했으므로 상실할 수조차 없었던) 무언가를 상실해버린 결여적 주체들로 그려진다는 점에서 그렇다. 이른바 '1990년대적 내면 추구'라는 표현 역시 1990년대 소설의 우울증적 면모에 대한 다른 명명처럼 읽힌다. 김윤식이 '1990년대 한국 소설 전체와 맞먹는다'라며 극찬을 아끼지 않았던 윤대녕의 소설은 정확히 우울증의 발생 메커니즘을 문학적으로 재연한다. (무엇인지 모를, 그러나 애타게 그리운) 대상의 상실, 내면으로의 리비도 퇴행, 잃어버린 무엇 혹은 어딘가를 찾아 거슬러 올라가는 여행, 그것을 남진우는 '존재의 시원을 찾아 떠나는 여행'이라고 불렀던바, 그의 아름다운 소설들 끝에는 항상 여성이 기다리고 있었다는 점은 강조해둘 필요가 있다. 자궁 회귀라는 그 유혹적인 해방구 말이다.

그런 측면에서라면 1980년대의 '우리'(민중, 계급)를 대신해, '나'가 전면에 부상했던 1990년대의 '서정시' '생태시'에서도 동일한 메커니즘을 발견할 수 있다. 양귀자의 『나는 욕망한다 내게 금지된 것을』이후 1990년대 중반 한국 소설의 주류를 점하게 된 여성의 욕망 찾기 서사도 마찬가지다. 각각의 명분과 명칭은 달랐다 하나, 1990년대의 '나'와 '내면'과 '후일담'과 '욕망'은 실은 사회로부터 대상 리비도를 거두어들인 주체들의 우울증적 증상이 승화된 형태였던 셈이다. 그리고 그런 식의 승화는 자기 단죄이자, 동시에 자기 합리화라는 점에서, 그리고 새로 찾은 해방구이기도 하다는 점에서 해킹의 생태학적 틈새 이론에도 부합한다. 증상은 분명 주체로 하여금 잃은 만큼 얻는 것도 있게 해준다.

5

2000년대 한국 소설에서 1990년대 우울증의 자리를 차지한 것은 '편집증' 혹은 '망상'이었다고 말해도 무방하리라. 이 시기에는 이미 문학적 질병분류법으로서의 '정신분석 비평'이 충분한 이론적 장치와 도구들을 구비하고 있었던바, 상기한 대로 프로이트 전집의 출간, 라캉과 지젝의 저작 번역 작업 영향이 컸다. 따라서 이 시기 비평가들은 동시대 작품들을 공식적인 질병분류법에 따라 즉각 명명할 수 있었는데, 가령 '편집증적으로 증식하는 서사'(김형중), '무중력 상태에서 글쓰기'(이광호), '문화형성 소설'(우찬제) 같은 명명법은 현실적부심을 통과하지 못한(무시한) 망상이나 판타지를 소설적 재료로 삼기 시작한 당대의 문학적 현상을 지시하곤 했다. 박민규, 박형서, 조하형, 이기호, 천명관 등의 이름이 자주 거론되었고, 그들은 자신의 소설 속에서 지구를 언인스톨 한다거나(박민규, 『핑퐁』), 미군 태평양 함대를 날려버린다거나(박형서, 「두유전쟁」) 하는 절대의 자유를 누릴 수도 있었다. 1980년대 거대 담론과의 단절, 대중문화의 대대적인 확장, 포스트모더니즘의 수입, 그리고 상실해버린 대타자를 대신할 새로운 상징질서의 고안(편집증의 메커니즘이다) 욕망 같은 생태학적 틈새 속에서 가능한 일이었다.

그리고 얼마 지나지 않아 순식간에 어떤 정신의학적 용어 하나가 한국문학장을 관통한다. 용산 참사, 세월호 참사, 강남역 살인사건, 성폭력 해시태그 운동 등을 겪으면서 등장한 이 용어는 2010년대를 지나 현재까지도 한국문학장의 전체적인 흐름을 좌우하고 있다. 그것은 바로, 'PTSD', 곧 '외상후 스트레스 장애'(Post-Traumatic Stress Disorder)다. 특히 세월호 참사는 문학장 내외를 불문하고 거의 전 국민을 우울증 상태로 몰아넣은 집단적 트라우마였고, 성폭력 해시태그 운동은 이 나라의 얼마나 많은 여성이 일상적인 성추행과 성폭력 속에서 'PTSD' 상태를 겪고 있는지를 새삼 확인시켜주었다. 이후로 한국문학은 이 문제에 무감할 수 없었다. 소설이 이제 PTSD를 앓아야 할 참이었고, 실제로 많은 문인이 바로 그런 상태로 글을 쓰고 시위에 참여하고 함께 고통스러워하고 당사자들의 치유를 위해 고군분투했다.

여기에 더해 페미니즘 리부트 운동이 가속화되었고, 성소수자에 대한 차별과 혐오가 사회의 중요한 이슈로 등장했다. 그렇게 우리는 지금 '윤리'와 '정치적 올바름' '정체성 정치'의 시대를 살고 있다. 우리 시대 'PTSD'는 (의학적으로도 문학적으로도) 질병분류법상 가장 많이 발견되는 증상이자, 비난과 비판이 오가는 문화적 양극성의 전장이자, 새로운 정치가 실현되는 해방구이기도 하다. 최근의 일이고, 이미 많은 논자들이 다양한 의견을 낸 바 있고 또 내고 있는 터에 긴 요약을 덧붙이지는 않을 참이다. 대신 좀 엉뚱하지만 진화론 이야기를 해보자.

6

1990년대의 우울과, 2000년대의 망상, 그리고 2010년대의 PTSD 간에는 어떤 연속성이 엿보인다. 환경의 변화에 따라 변이종이 새로운 우세종이 되는 진화론의 전제 속에서 볼 때 그렇다는 말이다. 거칠게 말해 한국 소설사에서는 1950년대 전후 스트레스 장애, 1960~70년대의 노이로제(아마도 지금의 분류법으로는 강박과 불안), 1980년대의 '구세주/박해/이데올로기 편집증', 1990년대의 우울증, 2000년대의 망상과 조증, 2010년대의 PTSD가 각각 생태학적 틈새의 변화에 따른 '시대적 정신질환(transient mental illness)'[9]의 자리를 차지하고 있었다고 말할 수도 있겠다.

---

9 이언 해킹에 따를 때 "'시대적 정신질환'이라고 칭하는 것은 어느 한 시대, 어느 공간에만 나타났다가 사라지는 정신질환이다. 한 장소에서 다른 장소로 퍼지기

당연히 더 정밀한 논의는 필요하겠지만, 이때 환경으로서의 생태학적 틈새와 시대적 정신질환의 교체 사이에는 매끄럽지는 않더라도 사후적으로 해명 가능한 인과관계가 발견된다. 그리고 그 인과관계의 역사는 대체로 한국의 소설사에서 중요한 작가 대부분을 포괄한다.

그런데 그런 인과관계가 발견되지 않는 경우가 있다. 그러니까 생태학적 틈새 변화에도 불구하고 변이를 일으키지 않은 탓에 지배적인 시대적 정신질환의 자리를 차지하지는 못하지만, 비주기적으로 돌발해 소설사에 충격을 주고 독자와 비평가들을 얼빠지게 했다가, 다시 잠복한 후 또 비주기적으로 재출현하는 기이한 소설 종(種)의 계보 말이다. 그럴 때 기존의 질병분류법에 익숙한 비평가는 이런 말로 작품 해설을 시작한다. "이것은 우리가 일찍이 본 적이 없는 소설이다."[10] 도대체 어느 정도이길래 비평가는 저런 말을 하는 것일까? 한 구절만 인용해본다.

> 난 아버지의 다리를 양손으로 잡고 텔레비전 앞으로 끌고 갔다. 텔레비전 좋아하시죠! 아버지가 신음했다. 난 아버지의 윗몸을 일으켜 텔레비전에 박아넣었다. 좋으시겠어요! 이제 영원히 보시겠네요! 순간 반짝임과 함께 불꽃이 터졌다. 불꽃은 아버지의

도 하고 때로는 같은 장소에 다시 나타나기도 한다. 특정 사회계급이나 젠더에 선택적이어서, 가난한 사람이나 부자, 여자나 남자에게 특히 집중해서 나타나는 경우도 있다"(이언 해킹, 같은 책, pp. 15~16).

10 김영찬, 「앙팡 스키조」(김사과, 『02』, 작품 해설, 창비, 2010), p. 247.

옷깃 사이로 내려앉았다. 끝! 난 그렇게 외쳤다. 끝!"

승화시킬 수 없는 분노와(소설은 승화의 산물인데!) 폭주란 말로밖에 요약 불가능한 저런 장면들이 즐비한 소설집을 읽은 비평가가 "일찍이 본 적이 없는 소설"이라고 충격을 토로하는 것도 이해가 간다. 그러나 물론 놀라움의 표현인 그 말에는 얼마간의 과장이 섞여 있는데, 왜냐하면 그는 김사과의 소설에 대해 선조 격이 될 만한 작가를 기억해내기 때문이다.

　　그러나 그렇게 말해버리고 만다면, 그건 절반은 옳지만 절반은 그르다. 왜냐하면 우리는 이 기이한 소설의 선조(先祖)를 (지금은 부당하게 잊혀가고 있는 중이지만) 이미 알고 있기 때문이다. 절망적인 공상과 관념에 빠져 지내다 어느날 난데없이 죽은 쥐를 보고 돌아버려 강도질 끝에 사살당하는 인물의 이야기를 우리는 기억한다. 김기진의 소설 「붉은 쥐」(1924) 얘기다. 미숙한 관념성과 어설픈 작위의 소산이라 비판받은 이 소설은 이후 카프(KAPF) 문학운동의 진전에 빠르게 묻혀버렸지만, 그것은 실은 현실에 대한 들끓는 분노와 분열증적 광기가 '소설'이라는 이성과 미(美)의 장막을 찢고 터져오른 최초의 사례였다. 그후 70년이 흘러서 나온 백민석의 소설 『헤이, 우리 소풍 간다』(문학과지성사 1995)는 또 어떤가. 거기에서 우리는 대중문화 아이콘 뒤에 숨

---

11 김사과, 「움직이면 움직일수록 이상한 일이 벌어지는 오늘은 참으로 신기한 날이다」, 『02』, p. 224.

어 부글거리는 정체 모를 광기와 폭력, 그리고 그것을 실어나르는 분열증적 언어와 해체적 문법의 에너지를 목격한 바 있다.[12]

이렇게 계보 하나가 그려졌다. 소설 쓰기로도 채 승화되지 않은 채 "들끓는 분노와 분열증적 광기가 '소설'이라는 이성과 미의 장막을 찢고 터져" 나오는 기이한 소설 종의 계보 말이다. 이 종의 계보가 기이한 것은 우선 그 간헐성 때문이다. 1924년의 김기진, 1995년의 백민석, 그리고 2010년의 김사과가 그리는 계보의 궤적은 그 시차에 있어 너무 간헐적이어서 어떤 연속성을 찾기 힘들다. 유능한 비평가로서도 이질적일 수밖에…… 물론 저 계보에 몇 사람의 소설가를 더 추가할 수는 있을 것이다. 1920년대의 최서해, 백민석 직전의 최인석과 공선옥, 이후로 백가흠, 김이설, 그리고 최근에는 최은미(의 어떤 소설들)와 마지막으로 '임솔아'.

그렇다 하더라도 백여 년의 세월을 고려하면 지극히 적은 숫자에 불과한데, 마치 모레티가 『근대의 서사시』에서 말한바 종의 개체 수를 줄임으로써, 그 희소성으로 인해 오히려 종을 보존하는 장르의 속성을 닮았다고나 할까? 혹자는 이 작품들이 형성하는 계보를 두고 '신경향파'라 명명하기도 했고, 또 혹자는 '자연주의'라는 사조 개념으로 묶어보려고도 했으나 성공할 수는 없었다. 워낙에 긴 시간대에 산발적으로 흩어져 분포해 있을 뿐만 아니라, 개별 작품 간 영향 수수 관계가 거의 발견되지 않기 때문이다.

12 김영찬, 같은 글, pp. 247~48.

그럼에도 이 종은 백여 년이 지나는 동안 발생한 여러 차례의 생태학적 틈새 변화를 견디며 고유한 증상을 변함없이 유지해왔는데, 그것은 상징적 질서로부터의 폐제(라캉), 곧 스키조와 통제할 수 없는 '분노'다. 요즘의 질병분류학에 따르면 충동조절장애(ICD, Impulse Control Disorders)라 불릴 만한 증상이 간헐적이고 장기지속적인 이 소설 종의 유일한 공통점이다. 그러니까 승화되지 않은 채 소설로 옮겨간 파괴적 충동의 계보라고나 할까?

7

편의상 이 기이한 소설들의 계보를 우리 시대의 우세 정신질환인 PTSD형 소설과 구분해 ICD형 소설이라고 불러보자. 2023년 현재의 한국문학장을 둘러볼 때 이 두 유형의 소설들은 상호 겹치면서 대립하는 양상을 보여준다. 겹친다는 것은 이런 이유 때문이다.

그런 순간엔 자신이 아끼던 어떤 것도 자신을 붙잡아주지 못할 거라는 걸 유정은 알고 있었다. 때마다 손질해 쓰던 캄포 도마도, 손이 자주 가던 아이섀도도, 드물게 마음에 들어서 SNS에 올려둔 자신의 모습도, 당장이라도 쓰고 싶어서 마음을 부풀게 했던 다음의, 그다음의 소설들도, 소은이 스케치북에 적어준 사랑한다는 말조차도 아무 소용이 없어지는 순간이 올 수도 있다는 걸, 그 순간에 언제든 질 수도 있다는 걸 유정은 알고 있었다.

알고 있어서, 유정은 계속, 계속, 소리조차 나오지 않아서, 계속, 가슴을 쳤다. 유태도, 흡연 부스도, 어떤 것도 이젠 보이지가 않은 채로, 서 있는 것인지, 무릎이 꺾인 것인지, 아무것도 알 수 없는 채로, 계속, 가슴만 내리찍었을 뿐인데, 찍어버렸을 뿐인데, 있는 힘을 다해 몸을 찍어버렸을 뿐인데 갑자기 고함소리가 들리면서 눈앞이, 달려오려는 유태의 모습을 밀어버리면서 차 한 대가, 유정의 앞으로 다가와 유정을 낚아채 실었다.[13]

작중 유정은 아동기 친족 성폭력으로 인해 평생을 PTSD에 시달려온 여성이고, 현재 상담 치료 중이다. 그러나 이 소설은 요즈음 흔해진 이른바 '윤리적 종결 형식'으로 쉽사리 내닫지 않는다. 그러니까 '일상 → 증상의 발현 → 증상의 기원 찾기 → 실재와의 조우 → 윤리적 주체의 탄생'으로 이어지는 클리셰 말이다. 그렇다고 전형적인 ICD형 폭주로 치닫지도 않는다. 대신 통제되지 않는 충동과 치유 사이에서 부단히 갈등한다. 인용문의 두번째 문단에 바로 그 고통과 충동이 있다. 잦아진 쉼표에서, 반복되는 부사와 부사절에서, 그리고 유정의 광적인 자해 앞에서 우리는 ICD 증상을 읽는다. 『목련정전』(문학과지성사, 2015)의 바로 그 최은미다. 윤리와 충동이 한 작품 안에서 공존하면서 겹친다. 이제 살펴보게 될 임솔아의 소설에서도 마찬가지인데, 동일한 생태학적 틈새(페미니즘 리부트, 성폭력 해시태그, 정체성 정치의 부상)를 환경으로 삼은 작품들에서라면 충분히 일어날 수 있는

---

13 최은미, 「내게 내가 나일 그때」, 『눈으로 만든 사람』, 문학동네, 2021, pp. 269~70.

일로 여겨진다.

한편 두 유형이 대립하기도 한다는 것은 이런 이유 때문이다.

　하늘이 개나리색으로 보이는 초로의 부인은 가든 콘테스트에서 예선 탈락했다. 부인은 의외로 감정을 잘 다스렸다. 부인은 일상의 이야기를 늘어놓았다. 강남 지역 사교계를 틀어쥐고 호령하는 실력자치고는 뜻밖일 정도로 검소한 일상이었다.

　"아무튼 선생님이 일 년 안에는 답을 찾길 바라요."

　"일 년이요?"

　"그래요. 가든 콘테스트는 매년 있잖아요. 내년엔 결선에 올라가야죠."

　남자는 진료노트를 덮고 옆 책상에 올려놓았다.

　"부인, 전 당신이 뭘 하든 관심이 없어요."

　남자는 링고를 떠올리며 말을 이어나갔다.

　"당신과 당신 가족이 진짜로 하는 일이 뭔지 알게 되면 틀림없이 당신네를 싫어하고, 욕하고, 진저리치게 될 테니까."

　부인은 미소만 짓고 있었다. 그러다 자리에서 일어나 진료실을 나갔다.[14]

백민석의 소설에서 최근 초기의 충동조절장애 증상이 자주 보이지 않는다는 것은 사실이다. 그러나 그 충동은 사라진 것이 아니라 잠복한 것이라고 해야 맞는데, 그것은 저 차갑고 단호한 정

14　백민석, 「개나리 산울타리」, 『수림』, 위즈덤하우스, 2017, pp. 220~21.

신과 의사의 대사 속에 있다. 그리고 저런 말에도 흐트러짐 없는 상류계급 부인의 고상한 품행 속에 있다. 계급적 적개심, 계급적 자기혐오, 자원봉사 같은 'PC한' 행동 정도로는(「수림」) 결코 해소될 수 없는 적대에 대한 분노가 연작소설집 『수림』에는 마치 여름 내내 공기 속을 떠도는 지긋지긋한 습기처럼 잠복해 있다.

물론 PTSD 유형의 소설이라고 계급의 문제에 대해 무심하다고 말할 수는 없다. 그것은 사실에 부합하지 않는다. 우리 시대의 소설에서 가난은 소재가 아니라 아예 상수가 되었으니 말이다. 그러나 ICD 유형의 소설에 비할 때 그 강도는 사뭇 다르다. 전자가 대체로 가난한 자들 간의 윤리적 연대를 제안할 때, 후자는 계급적 양극화에 대한 분노를 감추지 않는다. 게다가 그런 분노는 거의 생래적이고 선험적이기까지 하다. 이 점은 김기진도 최서해도 최인석도 공선옥도 김이설도 마찬가지였고, 이제 막 이 계보를 이어가기 시작한 임솔아의 경우도 마찬가지다.

8

임솔아의 등단작 『최선의 삶』 말미는 살인미수 장면으로 끝난다.

소영이 걸어가는 길 너머로 아파트가 보였다. 그 너머로 또다른 아파트가 보였다. 수많은 창문들 속에는 수많은 임씨와 유씨가 살고 있을 것이다. 매일매일 임씨는 유씨를 죽이고 싶어할 것이다. 어쩌면 죽일 것이고, 어쩌면 죽이지 못할 것이다. 뉴스를 보며 사람들은 매일매일 혀를 찰 것이다. 수많은 임씨와 유씨는 금세 잊힐 것이다. 그러나 밤이 오면 누군가는 임씨와 유씨가 되어 자신의 악몽을 들여다 볼 것이다. 나는 고개를 숙였다. 또박또박 멀어져가는 소영이 발소리를 비집고 소영의 목소리가 들렸다.

"병신."

나는 고개를 들고 달려갔다. 소영의 손목을 낚아챘다. 소영과 다시 눈이 마주칠 때 소영의 목울대에 칼을 찔러넣었다. 그리고 칼을 뽑았다. 소영의 목에서 쇳소리가 새어나왔다.[15]

인용문의 이해를 위해 두어 가지 정보를 추가하자면 '나' 강이는 삶의 목표가 오로지 '병신 같은 인간만 되지 말자'였다. 그 외에는 다른 꿈을 꿀 수 없었으므로. 그리고 저 일이 있기 전 소영은 칼을 들고 다가오는 강이에게 "아, 읍내동 살던 애"라며 계급적 적개심을 자극했다. "수많은 임씨와 유씨"의 싸움처럼 그 적대는 영원할 것이란 체념과 분노 속에서 강이는 소영의 경동맥에 칼을 꽂는다. 그러니까 저 장면에서 폭발한 강이의 ICD 증상은 알튀세르의 표현을 빌릴 때 '최종심에서 계급투쟁에 의해 결정'되었다.

그런 이유로 임솔아의 소설에서는 PTSD를 겪는 주인공이라 할지라도 결코 윤리와 치유에 기대를 거는 법이 없다. 행복전도사 아버지의 사랑이나 대안교육센터의 프로그램도(「줄 게 있어」) 치유를 가져다주지 못하고, 학내 심리 상담 센터의 자살 방

15 임솔아, 『최선의 삶』, 문학동네, 2015, pp. 169~70.

지 프로그램 역시 자살자의 수를 줄이지 못한다(「손을 내밀다」). 되레 그런 프로그램들이 작중인물들을 '비정상화'한다. 푸코 이후 이제 많이들 알다시피 비정상성이 정상성을 규정하기 때문인데, 의료 기관이나 상담 기관, 수용 기관들은 너나없이 치유하고 교정해야 할 비정상인들의 수요에 관심이 많다. 없으면 새로운 비정상성을 발명해야 할 정도로…… 정상이란 비정상과 비교해서만 정상이기 때문이다. 그럴 때 임솔아의 소설 속 주인공들을 사로잡는 정념은 체념이 된 분노에 가깝다. 어떤 희망도 낙관도 하지 않는 방식으로 표출되는 분노, 임솔아는 애초부터 ICD 유형에 속하는 작가였던 것이다.

그러나 가장 늦게 열린, 그래서 가장 새로운 생태학적 틈새 내에서 소설을 쓰기 시작한 작가답게, 임솔아에게는 뭔가 새로운데가 있다. 말하자면 임솔아는 ICD 유형의 소설 종에서도 가장 진화한 증상을 보여주는, 혹은 가장 정확하게 증상의 원인을 천착해내는 작가다. 지면 관계상 따로 임솔아론을 쓰기 전에는 이 말을 온전히 증명하기 힘들 테니, 오늘은 일단 단편 「내가 아는 가장 밝은 세계」[16]에서 몇 구절을 요약하는 형태로 옮겨 온다.

'나'는 문학을 '내가 아는 가장 밝은 세계'로 여기는 10년 차 프리랜서 작가다. 아등바등 아낀 원고료 수입으로 1.5룸 반전세 생활이라도 하게 되자, "국가는 나를 일정한 소득이 있는 개인사업자로 인식하기 시작했다. 건강보험 피부양자 자격을 상실했

---

16 임솔아, 「내가 아는 가장 밝은 세계」, 『아무것도 아니라고 잘라 말하기』, 문학과 지성사, 2021.

고, 국민연금 가입 결정 통지서가 날아왔다"(p. 132). 이후 보증금을 올려주지 못해 대출을 끼고 급조된 투룸 빌라를 산 후, "나의 대출이자와 건강보험료는 계속 올라갔다. 은행에서 대출이자를 계산할 때에 나는 무직자로 분류되었고, 국민건강보험공단에서 건강보험료를 책정할 때에 나는 직장인으로 분류되었다"(p. 139). 이 오류를 바로 잡기 위해 건강보험공단에 이의를 제기하자, "공단에서는 내가 취직을 하지 않았다는 증거가 있어야 보험료 조정을 할 수 있다고 했다. 나에게 원천징수영수증을 발급한 곳들에서 해촉증명서를 받아 제출하라고 했다. 시 한 편 원고료로 3만 원을 지급한 곳까지 포함하면 서른 군데가 넘었다. [……] 위촉된 적 없는 직책의 해직증명서를 발급받기 위해서 나의 위촉에도 해촉에도 전혀 관심이 없는 거래처와 몇 번의 메일을 오가며 증명서를 발급받았다"(p. 140). 와중에 아파트 청약을 앞둔 친구와 함께 간 모델하우스에서 만난 박 부장의 말은 이렇다. "모르는 사람들은 아이를 키우는 데 돈이 많이 드니 한 명만 낳아서 잘 키워야 한다고 생각하죠. 그렇지 않습니다. 서울에서 아파트 한 채만큼 돈 되는 일이 한국에는 거의 없죠. 요즘 서울 아파트 가격이 기본 10억입니다. 아이를 두 명 낳아 아파트에 당첨되신다면, 아이 한 명당 5억인 셈이에요"(p. 143). 결국 발가락 두 개가 없는 주인공이 장애인 주택 특별 공급에 대한 정보를 얻은 후 병원에 진단서를 요구하자 의사는 말한다. "손가락은 한쪽 엄지만 없어도 장애인 등록이 되는데요. 발가락은 열 개 모두 없어야 인정이 됩니다"(p. 147).

이 작품 외에, (정신병리 때문이 아니라 도저히 살아갈 방도가 없어서) 자살 기도를 한 후 치료비에 의료보험을 적용받기 위해 자신이 정신병리를 앓고 있음을 증명해야 할 상황에 처한 기초 생활수급자의 이야기를 다룬 「병원」[17]도 있다. 이 작품에서 결국 주인공은 반대로 자신이 정상임을 입증해야 비정상적이라는 진단을 받을 수 있게 되는 묘한 입장에 처한다. 정상인에게만 비정상인 판정을 내려주겠다는 의사는 진단서를 써주면서 자신의 행위를 '윤리적 거짓'이라고 말한다. 다른 작품 「신체 적출물」에서는 사고로 잘린 발가락의 가치가 400만 원에도 미치지 못하는 것으로 환산되고, 심지어 공항의 검역에서 '방부처리증명서'가 없다는 이유로 '감염성 폐기물'로 등록되어 소각 처리된다.

이것이 임솔아가 완전한 체념의 형태로 분노하는 세계의 모습이다. 연금과 위생과 증명 서류와 대출과 투기의 세계, 아이 한 명이 5억이고 발가락은 '신체 적출물'에 불과해지는 세계에서 ICD는 이제 증상으로 발현되기조차 힘들다. 게다가 보험이 있지 않은가! 생명정치가 작동시키는 안전메커니즘의 꽃이자, 리스크(이 말은 보험 제도가 만들어낸 신조어에 가깝다)를 자본 삼아 안전이 사고 팔리는 시장으로서의 보험 말이다. 연금의 민영화된 형태, 통계적으로 확인된 위험가능성에 대한 확률적 공동 보상 제도, 그리고 또한 도덕적 테크놀로지이자 품행 지도이기도 한 보험에 대해 한 푸코주의자는 이렇게 말한다.

보험은 도덕적 테크놀로지이다. 리스크를 계산한다는 것은 시

---

17 임솔아, 『눈과 사람과 눈사람』, 문학동네, 2019.

간을 관리하고 미래를 규율하는 것이다. 18세기에는 기업을 경영하듯이 삶을 운영하는 것이 도덕성의 정의가 되기 시작했고 미래를 대비하는 것이 도덕성의 최고 미덕으로 간주됐다. 미래에 대비한다는 것은 단순히 그날그날 살아가지 않고 불행에 대비하는 것뿐 아니라 자신의 책무를 수학적으로 관리하는 것을 의미한다. 무엇보다 그것은 더 이상 자신을 신의 섭리와 불의의 운명에 내맡기는 것이 아니라, 불행이 닥치더라도 그 결과를 벌충할 수단을 손에 넣음으로써 스스로의 일에 책임을 질 수 있도록 자연, 세계, 신과 맺는 관계를 바꾸는 것을 의미한다.[18]

보험제도는 안전을 제공하는 것이므로 반영구적으로 지속되어야 할 필요가 있다. 보험이 등장하면서 사람들은 일종의 시간 척도가 확장되는 것을 경험하게 되는데, 이는 한 세대나 일생이 아니라 몇 세대에 걸친 것으로 확장되며 따라서 사회가 앞으로 영원히 존속할 것이란 점을 가정한다. [……] 국가는 안전을 보장하는 가운데, 마찬가지로 국가 자신의 존재, 유지, 영속성도 보장한다. 사회보험은 또한 혁명을 방지하는 보험이기도 하다.[19]

보험은 실현되어버린 위험가능성에 대한 경제적 보상만을 의미하지 않는다. 신자유주의적 생명정치하에서 국가는 대부분의

---

18 프랑수아 에발드, 「보험과 리스크」, 『푸코 효과―통치성에 관한 연구』, 콜린 고든 외 엮음, 심성보 외 옮김, 난장, 2014, p. 305.

19 프랑수아 에발드, 같은 글, p. 309.

위험을 민영화하는바, 국가로 하여금 경제적 효율성만 아니라 이데올로기적 효율성 또한 취하게 하는 안전장치가 보험이다. 자신의, 그리고 다음과 다음 세대의 미래를 돌보지 않는 것은 나태함이고 무책임함이다. 미래를 대비하는 자 보험을 들라. 그런 식으로 국가는 또한 미래의 노동력과 계급관계를 재생산한다. 왜냐하면 미래를 설계하는 자의 눈앞에 혁명은 없을 것이기 때문이다. "사회보험은 또한 혁명을 방지하는 보험이기도 하다"는 말은 그렇게 이해되어야 한다.

임솔아가, 마치 진로를 가로막고 있는 거대한 장벽이라도 되는 양 정확히 지켜보고 있는 지점이 거기다. 그는 확실히 『최선의 삶』과 함께 ICD 유형의 소설가 계보에 저절로 속했던 작가다. 그러나 이제 막 그 기이한 계보를 잇기 시작한 이 젊은 작가에게 세계는 참 가혹하다. 의료 권력이, 보험 제도가, 증명서와 제출 서류와 치료비와 세금과 대출이자가 그의 폭주를 좌절시킨다. 아마도 그는 『최선의 삶』 같은 작품을 다시 쓰지는 못하리라. 그러나 작가 임솔아가 소중한 것은 그의 소설 덕분에 우리에게도 얼마간은 잠재되어 있을 파괴적인 그 충동을 가로막고 있는 장벽이 보다 선명하고 정확하게 보인다는 점이다.

언젠가 지젝은 '분노 자본'이 고갈되어가고 있는 현시점의 세계를 개탄한 적이 있다. 그의 말마따나 분노 없는 정치나 해방의 기획은 한갓 '합의'나 '치안'의 다른 말이 되고 말 것이다. 그럴 때 간헐적이고 불연속적으로나마 장기 지속 중인 이 기이한 소설 종의 계보에 거는 기대는 크다. 부디 어떠한 생태학적 틈새 변화에도 살아남아 한국문학장의 강력한 분노 자본이 되어주기를……

4부
에필로그

심기증(Hypochondria) 시대

1

최근 강영숙의 두 단편집 『회색문헌』[1]과 『두고 온 것』[2]을 연달아 읽었다. 읽던 중 묘한 경험을 했다. '사후 재고'라고나 할까? 돌이켜보니 18년쯤 전 나는 이 작가의 소설을 잘못 읽었음이 분명했다.

오래된 일이지만 강영숙의 두번째 단편집 『날마다 축제』[3] 해설을 쓰면서 나는 이런 말을 한 적이 있다. "황사와 더위는 강영숙이 포착한 당대의 사회적 상태를 암시하는 기호, 곧 현대 사회의 총체적 불모성에 대한 상징으로 보인다. 게다가 여러 다른 기호들이 황사의 그런 상징성을 환유적으로 강화시킨다. 예컨대

---

1 강영숙, 『회색문헌』, 문학과지성사, 2016.
2 강영숙, 『두고 온 것』, 문학동네, 2021.
3 강영숙, 『날마다 축제』, 창비, 2004.

강영숙의 소설 곳곳에 범람하는 오물들을 상기해보자."[4] 이런 식으로 나는 당시 강영숙 소설 곳곳에서 불쑥불쑥 등장하는 황사와 더위와 산업 폐기물과 동물 사체들을 현대 사회의 총체적 불모성에 대한 '기호' 혹은 '상징'으로 이해했다. 그리고 18년이 지나 『회색문헌』과 『두고 온 것』을 읽다가 이런 문장들을 다시 발견하게 된다.

지영은 샤워 가운을 벗고 생리식염수를 사용해 콧속과 귓속을 꼼꼼하게 닦았다. 미세먼지 때문에 소독과 샤워를 하루도 거를 수 없었다. 제대로 씻지 않으면 머리카락과 손톱 밑, 심지어 피부 표피에까지 먼지가 쌓이는 기분이 들었다. 지영은 아침에 눈을 뜨면 늘 초미세먼지 농도부터 확인했다. 또 외국의 어느 공과대학에서 만들었다는 지진 경보기 앱을 휴대폰에 다운받아놓고 지진이 났는지 안 났는지 수시로 확인했다. 앱의 화면 맨 아래 평온하게 흘러가는 초록색 라인이 '너의 지역은 안전하다'는 신호였다.[5]

지금은 봄이 와도 아무도 봄인 줄 몰라요. 황사 때문에, 접촉성 질병 때문에 손도 안 잡죠. 지난해 10월경에 인플루엔자 예방접종을 하지 않은 쌍쌍들이 손을 잡고 병원에 가는 게 연례행사죠. 인플루엔자는 1년 내내 극성이니까요. 한강은 꽝꽝 얼었어요.

4 김형중, 「변장한 유토피아」, 『변장한 유토피아』, 랜덤하우스코리아, 2006, p. 124.
5 강영숙, 「스모그를 뚫고」, 『두고 온 것』, p. 144.

겨울은 해가 갈수록 점점 추워지고 있거든요.[6]

　18년 전과 달리 나는 이제 저 문장들이 지시하는 현상을 도저히 '기호' 혹은 '상징'으로 읽을 수가 없다. 그사이 내가 '실제로' 경험했고 또 지금 경험하고 있는 일들(중동호흡기증후군 사태, 황사, 미세먼지, 그리고 무엇보다도 코로나19 팬데믹)이기 때문이다. 그러니까 『날마다 축제』에서 강영숙이 그려냈던 그토록 암울한 세계의 모습은 기호나 상징 따위가 아니라 채 20년도 되지 않는 근미래에 닥쳐올 기후 재난과 팬데믹에 대한 '실제적 경고'였던 셈이다.

　'사후 재고'의 경험이란 그런 의미였는데, 이제 내게 『날마다 축제』 시절의 강영숙은 악몽 같은 환상을 현실과 섞어놓는 데 능한 '모더니스트'가 아니라 얼마 지나지 않아 우리에게 일어날 일을 소설적으로 예견했던 '사실주의' 작가다. 아무래도 '사실주의'란 말이 꺼려진다면(이 개념은 흔히 '총체성'이나 '전형' 같은 '기율'들을 끌고 들어오기 마련이므로) 작가 자신이 책 제목으로 선택한 '회색문헌'이란 표현을 써도 좋겠다. '회색문헌(grey literature)'이란 "최종 단행본이 되기 이전의 자료, 공식 자료 이전의 자료"[7]를 일컫는데, 강영숙은 오래전부터, 우리가 겪게 될 사태가 최종적으로 공식화되기 이전에, 수많은 회색문헌들을 작성해온 흔치 않은 작가다.

6　강영숙, 「크홀」, 『회색문헌』, p. 209.
7　강영숙, 「폴록」, 『회색문헌』, p. 38.

그러나 강영숙이 작성한 회색문헌들 속에서 기후 재난이나 팬데믹의 예견만을 읽는 것은 불충분한 독법이다. 건조하고도 간결한 문체, 절묘한 미장센으로 이루어진 그로테스크한 장면 묘사, 섣불리 대안을 말하지 않는 도저한 비관주의 같은 미덕은 따로 비평적 분석을 요하므로 제쳐두더라도, 가령 앞서 인용한 두 구절에서 공히 발견되는 인물들의 정신병리는 숙고를 요한다. 이른바 '심기증(心氣症, hypochondria)'이 그것이다. '건강염려증'이라고도 불리는 이 신경증의 증상은 '자신의 건강 상태에 대한 과도한 불안과 강박적 집착'이다. 위 첫번째 인용문에서 앱 화면에 초록색 라인이 뜨기 전까지는 끊임없이 지진과 미세먼지를 두려워하는 지영의 불안과 청결 강박, 그리고 두번째 인용문에서 서로 손조차 잡지 않는 연인들의 접촉성 질병에 대한 공포는 모두 심기증의 증상으로 분류될 만하다. 이 작품들만 아니라 (팬데믹 이전에 쓰인 작품들이 대부분임에도 불구하고) 강영숙의 소설에서 심기증은 마치 이언 해킹이 정의한 '시대적 정신질환(transient mental illness)'이라도 되는 것처럼 흔하게 등장한다. 소설 속 주요 인물들 모두가 건강에 대한 염려에 사로잡혀 있다.

앞서의 글에서 나는 해킹의 논지를 따라 거칠게나마 한국 소설사에 차례차례 등장한 시대적 정신질환을 1950년대의 전후 스트레스 장애, 1960~70년대의 노이로제(아마도 지금의 분류법으로는 강박과 불안), 1980년대의 '구세주/박해/이데올로기 편집증', 1990년대의 우울증, 2000년대의 망상과 조증, 2010년대의 PTSD로 계열화한 적이 있다. 그리고 팬데믹을 겪고 있는 지금 상황에서 (그리고 강영숙의 최근 소설들을 읽고 나서는 더더욱) 아마도 2020년대 시대적 정신질환의 가장 강력한 후보는 바로 '심기증'이 아닐까 생각하는 편이다.

3

(우리 모두 건강염려증에 시달리고 있는 판국에 굳이 동의를 얻을 필요가 있을까 싶기도 하지만) 이언 해킹이 정의한 '시대적 정신질환'의 발생 조건 네 가지를 적용해볼 때, 우선 심기증은 권위 있는 정신병리 질병분류표인 DSM(미국 정신의학협회 발행 정신병리 질병분류표)에서 신경증의 한 항목으로 등재되어 있다(질병분류법). 또한 경험적으로도 식별이 가능하다. 흔하디흔해진 마스크 강박과 백신 접종을 둘러싼 음모론은 제쳐두고서라도 종일 흘러나오는 종편 방송의 건강보험 광고들(튼튼탄 튼튼탄 튼튼탄하게 튼튼탄, 건강을 지킨다구요? 건강을 벌어야지요!)이 범사회적 심기증의 증상이 아니라고는 말하기 힘들어 보인다(식별 가능성). 팬데믹 상황하에서 건강에 대한 과도한 염려가 어떤 방식으로 (부정적) 해방구의 기능을 했는지에 대해서도 우리는 아는 바가 많다. 정치적 혹은 의학적 신념과 무관하게 마스크 미착용자에 대한 혐오는 팽배해졌고, 특정 인종이나 국가, 종교, 그리고 성적 소수자에 대한 혐오가 자연스럽게 건강염려증과 결합했다. 타자에 대한 혐오는 타자로서의 전염병에 대한 공포로부터 해방구를 찾는다는 수잔 손택의 오래된 진언은 이번

팬데믹 상황에서도 유효했다(해방구의 기능).

남은 것은 이제 가장 흥미로워 보이는 벡터, 즉 '문화의 양극성'이다. 심기증은 문화적으로 선악과 호오 양극에서 두루 논란이 될 만한가, 혹은 되고 있는가? 당겨 말해서 심기증은 해킹의 네 가지 벡터 중 두번째 벡터인 '문화의 양극성'의 조건에 있어서도 충분히 '시대적 정신질환'이라 할 만한데, 그것도 심오하고 떠들썩한 방식으로 그렇다. 논란의 양극에 슬라보예 지젝, 조르조 아감벤, 알랭 바디우(그리고 그 팬데믹 기간 중 작고한 장-뤽 낭시) 같은 우리 시대 최고의 철학자들이 포진해 있기 때문이다. 그리고 이들의 논의를 통해 심기증은 그저 황사나 미세먼지, 그리고 알레르기나 전염병에 대한 소소한 불안 수준을 넘어 우리 시대 정치철학의 가장 중요한 화두의 자리를 차지하게 된다.

4

단순하게 말해, 지젝에게 심기증은 당분간 '권장되어야 할' 증상인 것처럼 보인다. 일례로 2020년 5월 20일, 그는 한국의 이택광과 코로나19 팬데믹 상황에 관한 비대면 대담을 나눈 적이 있다. 그 대담은 몇 가지 자료를 추가하여 책으로 출간되었는데, 다음은 그중 두 사람이 인사를 나누는 장면의 일부이다.

이택광: 정말로 미래를 예측하기 쉽지 않은 상황이죠.
지젝: 제 아내는 저 때문에 걱정이 정말 많답니다. 제가 고위험군에 속하거든요. 우리는 매일 문을 알코올로 닦는 등 집 안을 소

독하고 있어요. 물건을 만지는 것에 심각한 공포증 같은 게 생겼어요. 일상생활에 많은 영향을 미치고 있는 것이지요.[8]

매일 문을 알코올로 닦고, 물건을 만지는 행위 자체에서 두려움을 느낀다면 그것은 분명 '심기증'의 증상이다. 지젝 스스로도 '공포증'이라는 표현을 쓰고 있고, 게다가 그는 라캉주의자이니 어떤 증상(가령 라캉이 예로 든 의처증)에 합당한 근거가 있더라도(가령 아내의 불륜) 그 증상에 의해 고통받거나 (결국 같은 말이지만) 그 증상을 향유한다면 그것은 분명 정신질환이 맞다는 라캉의 말을 모를 리 없다. 즉 실제로 그가 고위험군에 속하고, 코로나19 바이러스에 감염될 가능성이 엄연히 존재한다 하더라도, 저런 고백을 할 때 그는 분명 심기증 환자로서 말하고 있는 셈이다. 사실 나는 이후 진행된 대담에서 행해진 지젝의 발언이나 주장이 그의 심기증과 무관하지 않다고 생각하는데 이런 구절들이 그렇다.

"권력을 쥐고 있는 사람들이 우리에게 하는 이야기를 그대로 받아들여서는 안 됩니다. 물론 한국은 예외예요. 한국은 전 세계에 희망을 주는 모델이니까요."[9]

"음식을 구하고, 쇼핑하는 등 경제 활동을 위해 사람들이 움직

---

8 슬라보예 지젝·이택광, 『포스트 코로나 뉴노멀』, 비전CNF, 2020, p. 63.
9 같은 책, p. 69.

이면 움직일수록 위험에 처하게 되어 있어요. 코로나 바이러스는 글로벌 자본주의를 공격하는 '오지심장파열술'이 될 수 있어요. 코로나19로 인한 팬데믹 상황에서 물리적 거리를 유지하는 것은 타인에 대한 존중의 표현입니다. 나도 바이러스 숙주가 될 수 있기 때문이에요."[10]

"방역을 위한 정보 공개는 전혀 다른 문제잖아요. 지금은 최소한 공공의 안전이라는 '선한 이유'로 통제가 필요한 시점인 거죠. 그런데도 우리가 통제당할 것 같아 두렵다고 말한다면 그거야말로 허황된 두려움이에요."[11]

바이러스의 숙주가 되지 않기 위해서는 경제 활동을 포함한 이동의 제한을 받아들여야 한다거나, 방역을 이유로 국가가 정보를 통제하는 것은 '선한 감시'라거나, 팬데믹 상황에서 실현된 몇몇 의료 서비스 공공재화 현상을 부풀려 '새로운 공산주의'적 전망을 말하는 것도 (이전에 그가 했던 발언들의 전투성을 떠올린다면) 받아들이기 힘들지만, "한국은 전 세계에 희망을 주는 모델"이라는 발언 앞에서는 사실상 심기증자의 명백한 오판이라는 말밖에는 할 말이 없어진다. 대담 당시의 시점이 이른바 K-방역에 대한 세계적 찬사가 이어지던 시점이었음을 감안하더라도 현재 시점에서는 그가 한국의 상황을 어떻게 판단하고 있는지

10 같은 책, p. 83.
11 같은 책, p. 125.

궁금할뿐더러, 도대체 한국의 시혜적이고 가부장적인 보건 의료 시스템이나 세월호 참사와 촛불 시위('혁명'은 아니다!) 이후 유독 높아진 안전 이데올로기에 대한 감수성, 넓게는 (자국민들은 흔히들 '헬조선'이라고 부르는) 한국의 사회구조 전반에 대해 알고서 저런 말을 하는지……

여하튼 최소한 이택광과의 대담에서 지젝이 취하는 입장, 혹은 그가 바라는 상황은 건강을 위해서라면 감시와 통제도 선할 수 있다는 '심기증적 예외상태' 지지론에 가깝다. 불안은 종종 명철한 이론가의 영혼도 잠식한다.

5

심기증을 둘러싼 논란의 다른 한쪽 극에 조르조 아감벤을 위치시키는 것은 타당해 보인다. 그는 아감벤은 현재까지도 줄곧 본인의 "주권적 예외상태" 이론을 팬데믹 상황을 설명하는 잣대로 삼고 있는 듯한데, 2020년 7월에 그가 쓴 글에서 따온 아래의 인용은 그의 일관된 입장을 적절하게 요약해준다.

나치가 전체주의 이데올로기를 전개하려는 목적으로 예외상태를 필요로 했던 반면, 현재 우리가 목격하고 있는 급격한 변화는 그 양상이 다르다. 보건이 일종의 종교처럼 불가침의 영역이 되었고, 이는 보건 공포가 조성된 상태에서 이루어졌다. 사람들이 눈치채지 못하는 사이, 부르주아 민주주의 전통에서 시민의 보건에 대한 권리는 어떤 대가를 치르더라도 반드시 이행되어야 하는 법적, 종교적 의무로 변환되었다. [······] 우리는 이러한 당국의 조치들을 새로운 종교가 된 보건과 예외상태의 국가권력 사이의 결합에서 비롯된 '바이오보안'이라 부를 수 있다. 이는 서양 역사에서 아마도 가장 강력하게 효력이 있을 것이다. 현재까지의 상황을 보면, 건강상에 위협받는 문제가 발생하면 인류는 두 번의 세계대전이나 전체주의 독재하에서도 감히 꿈도 꾸지 못했던 자유의 제한을 기꺼이 받아들이는 것처럼 보인다.[12]

여전히 그가 생각하기에 바이러스적 예외상태는 주권권력이 '발명'한 것이다. 단 나치즘과 달리 이번의 예외상태는 '종교가 된 보건'과 국가권력의 합작품이다(나치 권력도 보건과 우생학을 동원했다는 점은 지적이 필요해 보인다). 게다가 이와 같은 '바이오보안' 치하에서 건강상의 염려에 빠진 인류는 세계대전 때에도 꿈꾸지 못한 자유의 무제한적 제한을 기꺼이 받아들인다. 이것이 그가 주장하는 논지의 골자다.

나로서는 아감벤이 말하는 '바이오보안' 개념을 '심기증적 예외상태'라 불러도 무방하리라 생각하는데, 왜냐하면 심기증적인 '인구'만이 감염병의 공포 앞에 무제한의 자유 제한 조치를 받아들일 것이기 때문이다. 엄밀히 말해 아감벤이 말하는 예외상태에는 심기증이 필요조건이다. 심기증이 주권권력과 예외상태를 매개한다.

---

12 조르조 아감벤, 「거대한 전환」, 『얼굴 없는 인간』, 박문정 옮김, 효형출판, 2021, pp. 27~28.

어쨌든 한국 상황을 고려해도 아감벤의 저와 같은 염려에는 타당성이 없지 않아 보인다. 가령 의료윤리학자 김준혁은 '안보'(이 말은 한국에서 오랫동안 공포의 대상이다. 전가의 보도니까)가 어떻게 'K-방역', 곧 보건 의료의 영역으로 이행해가는지를, 그리고 그 결과의 위험성이 무엇인지를 이렇게 지적한다.

> 2020년 이후 종종 등장하는 '방역이 안보'라는 표어는 감염병의 감시 및 관리 노력이 이제 안보의 차원과 결합하고 있음을 방증한다. 정부와 시민 모두 다시 찾아올 감염병에 대비하는 '방역 안보'를 당연하게 받아들이는 셈이다. 방역 안보 체계를 구축하려면 개인의 정보를 수집하고, 확보된 정보를 국가의 안전을 위해 최대한 활용해야 한다. [……] 하지만 우리는 오랜 남북 대치 상황 속에서 '안보'라는 명분이 어떤 괴물이 될 수 있는지, 어떻게 자유를 억압할 수 있는지를 알고 있다.[13]

확실히 국가 안보가 보건 의료와 만났을 때 벌어질 수 있는 일은 예외상태의 상시화다. 그 경우 우리는 아마도 생각보다 훨씬 끔찍한 형태의 사회에서 살아가게 될 수도 있다. 그러나 작고한 낭시가 던졌던 질문, 즉 '바이러스성 예외'는 하나의 '국민국가 단위를 넘어선' 전체 문명의 위기와 연관될 뿐만 아니라, 기술과 문화 전반과도 관련된 전 지구적 사안이 아니겠느냐는 지적에 대해 아감벤은 함구한다.

---

13 김준혁, 『우리 다시 건강해지려면』, 반비, 2022, p. 23.

국가가 예외상태를 선포할 수는 있다. 그러나 이동과 교류가 무제한적으로 일어나는 글로벌 자본주의하에서 바이러스는 국가라는 단위를 모른다. 컴퓨터 바이러스나 문화적 바이러스를 포함해서 모든 바이러스는 이제 세계적인 바이러스다. 하나의 정부가 예외상태를 선포할 수 있다는 사실이 바이러스를 통제할 수 있다는 말은 아니다. 그 통제 불가능성을 예외상태의 빌미로 삼을 수는 있더라도 말이다. 결국 얼마간 음모론을 연상시키는 아감벤의 '심기증적 예외상태'에 대한 염려가 사실상 '심기증적 예외상태에 대한 심기증'일 수도 있다는 의심은 타당해 보인다.

7

어쨌거나 아감벤과 지젝이라는 양극 사이에서 이제 심기증은 전 지구적 논란의 중심에 선 '시대적 정신질환'이 된 셈이다. 그러나 재확인하건데 이언 해킹은 시대적 정신질환이 "어느 한 시대, 어느 공간에만 나타났다가 사라지는 정신질환"이라고 했다. 그가 사례로 삼아 분석했던 18세기 프랑스의 둔주병에 대해서라면 저 말은 맞는다. 그리고 한국 소설사 또한 그런 사례들을 많이 보여주고 있기는 하다.

산업화 시대의 서울은 노이로제(강박과 불안)의 생태학적 틈을 마련해주었고, 변혁의 시대 학원가에서는 (구원과 해방) 이데올로기라는 이름의 편집증이 반공이라는 이름의 편집증과 투쟁했다. 세월호 참사나 용산 참사, 성폭력 해시태그 운동은 PTSD를 거리로 호명했고, 이제 우리는 기후 재난과 코로나19 팬데믹 시대를 살고 있다. 그러니 심기증도 그렇게 될까? 팬데믹이 종식되면 심기증도 사라질까? 심기증은 특정한 국가나 지역에서만 나타났다가 사라지는 일종의 심리적 풍토병 같은 것으로 자리 잡게 될까?

아닐 것 같다. 지구는 이제 하나의 정신질환이 동시에 모든 곳에서 그것도 장기적으로 지속될 수 있는 여건을 갖췄다. 기후 재난이나 팬데믹은 시간과 공간을 가리지 않는다. 비행기는 사람만 실어 나르지 않고, 인터넷은 검역을 모른다. 그럴 때 누구도 심기증으로부터 자유로울 수는 없을 것이다. 그것도 아주 오래오래. 그렇다면 최소한 심기증에 관한 한 해킹의 시대적 정신질환에 대한 정의는 바뀌어야 할지도 모르겠다. "어느 한 시대, 지구상의 모든 공간에서 나타났다가 이후로는 결코 사라지지 않는 정신질환, 즉 21세기 이후의 심기증⋯⋯"

8

다시 강영숙의 소설 이야기로 돌아와서, 『두고 온 것』에 실린 대부분의 작품은 결말이 이렇다.

삶은 저애들을 더 비관적으로 만들 거야, 승신은 애들이 살수록 더 비관적으로 변할 거란 사실을 알았다. 그녀는 삶이 사람들을 더 비관적으로 만든다는 사실을 믿어 의심치 않았다.[14]

14 강영숙, 「어른의 맛」, 『두고 온 것』, p. 36.

머릿속으로 여러 가지 생각들이 지나갔지만 제일 걱정이 되는 것은 의료 실비를 포함한 각종 보험료였다. 미스 수는 꽤 많은 보험료를 내면서 살고 있었다. 문제가 생겼을 때 누군가에게 부탁을 하는 건 죽기보다 싫고, 믿을 건 보험밖에 없다는 게 평소 생각이었다. 그녀는 보험료를 내지 못하면 미래는 사라지고 구질구질하게 된다고 믿었다.[15]

강영숙의 주인공들은 살수록 삶이 사람들을 더 비관적으로 만든다는 사실을 '믿어 의심치 않는다'. 다들 망가지고 죽고 스모그 속에서 길을 잃고 헤어지고 바스라진다. 그럴 때 「더러운 물탱크」의 주인공 미스 수는 믿을 건 보험밖에 없다고 생각한다. 보험은 미래의 '리스크'에 대한 선제적 투자니까…… 그러나 보험은 심기증을 사라지게 해줄 수 있을까?

역으로 말해보자. 보험 측에서도 믿을 건 피보험자의 '심기증' 밖에 없다. 심기증은 금융 자본의 블루 오션이다. 그런 이유로 보험은 끊임없이 '리스크'를 창출해낸다. 각종의 통계와 사례를 동원해 위험과 손상 가능성을 발견해내고, 그마저 없으면 '발명'해낸다. 리스크도 자본이다. 자본은 심기증을 먹고 산다. 그리고 먹이를 쉽게 놓아주는 것은 자본의 생리가 아니다. 단순히 보험 제도만을 이야기하는 것은 아니다. 보험을 포함해 이른바 생명정치의 통치 테크놀로지 일반이 그와 같다. 안전을 위해서라면 끊임

---

15 강영숙, 「더러운 물탱크」, 『두고 온 것』, p. 170.

없이 리스크를 생산해내야 한다. 재난도 자본이고 건강도 자본이고 2세들의 교육과 불안한 미래도 자본이고, 죽음도 자본이다. 뱉기에 좀 두려운 말이지만, 예상대로라면 심기증은 어쩌면 이제부터 영원히 인류의 시대적 정신질환이 될지도 모를 일이다.

강영숙은 18년 전에 오늘의 사태를 예견한 작가라고 했다. 한 20년쯤 후, 나는 손으로 만지면 먼지와 바이러스와 스모그와 화산재와 동물들의 시취와 폐허 냄새가 묻어날 것만 같은 저 소설책 속의 세계가, 머지않은 근미래에 일어날 일에 대한 정확한 '예상 표절'이었다는 사실이 밝혀질까 두려운데, 실은 이 두려움 자체가 이미 심기증의 증상일지도 모른다는 사실이 더 두렵다.

마치며

어떤 국가에 속해 있든 자국에 대해서는 다들 같은 생각이겠지만, 오늘날 한국은 참 이상한 나라다. 그리고 그것을 뭐라고 부르건 '이상함'의 기원으로 1960~70년대가 소환되는 일이 잦다. 그 시절을 일컫는 이름은 제각각이다. 개발독재, 급속근대화, 한강의 기적, 군사독재 등등. 나는 오랫동안 스스로를 마르크스주의자로 여겨왔고, 그래서 그 시절을 얼마간의 분노를 섞어 '극악한' 한국식 천민자본주의의 시발점으로 여겨왔다. 그러다 푸코를 읽었고 그의 권력이론에 매료되었다. 그에게서 작금의 전 지구적 자본주의를 넘어설 수 있는 어떤 전망을 발견한 것은 아니다. 그러나 그에게서, 그리고 그 주변의 몇몇 '생명권력'론자들로부터 나는 작금의 세계를, 그리고 1960년대 이래의 한국 사회를 가장 세심하게 분석할 수 있는 어떤 이론적 가능성을 보기는 했다. 그렇다고 여기 실은 내 글들이 1960년대 이후의 한국 사회에 대해 탁월한 푸코주의적 통찰을 담고 있다고 말한다면 어불성설이다. 내게는 그런 능력도 그럴 의사도 없다. 철들고 나서부터 오로지 문학과 함께 살았으니, 나는 그저 틈나는 대로 한국의 문학사를, 최근의 문학 작품들을 푸코와 그의 동료들이 가르쳐준 바에 따라 읽고, 몇 자씩 글로 남겼다. 제자들과 같이 한 푸코 세미나와 학교에서 마련해준 한 해 동안의 연구년, 그리고 연구재단의 도움이 컸다. 함께한 세미나 구성원들, 학교, 연구재단에 감사드린다. 널리 읽히지 않을 게 뻔한, 게다가 재미도 없는 책을 출간해준 문학과지성사, 특히 졸고들의 모음을 이렇게 번듯한 책으로 만들어준 윤소진 편집자에게도 감사의 말을 전한다.